私は二〇一〇年三月から二〇一二年七月まで、中国東北部吉林省にある長春で大学生に日本語を教えていた。

退職後に外国で日本語を教えるというのは早くから持っていた夢で、それが中国で実現することになった。長春では吉林大学、東北師範大学の順に入学の難関な大学で、私が赴任した大学はそれに次ぐ大学である。

本文では仮名で吉林中医薬大学としてある。登場人物も創作上の名前である。

この物語は、私が実際に体験したことを基に書いたものであるが、すべてフィクションとして構成されている。

小説 張《ちょう》悦《えつ》

中国の女子学生

峯村純夫
MINEMURA Sumio

文芸社

目次

序章

お父さんはいつ、中国へ行ったの？

「2010年3月から2012年7月まで」

中国で何をして来たの？

「大学生に日本語を教えた」

中国のどこ？

「昔、日本では満洲と呼んでいた、その首都だった長春」

長春以外のところへ旅行した？

「たくさんした。北京、上海、南京、蘇州、揚州、杭州、紹興、九寨溝、成都、重慶、武漢、済南、曲阜、泰山、西安など」

東北地方は？

「たくさんした。大連、瀋陽、ハルビン、チチハル、長白山、延吉、敦化、吉林。日本ではなじみのない小さな町にもたくさん行った」

なぜ、東北地方の大学へ行ったの？

「東北部に、昔、高句麗という国があった。墓の中に壁画を描く風習があり、日本にも伝わっている。高句麗の地点から日本を見てみたかった」

第一章　出会い

中国全図

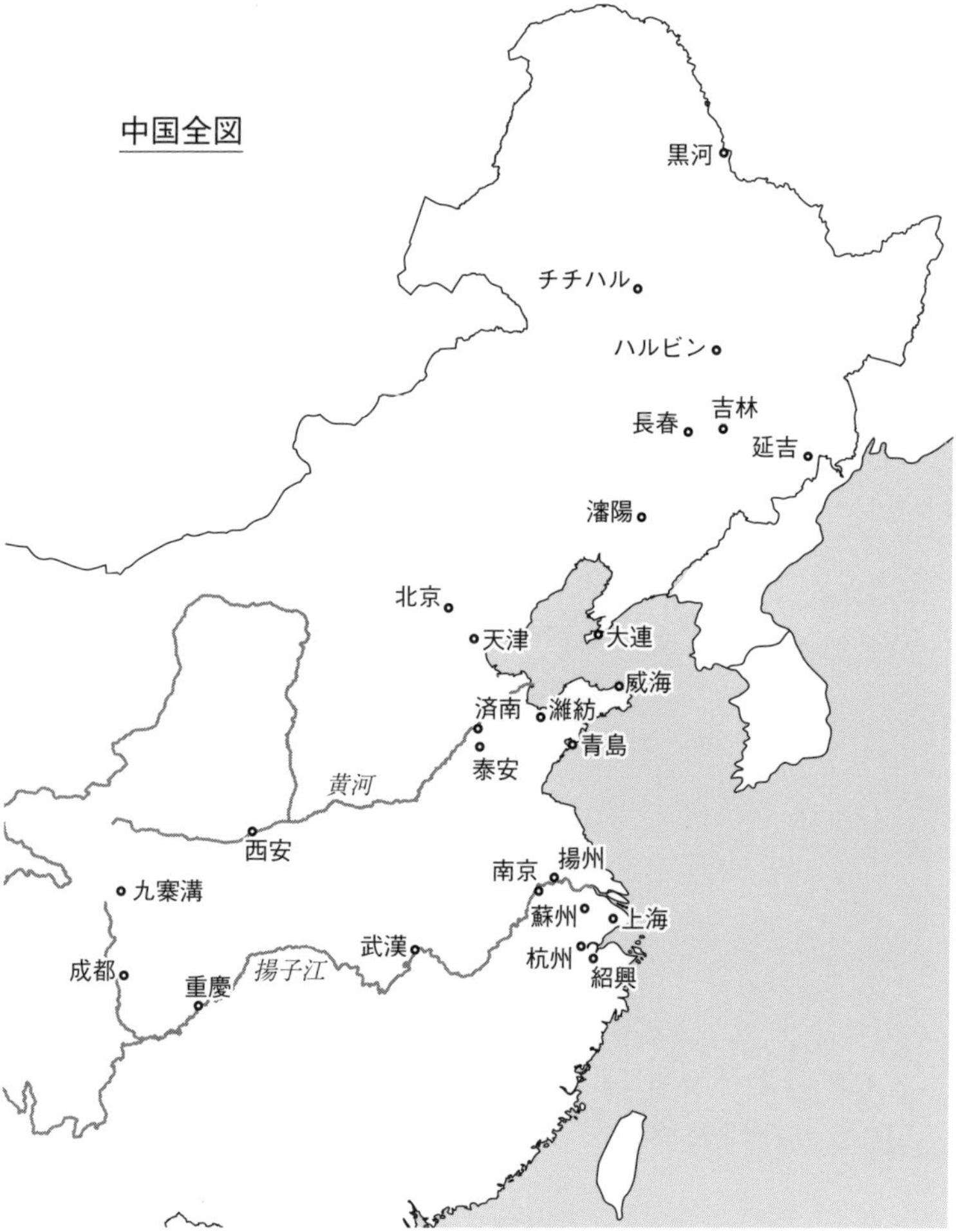

黒河
チチハル
ハルビン
吉林
長春
延吉
瀋陽
北京
天津
大連
威海
済南
濰紡
青島
泰安
黄河
西安
南京
揚州
九寨溝
蘇州
上海
武漢
杭州
成都
紹興
揚子江
重慶

2010／09／06（月）
〈5・6限　09生会話　自己紹介　授業は50分単位の2時間連続授業である〉
最初に自己紹介をした張悦《ちょうえつ》と彼女と同郷の崔麗花《さいれいか》に興味がわいた。
二人の出身地は吉林省蛟河《ジャオホォ》市。趣味は張悦が舞踏《ウーダオ》（ダンス）、崔麗花は書法《シューファー》（書道）だという。

2010／09／22（水）

〈9時から学生食堂で餃子作り〉

09生の日本語会話クラブの主催で行われる。09生のほぼ全員が参加している。

張悦の教え方がうまい。Tシャツ姿で下を向く。小柄でスリムな体型。餃子を漬けるタレをお醤油や酢で作ってくれる。世話好きで気が利いている。

とにかく張悦がいちばん際立って見えた。控えめな静かな雰囲気とお洒落。赤いTシャツを着て背中にバッグを背負う可愛い格好がひときわ目立つ。

餡《あん》を皮で包む、その作り方を教えるのが上手。機転が利いている。多分、人の上に立てるだろう。リーダー的要素を持っていて頭がよさそう。

最近、ケータイアドレスに登録して来たが、絵文字を入れるなどちょっと人と違っていて目を引くところがある。

2010／09／27（月）

〈5、6限　09会話の授業で〉

張悦は張双《ちょうそう》と一緒に後ろよりに座っている。当ててみたがよくできる。授業中は眼鏡をかけている。崔麗花は居眠りをしてしまう。期待はずれ。

2010／09／28（火）

〈人文学院（日本の大学の学部のようなもの）運動会の日〉

運動場の入口に戻ると、張悦、張双など五人が私を見つけて近くに寄って来る。

「先生！」

張悦は髪を上に上げ、おでこを出しているので、最初は、よく分からなかった。笑顔が張悦の笑顔だった。笑窪《えくぼ》ができる。五人は閉会式に並ぶために、上着を近くの台の上に置いて駈け出して行く。閉会式が終わって上着を取りにさっきの子たちが走って来る。真っ先に来るのはやはり張悦だ。この子は行動が素早い。したいこと思ったことをどんどんする。着ているジャンパーも他の者と少し違う。ピンクで可愛い。髪の毛はやはり室内で見るときの方がいい。おでこを隠していた方が美人だ。

2010／11／15（月）
〈3限目（5、6限）会話〉
今日は中国人教師からの依頼で急遽、他大学から聴講生が来た。それなのに、準備不足で一番うまく行かなかった日。やる場所も間違えたりして、とても混乱した。ただ一つだけ面白いことがあった。

「人を誘う」という題で例文をアドリブで作って言わせた。

張悦の例文「先生、今度のクリスマスパーティーに来ていただけませんか」

例文とはいえ、張悦からそう言われるとうれしい。

2010／11／23（火）

〈1限目（1、2限）会話〉

今日から張悦のクラスを1限目に行った。

「何時に寝ましたか？」

全員に聞く。1限目のせいか、雰囲気が明らかに硬く、聞き取れない学生もいるが、張悦はいい。

こちらの目を見て応答してくる。崔麗花も悪くない。

2010／11／27（土）

〈次の日、紅旗街《ホンチジエ》（第二章　長春市街図参照）へ行く約束をする〉

今日も面白い展開になった。

15：23、張悦から電話があった。

「先生！」

「さっきは、今日一緒に夕食を食べたいと思って電話したんです」

「先生は何を食べたいですか」

「それが今日は予定を立ててしまった。明日はどうですか。時間がありますか」

「明日は予定がありますが、先生と行きたいので……先生は何を食べたいですか」

「食べるというよりは、案内をしてほしい。明日は買い物をしたいのです。紅旗街《ホンチジェ》（長春市内の買い物の通り）へ行きたいと思っています」

「いいですよ。9：00に集まりましょうか」

「10：00がいいです。誰かあなたが心強く思う人を誘って三人で行きましょうか」

「先生は誰がいいですか？」

「あなたが授業でいつも一緒に座っている、張双さんはどうですか」

「彼女は今、洗濯をしています。後で聞いて連絡します」

大学は全寮制で洗濯はもちろん自分でする。

これで張悦と買い物に行けることになった。「先生と行きたい」と彼女は言ってくれた。餃子作りの時の様子から見て、また運動会の時の様子から見て彼女はてきぱきとしているはずだ。頼りになる。

実は、ほぼ1時間前の14：17に彼女に電話していた。彼女はphoneを鳴らしたまま出なかった。もう電話は掛かってこないと思っていたところに電話が来た。誰かと相談していたのだろうか。また近くに誰かいるみたいだった。

張悦と連絡が取れないので、3年生の劉佳恵《りゅうかけい》と今日の夕食を一緒にしようと電話して決めていたところだった。ところが劉佳恵は、

「今、重慶路《チョンチンルー》（長春を代表する買い物通りの一つ。第二章地図参照）で買い物をしています」

と言う。

「今日は無理だ。明日にしよう」と言って電話を切った。その後、明日は張悦と買い物に行く約束ができてしまったので、劉佳恵にもう一度、電話を掛け直した。

「やはり、遅くなっても今日のほうが都合いい」

「できるだけ早く帰ります」

「早くなくてもいいよ。17：30でも18：30でもいつでも……」

「帰ったら電話します」

「そうしてくれ」

今日の夕食も明日の買い物もすばらしいことがいっぺんに起こりそうだ。

2010／11／28（日）
張悦は何かをする予定があったが「先生と行きたいから」、そう言って今日は付き添ってくれることになった。白い可愛らしい帽子、白い大きなマフラー、ピンクの帽子付きの可愛いジャケット、グレーの斑《まだら》のある黒いジーンズ。雪道を心配して腕を組んでくる。前を歩く姿は可愛い。小さい体を一杯に伸ばして歩く。足は細く、お尻は小さい。
校門で写真を撮る。一緒に来た張双が撮る。積極的に腕を組んで、肩に頭を寄せてくる。ちょうど彼女の目が肩の辺りに来る。自然な動作で可愛らしい。
バスに乗って紅旗街《ホンチジエ》近くのバス停まで行く。バスの中でいろいろ話をする。

張悦は長春の景色を見ながら、

「先生、中国の建築物は日本の80年代と同じですか」と聞いて来る。

「そうですね。そんな感じがします」と答えたが、ただ単に開発が進んでいるという意味に受け取ってそう答えた。

80年代の日本とは何か？　張悦の言う意味はバブルの時代の日本という意味だろうと後で分かった。

「偶数は中国で良い数だと聞いたが、4も良い数なの？」

4は日本ではあまり好まれない数なので聞いてみた。

「いいえ。6と8です。6《リュウ》は『順利《シュンリ》』の『利』と発音が似ているから。8《パー》は『発財《ファーツァイ》』の『発』と発音が似ているからです」

なるほど中国でも偶数が全て良いわけではないらしい。

「奇数でも5は縁起のいい数です。5《ウー》は『幸福《シンフー》』の『福』と発音が似ているから。8が一番いい数です」

中国では「お金持ちになる」というのが、幸福の原点にある。日本でも本音はそうなのだが、それを露骨に言うのはためらわれる。日本の御伽草子《おとぎぞうし》の頃には「大判小判がざっくざっくと出て来て幸せになる」というような話がたくさんあるが、いつ頃からか「利得に目がくらむのはよくない」と考えるようになった。

バスを降りて紅旗街へ行く前に、南湖公園（第二章地図参照）を歩く。私は先学期に現4年生と一緒にここへ来たことがあるが、2年生の二人はまだ来たことがないのだという。それではということで立ち寄ってみる。

朝から降り積もった雪が真っ白できれいだ。張悦は雪で滑らないように私の腕を組んでくれる。手袋をしていない張悦の手が冷たい。

「先生、鳥がいます」

張双が教えてくれる。林の中をバタバタと鳥が動いている。雪が落ちる。まるで小説の世界だ。

池の中にある東屋で写真を撮る。明るい陽光が降り注ぐ。しかし、空気は冷たい。池には人がスケートで滑った跡もある。厚く張った氷の上に新雪が降り積もっている。辺りには誰もいないのに、人の歩いた跡もある。

張悦は一人で池の氷の上に積もった雪の上を向こう岸に歩いて行く。足は細く、おしりは小さい。今度は張双が私と腕を組んで足もとが滑らないように、向こう岸まで連れて行ってくれる。実は私は雪国の生まれで、雪道を歩くのには慣れているのだが、気持ちがうれしくて、それを素直に受け入れる。長春で迎える初めての冬だった。

紅旗街《ホンチジエ》には欧亜商都《おうあしょうと》というスーパーがあって、店内には日本食品など海外の食品の売り場がある。そこで「おでん」「炒飯」「おもち」「魚の乾物」を買う。大学内には食堂があり、そこで食べれば事足りるのだが、そこには日本食はない。やはり、日本食が懐かしくて、職員寮の中で調理して食べることが多い。

12：45になっていたので外に出て、昼食として米綫《ミーシェン》（ビーフン）を食べる。中は暖かい。張悦はジャケットを脱ぐ。下は長袖のトレーナーだ。胸の膨らみについ目が行ってしまう。鼻筋が通り、目元が涼しい。ビールは飲めるが、「昼なので」と言って二人は飲まなかった。支払いは張悦がしてしまう。中国ではこういう事が多く、割り勘の多い日本人は戸惑ってしまう。トイレも済ませて外へ出た。

張悦は私を張双に任せて、タクシーを探しに行く。小さなタクシーを捕まえてくる。昔、日本にも「…360」という小さな車があったがそういう車だ。運転手を含めて四人まで乗ることができる。

「これは面白いね」

「この小さいタクシーのことをbengbeng車《ボンボンチャー》といいます」

エンジンがボンボンと音を立てるからだという。bengbeng車《ボンボンチャー》に乗って軽軌鉄道（市街電車）の解放橋駅に行く。

私は助手席に乗せられた。張悦と張双は後ろの席に並んで座る。タクシーの運転手が何か話しかけてくる。

「『日本人は時間を守る。日本製品は質がいい』と言っています」

張悦はまるで自分が誉められたかのように、うれしそうに通訳してくれる。張双も隣でニコニコしている。

帰りの軽軌鉄道（市街電車）の中で、張悦は蚊河市の中高時代（昔の日本と同じで5年制）の友人を見つけて話をしに席を立つ。

「突然、偶然出会ったのでびっくりしました。長春工業大学2年に在学中です」

東北師範大学で降り、仁徳（大学の近くの商店街）の薬屋に入る。風邪を引いた時の備えで、うがい薬、マスク、消炎鎮痛剤を買い、スーパーでの買い物も持って職員寮の私の部屋へ向かう。16：00

を回り、外は寒い。雪かきをしているクラスもある。

大学では構内の雪かきを学生たちが手分けして行う。昨日の雪は今シーズン初めて降った大雪で、張悦たちのクラスも今日やったのだが、彼女たちは私の世話をするという理由で今日は免除されたらしい。これも日本で考えると不思議な話だ。先生の買い物のお手伝いという個人的な用事でもそれは優先されるのだ。

職員寮に学生が入るには名前を記入することになっている。受付には厳しいおばさんと優しいおばさんがいる。今日は優しいおばさんだったが、二人はおばさんと初対面なので、名前を記入させられた。大学外に出るときも学生証を持たなければならないのだという。彼女らはそれを持って来ていてそれを提示した。

〈職員寮401室で。私は四階の401と402の二部屋を使用している〉

「本がたくさんありますね」

張双が言う。中国では退屈だろうと思って、日本からたくさん本を持って来ていた。中国の地図もたくさん壁に貼ってある。

「旅行したときにその土地の地図を買うのが趣味です」

「先生は旅行が好きなんだ」

日本から持ってきたコーヒーメーカーでコーヒーを入れて接待する。それを記念に写真に撮る。張悦が張双を促してカップを合わせる。シャッターを押す。張悦は静かで上品な笑みを見せる。張

パソコンで日本から持ってきたCDのジャズを聴く。映画の話をする。

「私は最近、『十面埋伏シーミェンマイフー』という映画を見ました。泣きました」と張悦は言う。この映画はチャンツィーイー（章子怡）の主演した映画で、後になって見たが、張悦はどこで泣いたのだろう。ちょっと分からなかった。買い物もパソコンでするという。

「ネットで輸入品を買うことができます。淘宝網《タオバオワン》というネットワークの「百度《バイドゥ》」というサイトに入っていろいろな製品を見るんです」

私はワードを習ったばかりで文章を作ったり、Eメールで送受信するほかは何もできなかったが、中国では日本以上にコンピューター・ネットワークが普及していた。


張悦は吉林省蛟河市《ジャオホォ》（第五章　中国・東北地方図参照）出身の20歳。兄弟はおらず、一人っ子。父は四人兄弟の末っ子。長兄の子供は女で張悦の従姉になるが、中国では「姉」と呼ぶ。この姉と小さいころから一緒に遊んで過ごした。彼女も今、長春の別の大学にいる。次兄と三兄の子供は男で張悦の従弟になるが、中国では「弟」と呼ぶ。春節にはこの兄弟一家が集まる。

「先生、蛟河市にいらっしゃいませんか」と張悦は言ってくれた。こんな風に言ってもらえるとは思ってもみなかった。

「蛟河市にある紅葉谷へ行ってみたいです」

紅葉谷の話は先学期に当時の3年生（現4年生）から聞いていた。

「はい」

「町にホテルはありますか?」

「はい」

笑って答える。長春よりは小さいが、ホテルがないほど小さい町ではない。それで張悦は笑ったのだ。

「拉法山《ラーファーシャン》という山に登りましょう。洞窟があります」

中高生の時、行ったことがあるらしい。

「(蛟河は)長春から汽車でもバスでも行けます」

「私は汽車が好きなんだ」

先学期、汽車で北京や大連、ハルビンを旅してきた。初めて中国の普通の人たちに交じって旅行した。

「汽車だと3時間半です。バスよりも経済的です」

「あなたのご両親はどんな仕事をしているの?」

「製材工場で働いています」

「あなたは休みには何をしているの」

「母の手助けをしています」

「ご飯も作るの?」

「いいえ(笑って)掃除や洗濯をします」

「あなたは第一希望で吉林中医薬大学の日本語科にきたの?」

「はい」

「どうして日本語科にしたの？」

「国語や英語が好きだったからです」

「休日には何をしているの」

「私はあまり遊びません」

「それは珍しいね」

私は中国に来て半年になるが、中国の大学生も日本の学生と同じく遊びが好きだと感じていた。

「勉強が面白くなりました」

「それはうれしいね」

「金顗先生や谷川先生に教えてもらってからです」

私の名前は谷川という。

「あなたの高校は何人ぐらい大学に来るんですか？」

「ほとんど全員大学に入ります」

「本当ですか！」

中国は日本ほど大学進学率は高くないと聞いていた。

「はい、私の出た高校は蛟河《ジャオホォ》市で一番、入学の難しい学校です」

「昨日先生から電話があった時、私は昼寝をしていました」

「近くに誰かいましたか」

「周文儀《しゅうぶんぎ》さんがいました」

「誰と部屋は一緒ですか」

「あと李芳春《りほうしゅん》さんです」

「部屋は1階ですか」

「はい」

「寒いですか」

「はい」

中国の中高生と大学生は親元を離れて生活する全寮制である。吉林中医薬大学でも学生は4人ずつ寮で生活する。張悦は張双、李芳春、周文儀と一緒に生活している。

「先生、今度烤肉《コウロウ》（焼肉）を食べに行きましょう」

「それでは今度は私が払いましょう」（二人とも困った顔をするので）

「二人は5元払ってください。残りは私が払います」

うなずく。

「それではそろそろ失礼いたします」

「さようなら、今日は助かりました」

2010／12／02（木）
〈18：00～20：00、人文管理学院　精英団隊風採展　2304教室〉

1、2年生のクラスによる活動紹介である。人文管理学院とは日本の学部のようなものである。精英団隊とは「積極的な者たち」、風採とは「スケッチ」というような意味であろう。

日本語学科2年生の発表もあるので出かけてみる。男子学生の王彤《おうとう》が大体、こういう時はナレーター役をする。彼は背が高く見栄えがするので、こういう役がよく似合っている。発表制限時間は10分以内。非常に短い。マイクを使って中国語で説明する。張巍《ちょうぎ》がパワーポイントを操作している。パワーポイントを制作したのも彼女で、張巍はコンピューターを扱うのがクラスで一番うまいらしい。

発表の重要ポイントの一つに日本人教師との交流紹介があって、私の写真も映し出されている。その中に彼らの一部が授業をサボって私の部屋に話をしに来たのなどがあって、びっくりする。日本だと問題になると思うが、この点、大学という環境もあって、びっしり管理されていない自由さがある。陳英莉《ちんえいり》と高宇辰《こううしん》が黒いフォーマルなスーツを着て垂幕を持つ。黒のスーツは借りたものだという。二人とも背が高いので見栄えがする。崔麗花が演出のようなことをしている。朱春婷《しゅしゅんてい》は脇にいて、全体を取り仕切っている印象である。座席で応援するのは、張双、李芳春、楊菲菲《ようひひ》、張悦、王紅香《おうこうこう》など10人ぐらいの顔が見渡される。

日本語科2年生の発表が終わったので、隣の張双に「これで私は帰ります」と言うと、張双と張悦が見送りに来る。記念写真を撮ろうというと、更に大勢集まってくる。張悦がピッタリ側について、腕を組んでくれたのでうれしかった。紅旗街《ホンチジェ》へ一緒に出かけたので、張悦と張双には他の学生とは一段違った親しみが感じられる。

記念写真を撮り終えて、いよいよ帰るというと、陳英莉や崔麗花なども一緒に帰るというのでちょっとびっくりした。自分のクラスの発表が終えたら帰ってもいいというのが、日本と少し違うな、と思った。

私は行くのも帰るのも自由で、日本語科の発表だけを見て帰る。それはちょっとわがままだと思っていたし、日本での学校行事への参加の仕方は大体そうだから。陳英莉たちに「君たちはこれからどうするの?」と聞くと、「教室へ行って勉強します」と答えた。

学生たちの夜の過ごし方として「教室へ行って勉強する」というのがある。これをこの時初めて知った。教室では夜間の授業が行われることもある。空き教室を使って彼らは自習をするというのだった。

陳英莉ともう一人が自習室へ行く。崔麗花と男子学生の韓健《かんけん》は自分の寮室へ帰る。韓健は私の食堂での買物に付き合ってくれ、更に職員寮の玄関まで送ってくれた。まことに手厚いもてなしである。この日本語科2年生のクラスは次の回、2年生の後期にものすごい発表をする。

2010/12/07(火)

〈1、2限　会話〉

今日は張悦が元気だった。質問にも立った。以前より自信に満ち、積極的になった。中間の休み時間には周文儀、李芳春など大勢質問に来て対応に追われた。

2010/12/08(水)

〈17：45頃、張悦にTEL〉

「今度の土曜日に重慶路《チョンチンルー》に買い物に行くので一緒に行ってくれますか」

「土曜日はコンピューターの試験があります」

「それが終わるのは何時ですか」

「10：00……いえ、10：30です」

「11：00頃出かけるのはどうですか」

「いいです」

「この前おごってもらったので、今度は私が払います」

「いえいえそんな。でも張双さんは授業があります」

「誰か来てくれる人がいたら誘ってください」

「はい」

「それでは用意ができたら11：00前でもいいですから先生の寮に来てください」

「はい分かりました」

2010／12／10（金）
明日11日は張悦が来るので、部屋の片付けをした。今日はしばらくぶりに402のベランダを掃除した。日本で買って来て、そのままになっていた浄水器を初めて使った。簡単だった。こんな簡単なことでも、延ばし延ばしにするのが自分の悪い癖だ。いったん使い始めれば、ずーっとそれを使っていく。捨てないで壊れるまで長ーく愛用する。そういう癖がある。

２０１０／12／11（土）

10：50、張悦に電話する。

「私たちは今、先生の寮に向かっています」

「私は玄関に降りて待っています」

今日は天気が悪い。一刻も早く出かけた方がいい。昨日の準備は無駄になったが、それはそれでいい。

「はい、分かりました」

外は強風が吹いていた。雪が混じっていた。二人が体を丸くして玄関に向かって来る。４階の窓からそれを確認して急いでカギを掛け玄関におりた。

張悦は王紅香と一緒に来ていた。風が冷たく、張悦の顔は赤い。私は大きな旅行用のカバンを持っていた。

先週、長春日本人会のクリスマスパーティーがあって、抽選会でホテルの宿泊券を引き当てた。今晩はこのホテルのスイートルームに一人で泊まるつもりだった。

職員寮のテレビはＢＳ番組が見られないなど、何かと不便なので今晩は快適に過ごすつもりだ。その前に懸案だった冬物のコートを学生の案内で買うことにした。張悦がどんな買い物の手腕を見せるかそれも楽しみで案内を頼んだというわけだ。

校門の方へ歩きながら「今日は何時までに帰らなければいけませんか」と聞いた。

「16：00に姉（父の兄の娘・長春工業大学）が来ます」

雪が激しく降っている。

「今日は雪かきがありますか」

「明日、午後あります」

「今日のコンピューターの試験はどうでしたか」

「多分合格すると思います」

タクシーで重慶路にあるホテル、金門大飯店へ行く。その間、張悦は居眠りしていた。王紅香が車中でいろいろ話しかけてくる。

「日本は長春のようにたくさん雪が降りますか」

「長春は冬になると交通事故が増えます」

タクシー代は34元。日本円にすると450円ぐらいで安価なのだが、バスの20倍もするので学生たちは普段買い物に行くときは使わない。でも今日は旅行用の大きなカバンを持っているし、雪が降っているのでタクシーにする。

チェックイン。デポジットで300元、カードで払う。荷物を持ってスイートルームに入る。

「私たちも一緒に行きますか」

「来て部屋の説明をしてほしい」

部屋に中国語の説明などがあるが、簡単には分からないことが多い。翻訳してもらう。

「冷蔵庫の水は有料みたいだね」

張悦が部屋のどこかにあったペットボトルを２本両手に持って「こちらは無料の水です」と教えてくれた。ニコニコしている。こういうところが機転が利いていて素早い。

スイートなのでリビングもある。窓が二方向に開かれていて、有名な地質宮も近くに見える。

日本食料理店に連れて行く。ここは長春の日本人教師会で来たことがある。日本で食べるのとほぼ変わりはない。張悦に日本料理を食べさせてみたかった。お寿司や天ぷら、茶碗蒸しは美味しそうに食べる。刺し身はちょっと違和感があるよう。

「キュウリ、トマト、ニンジンなどは生で食べる習慣があります」

日本語力に勝る張悦の方がたくさんしゃべる。

「先生は中国のどこに一番行ってみたいですか」

「蚊河《ジャオホォ》市ですよ。来年国慶節には蚊河市に行きます。その後、馬媛さんの出身地、靖宇《チンウィ》縣に行くつもりです。蚊河から靖宇までバスが出ていますか」

「冬休みに蚊河に帰ったとき調べておきます」

「皆さんの故郷をできるだけ訪ねたい。まだ約束はしていませんが、夏休みには李芳春さんの故郷、延吉《えんきつ》（第五章地図参照）にも行ってみたいと思っています」

「李芳春さんの故郷は食べ物が美味しいですよ」

「はい、そう聞いているので楽しみです」

終わって会計をする。１２０元。二人はトイレに行く。張悦は控え目である。王紅香を先に入らせる。

　外は風が強い。やはり、日本のコートでは寒い。

「先生のコートより私の方が厚いです」

「君のコートはいくら？」

「120元（1560円）ぐらいです」

　そうか、そんな値段で買えるのか！

「重慶路《チョンチンルー》に来て買うので、値段が高いことは分かっています。高くてもいいから、質のいい物を買いたいです。日本だとダウンを買うのに最低、3万円はします。だから、今日は2000元くらい出してもいい、質のよい物であれば。そう思っています」

「それだけあれば十分です」

　張悦はそう言い、雪道で腕を組んでくれる。彼女の方が華奢《きゃしゃ》なのに。でも、その心根がうれしくて彼女の心に甘えた。

　大通りの西安路や人民大街を横切るところで「気をつけて」と言いながら、腕を引いてくれる。年を取ってこんな幸せなことはない。目のつぶれたギリシャの王が娘に手を引かれて歩くという物語がある。王は盲目ではあったが、心中は幸せだったのではないかと想像する。

　腕を取る彼女の手は素手で寒風に晒《さら》されている。手袋をしている自分の手で彼女の素手を覆った。

「入りましょ」、張悦はそう言って重慶路の大きな店に入っていく。

「膝ぐらいまである長いダウンがいいです」

短いダウンが圧倒的に多い。手頃なのはあったが、色が黒っぽくて地味。

「中国の男性は黒を多く着ます」、張悦は説明する。

しかし決して「だからそれを買え」とは言わない。ダウンジャケットはすぐに買うのが難しいと思ったのか、張悦は靴屋に連れて行く。

「4Eがいい」と言ったのだが張悦の翻訳の間違いで、店員は41の靴を持ってくる。

「足幅の広い靴だよ」と言うと「中国にはそういう靴はありません。大きめの靴を買うしかありません」

店員の言うのを通訳してそう言う。

茶の色で気に入った物があった。それを買う。276元。

「何か一つ買うと気分がよくなるんだよね。あなたは買い物が好き?」

「大好きです」

「良かった！　買い物の好きな人と一緒に来て」。3割引き。

「これは良い買い物です」、張悦はうれしそうにそう言った。

ダウンを買おうとして入った店にオーバーズボンが売られていた。

「こういうのも欲しかった」

「試着してみますか」

「うん」

試着室で穿《は》き、外に出て張悦に見せる。

「丈が長い気がするんだけど……」

「靴の高さがあるから大丈夫です」

張悦がそう言うのでそれを買う。値段は230元だが、他の品物を買って合計で300元になれば200元にしてくれるという。

張悦が帽子を持ってくる。被ってみる。

「どうかな?」

「ハンサム」

張悦は笑顔でそう言う。

「ハンサムに見えたらいい」、そう言って買う。

靴下も合わせて300元にし、支払額は200元。それからダウンジャケットを買うのに3店ぐらい回っただろうか。臙脂《えんじ》色のがあり、色はよかったけれど、袖のちょうど良いのは肩が詰まり、肩のちょうど良いのは袖が長すぎた。

「他の店に行きましょ」

李寧《リーニン》のマークの付いたダウンジャケットは色は黒だったけど暖かくて、デザインが洒落ていると思った。でも、やはり、肩が詰まる感じがしたので買わなかった。

一度見たジャケットを結局買うことにした。薄そうだったので買わなかったのだが
「〝薄くても質が良いので暖かい〟店員はそう説明している」と張悦は通訳した。

579元。日本円で7600円くらい。VIP会員に登録した。YISHIONという店である。

これからはすべて1割引で買えるという。

16：30を過ぎていた。すっかり遅くなった。辺りは暗くなっていた。張悦は従姉と会う約束を今日は止めにした。大学方面に行く160番のバスに乗る二人を見送った。二人は何度もホテルに早く帰れと言ったけれど、私は二人をずーっと見送っていた。バスの中から張悦は両手で早く帰れとジェスチャーしていた。

バスの中に立つ二人の姿が見えなくなってから、ようやくホテルに向かう途についた。夕飯を食べなければならない。狭い道に並んだ屋台で串焼き肉を買って立って食べた。2・5元。煎餅も買う。これを持ち帰って宿で食べた。4元。ウォルマでビール2缶。ラーメン、パン、干し柿などを買った。58・7元。

部屋に戻ってビールのつまみ代りに、ウォルマで買った肉とラーメンを食べる。部屋に果物が届いている。ホテルのサービスであった。部屋は二方向に窓がある。一方向からは地質宮・文化広場が見える。ライトアップされて美しい。もう一方向からは、さっき歩いてきた同志街が見える。

衛星テレビが見られるので、久しぶりに日本のテレビを見た。風呂に入ってから寝た。夜中の1：00を過ぎていた。

2010／12／12（日）

14：00、チェックアウト。昨日買ったダウンとオーバーズボンを身に纏《まと》った。タクシーは30分待ってやっと来た。

15：15大学着。2年生が雪かきをしていた。雪かきは初めて見た。みんなが寄ってくる。みんなの写真を撮った。
「どこに行っていたんですか？」
どうやらみんな知らないらしい。張悦と王紅香もいた。写真を撮った。珍しく張悦の歯を見せた笑顔の写真が撮れた。

2010／12／14（火）
〈1、2限　会話〉
張悦がニコニコして授業を受けている。右に張玲玲《ちょうれいれい》、左に張双。いつものように後ろから2番目の列。

2010／12／21（火）
〈13：30～15：30、09生口語角（日本語会話クラブ、角はコーナーの意味）主催、クリスマスパーティー〉
張悦はピンクの薄いダウンを着ていた。椅子取りゲームに出場するときそれを脱いだ。濃いグレーの長袖Tシャツ姿となる。紅旗街に行ったとき着ていたのと同じ。バストが強調されたもの。
ゲーム開始の頃、張悦は朱春婷に盛んに何か言っていた。何かを提案している雰囲気。今日も朱春婷は中心的な役割を果たしている。途中、張悦はみんなにひまわりの実を配るなど、何か運営の係をしているような感じである。別の運営委員の一人と深刻な顔をして話している時もあった。

椅子取りゲームでは張悦は勝ち気な一面を覗《のぞ》かせる。取られまいとしていたが、彼女よりももっと勝ち気な汪永嬌《おうえいきょう》と争って負けた。ちょっとケガをしたみたいだ。

動く時、膝を曲げず姿勢がいい。さすがに中高時代にダンスをしていただけのことはある。記念に全員で写真を撮った。何人かの学生にせがまれてツーショットの写真も撮ったりした。

張悦は慎み深く友人と一緒に私を交えて写真に収まった。

撮影が終わって帰ろうとすると張悦はわざわざ、側まで来て挨拶をした。

「帰りは足もとが滑りますから、お気をつけください」

これは言おうとして考えてきたセリフっぽい。

「張悦さんと焼き肉を食べに行きたいね」

「いつですか」

「日曜日か土曜日の夕方」

「土曜日の昼ならいいんですが」

「土曜は予定が入っているので……じゃ次回」

この頃、3年生とも食事の約束が連日あって忙しい毎日だった。

2010／12／28（火）

〈1、2限　会話　1415教室〉

シナリオ指導。張悦、「先生ありがと」。

2011／01／06（木）
〈13：20、1113教室〉
張悦はやはり、すばらしい。しっかり発音を修正してきた。

2011／01／11（火）

〈15：10、張悦へ電話〉

「以前言っていた焼き肉を食べるという計画、今日はどうですか。なかなか行けない。今日なら空いている」

「私はふだん、あまり勉強していないので、今、毎日、朝7：00から夜9：00の間、勉強しています」

「分かった。今学期は無理ですね。来学期になったら行きましょう」

「はい」

電話口の向こうに笑顔が見える。電話してよかった。しかし、これから後、食事に行く機会は10月の国慶節まで訪れなかった。

２０１１／03／10（木）

〈後期授業開始　会話Ｂ〉

大変感じが良かった。みんなやる気に溢れていた。

張悦は今日、最初からニコニコしている。冬休み紹介を当てた。

「冬休みには中学３年の従弟に数学と英語を教えた。祖母のする家事を手伝った」

授業で会話の例文を読む。雨が降って来たので傘をさしたが、隣の女の人が傘を持っていないので貸して、自分は風邪を引いた男の話。

「これは少し面白い話ですね。どうして男は風邪を引いたのですか」

張悦はすぐ分かる。笑って答える。

「綺麗な女の人に傘を貸してしまったからです」

「男は馬鹿ですね」

このやりとりは面白かった。

２０１１／03／11（金）
〈作文の時間に百人一首をする〉
張悦が札を取ると、そばまで見せに来る。取った札が正しいかどうか確かめるためだが、それが可愛かった。20歳なのに可愛い。
今日はピンクを着ている。興奮して指がぶつかって怪我をしている。負けず嫌いで、勝ち気である。

「取った。取った」と喜んで見せに来る。小さな子どもみたいで可愛い。

〈11：40、食堂〉

張悦を先頭に張双、周文儀も歩いている。食べ終わって出て行く姿を見た。

2011／03／17（木）

〈1、2限　会話〉

最初に日本で起こった地震の話をする。張悦と崔麗花、興味を持って聞いている。

2011／03／24（木）

〈1、2限　会話〉

張悦は今日、襟付きの黒いコート。最近、いつもこれのような気がする。反応は一番早い。予習してある。

張玲玲《ちょうれいれい》が、

「昨日、私は10時間の授業がありました。朝8：00から夜8：00までです。今朝は6：00に起きて太極拳をしました」と言う。

「え、太極拳をしているんですか？」

張悦たちも、

「全員しています」

「どこでしているんですか、太極拳広場ですか？」

「バスケットコートです」

「どうしてそこですか？」

「2、3年生が全員でしているんです」

「何時からですか？」

「6：30から。月曜日から木曜日まで毎日です」

「絶対に見に行きます。真似をします。太極拳の服を着てやるんですか？」

「いいえ普段着です」

2011／03／25（金）

〈1、2限　作文〉

横書き原稿用紙の使い方。いつものように例文を読み上げて書き取らせる。

句読点、カギ括弧、拗音や促音の表記などを確認する。

積極的、あるいはできる子は陳英莉、崔麗花、張悦、陳智利《ちんちり》、楊暁暁《ようぎょうぎょう》、朱春婷、金琳香《きんりんこう》、柳金金《りゅうきんきん》、李芳春、張麗《ちょうれい》。

2011／03／28（月）

〈6：30、国旗掲揚式参加〉

柳金金、王紅香、張悦、張双たちから「おはようございます」と声がかかる。

みんなが遅く来たので「おそようございます」と言って、張悦の横に並ぶ。意味が分かって彼女は笑う。

一番遅く来た陳英莉の横に居場所を移して一番後ろで、中国国歌を聞き、中国国旗の掲揚を見る。男子学生の韓健が教えてくれた。月曜日は国旗掲揚式。火〜木曜日が太極拳。日本語科の3年生もどこかにいるはずだが、分からなかった。

2011／03／30（水）

〈6：30、太極拳〉

今日は2年生のところへ行く。日にちを交互にして3年生のところへも行っている。張悦はいたかどうか今日は分からなかった。男子学生、王彤の模範演技を見ながら、行う。

2011／03／31（木）

〈1、2限　会話　1302教室〉

前置きで二つ。

一つ「この服は桂林路《グィリンルー》（ここも長春買い物名所の一つ。第二章地図参照）で買いました。かっこいいですか？　ハンサムですか？」。

「はい」

張悦たちがニコニコして言う。金琳香は下を向いている。恥ずかしいのだろうか？　実は金琳香、李芳春、この二人と先週末に買い物へ行ったのである。もう一人の李芳春はこの話をしたとき、トイレに行っていていなかった。

二つ目に清明節の休みの話をした。私は遼寧省の瀋陽（満州国の時代「奉天《ほうてん》」と呼ばれた大都市。第一章地図参照）に行くという話をした。

「みんなはどうしますか？」

張悦、張双などは故郷に帰るという。

スピーチをさせた。張麗に当てる。何でも自由にしゃべりましょうと指示する。そう言われると困るようなので「私に質問してもいいよ」と言う。

「清明節に瀋陽に行くそうですが、もう切符は買いましたか？」

「今日、午後買いに行きます」

「〇〇一緒に瀋陽に行きますか？」

張麗は「誰と」が言えなくて困っているので、近くにいる張悦が教えた。

「誰と一緒に瀋陽に行きますか？」

「オンリーワンです。でも瀋陽で仕事を探している4年生に案内してもらいます」

張悦たちがニコニコして安心したような顔をしている。一人で行くというとみな心配する。

汪永嬌に当てる。彼女もスピーチをしないで私に質問をする。

「清明節にはどこに行きますか?」

「それはもう話しましたよ」

みんな笑う。

「あなたはどこへ行きますか」

「故郷の農安(第五章地図参照)に帰ります」

「帰って何をしますか?」

「お墓の掃除をします」

「あ、そうなんだよね。清明節にはお墓の掃除をするんですよね」

「あなたのお父さんは先祖から数えて何代目ですか」

「分かりません」

張麗が「先生、中国では一般的に系図はありません」と言うと、王彤は「いいえそんなことはありません」と反論する。

「どっちが正しいのでしょう。でもみんなは今の父の代が何代目かは知らないんですよね」

張悦、呉姣、張麗などがうなずく。

この後、二つの会話例文を暗唱させた。


〈1限と2限の間、10分休みで〉

張悦が「昨日QQ(日本のラインのようなもの)にアクセスしました」と言いに来る。

「そうですか」

「はい、登録しようと思いましたがうまくいきませんでした」

「今日、もう一度やってみてください」

うれしかった。張悦が一度アクセスをして来たので承認しようとしたのに、その後、反応がなくなったので、何か承認を拒否されたように思っていた。

張悦が、新しい教科書を持っているので聞く。

「この教科書はもう買ったのですか？」

「いいえ、4年生の先輩からもらいました」

「4年生の先輩って、誰ですか？」

「楊璐璐というひとです（字を書いて私に教える）」

「そうなんですか。実は瀋陽の町を案内してくれる人はこの人なんですよ」

「私の父と彼女の父が知り合いです。大学に入る前、彼女と会いました」

「彼女はどんな人ですか」

「昨年、会ったとき、これから先生と食事するんだと言っていました」

とにかく今日の張悦は素敵だった。昨日の朝見たグレーの服を着ている。終始、笑顔を浮かべている。彼女は目を逸《そ》らさなくなった。

授業の途中でトイレに行った。長いトイレだった。もしかすると楊璐璐と今の話を電話でしたのかもしれない。李芳春は出席を取っているときと授業中と、二度トイレに行った。

〈張悦よりＱＱアクセスあり〉

承認した。

２０１１／04／08（金）

〈１、２限　作文〉

張悦はまた立って自分の作文が正しいか見てもらいに来た。彼女のは大体正しい。

そのあと、十人を指名して前でスピーチさせた。自信を持って堂々とする者。泣いて声が詰まってしまう者。自信が無くて声の小さい者。張悦は「体が小さい」ということが家族の悩みだったと話す。

講評として「全体に真面目すぎてユーモアが足りない」と述べる。張悦がそれに反応して笑顔を見せた。


〈15：09、陳智利からＴＥＬ、来訪。「西遊記（陳智利翻訳文）」の添削〉

添削が終わってから陳智利に教えてもらってＱＱで遊んだ。

（曹雪《そうせつ》へ）「何をしているの？」

「Listen to music」と英語で答える。曹雪は日本語よりも英語が得意である。

（張悦へ）「何をしているの？」

「韓国ドラマを見ている。先生は何をしているの？」

「ＱＱで遊んでいる。ＱＱは少しできる。他に何ができるの？」

「ドラマを見るとか、ゲームするとか、音楽を聞くとか」

「分かった。バイバイ」

陳智利も帰る。

〈19：00頃、張悦へQQ〉
「張悦さん、こんばんは。ちょっと頼みたいことがあるんだけど……」と入れたが返答なし。

〈21：26、張悦からTEL〉

「インターネットを見ていたら、先生からメッセージがありました」

「明日、中東市場《ちゅうとういちば》（大学より北へバスで15分。第二章地図参照）に買い物に行くのを助けてほしいと思いました、しかし、明日は用事ができました。来週行きましょう」

「来週の何時がいいですか」

「9：30でどうですか」

「中東市場だったら8：00がいいと思います」

「それでは8：00ということにしておいて、来週、また連絡を取り合いましょう」

2011／04／12（火）
〈6：30、2年生と太極拳〉

後ろの方にいると張悦と王紅香が来て話をする。張悦が、

「今朝は5：30に起き、6：00からグラウンドを走りました」と言う。

「昨日は早く寝たんですか」

「いいえ普通です。先生は今日は何時に起きましたか？」

「5：40」

「私より10分後ですね」

王紅香が、

「朝ご飯は食べましたか？」と言う。

「これが終わったら食べます」

「食堂ですか？」

「いいえ、寮へ帰って食べます」

太極拳が始まる。張悦が、

「先生、列に並びましょう」と促す。

今日は張悦の後ろで太極拳をした。

今週の土曜日は多分、張悦一人ではなく、王紅香も来るのだろう。

2011／04／15（金）
〈1、2限　作文〉

5分前に行く。コンピューターによる授業。全体に後ろ向きの感じがする。張悦が今日は暗い感じ。教わるものだけを教わればいいという感じ。

2011／04／16（土）

〈8：00、食堂〉

張悦に電話する。

「まだ、寮にいます。先生は昨日8：30と言ったと思いました。今から行きます」

昨日午後、授業を終えた張悦と偶然会った。その時、今日の待ち合わせ時間のことを確認し合った。でも、その時、8：30と言ったかどうか……。彼女の聞き違いではないかと思ったが、「急がないでいいです。ゆっくりと来て」と言って、電子辞書を忘れたことに気づき、寮へ取りに帰った。

食堂に戻り、辞書で今日の買い物の中国名を調べているとすぐに、張悦と王紅香が現れた。

〈8：20、食堂〉

二人が来る。買う物を私が日本語でいい、彼らに中国語でメモさせてから出発した。3月に、2年生の呉紅華《ごこうか》、于名月《うめいげつ》と中東市場へ買い物に出かけたが、彼らはメモ用のノートを持って来ていた。張悦たちは何も持って来ていない。呉紅華たちはものすごく張り切っていたんだと、その時、思い出した。

〈8：45、校内を歩いて正門前のバス停へ向かう〉

体育館の前に人だかりがある。それを張悦が説明してくれる。

「今日は4年生で就職がまだ決まっていない人のための説明会があります。私も就職が心配です」

張悦は王紅香と腕を組んで歩く。


〈8：50、120番バスで中東市場へ〉

「張悦さんは、視力はどのくらいですか？」

授業中に眼鏡を掛けているので聞いてみる。

「400度です」

400度というのは0・1ぐらいだということが話をしていて分かった。

「母は私に手術を施そうとしています。手術をすれば眼鏡を掛けずに済みます。成功率が100％ではないので母はそれが心配です」

こんな会話をしてから少し打ち解けてきた。

〈9：20、中東市場〉
道路を横切るところで、張悦は三人の真ん中で、王紅香と私の手を取って歩く。中国の学生は親しみを持って手を引いてくれる。年配者をいたわる習慣が今でも残っている。幸福感でいっぱいになる。

張悦は少し口を開いていて、フェルメールの「真珠の耳飾りの少女」を思わせる。

重慶路へダウンを買いに行って以来の買い物だ。長い3か月が空白のまま過ぎた。その間に、呉紅華、于名月と中東市場へ、李芳春、金琳香と桂林路・重慶路へ行った。李芳春と張悦は学生寮が同室で、李芳春と金琳香は朝鮮族同士で親しい。その時買った衣服を着て授業をすると張悦はにっこりと笑った。多分李芳春から何か聞いているのだろう。ようやく4月8日にQQで呼びかける。張悦から電話が掛かってくる。火曜日、朝、太極拳。張悦からうれしそうに話しかけてくる。そして今日16日、ようやく久しぶりの買い物に来た。バスの中で視力の話をする。この時、自然な会話ができたと思う。バスから降りて張悦は腕を取ってくれる。幸福の絶頂に浸る。

〈9：30、福万家《フーマンチャー》超市（スーパーマーケット）でほとんどを買う〉

張悦がカートを引く。王紅香は前でいろいろ探そうとするが結局は張悦の言うとおりに動く。以前、重慶路に行ったときと同じだ。しかし、買い物に行くときは王紅香がいいらしい。

小鍋26元、豆乳1キログラム19・55元、牛蒡《ごぼう》6・7元、海苔《のり》5元、大葱《おおねぎ》4・8元、長芋4・7元、人参4元、米9・5元、蒜《にんにく》3・7元、赤唐辛子4・6元、牛切り落とし300グラム14・7元、蜆《しじみ》1元、鱈《たら》2・5元、黄花魚（キグチ…鯖《さば》と同じような魚だというので買った）23・1元、豚バラ肉4・2元、レタス2・46元、大根2・83元、ニラ3・26元、トマト5元、エノキダケ3・96元、パン粉0・6元、小葱5・26元、シメジ、ピーマン3・7元、ブロッコリー3・98元、合計165・1元。50元以上買うと抽選で商品が当たる。結果は全部6等でポケットティッシュ3個ゲット。

人参や大根を選ぶとき、張悦は傷んでいないのをしっかり選ぶ。この辺は他の学生とは違う。歩いていてふっとイカの冷凍物などを見つける。なんでも聞いて探すようなことはしない。目端が利く。

〈10：30、植物を買う〉

湿気を多く出す植物。店員は65元と言う。

張悦が日本語で「高いね」と王紅香に言う。

王紅香も日本語で「40元で交渉しよう」と言い、張悦が中国語で店員に掛け合う。

「どうだった」と張悦に聞く。

「店員は50元以下には下げないと言っています」

「50元では高いの？」

「他の店で探しましょうか」

三人で他の店に行こうとすると店員が後ろで何か言ったらしい。

「何て言っているの？」

「45元でもいいと店員は言っています」と張悦は言う。

「その値段はどう？」

「いいと思います」

市場では値切って買うのが常識だと聞いている。さすがに彼らは交渉が上手だ。

この日以前に、中東市場で、組み立て式の木製の食器棚を買ったことがある。その時、付き添ってくれた呉紅華と于名月はよく粘った、「ウーン」と言ったまま、うなずかない。店員が折れて250元から190元に値下げした。

　張悦のやり方は少し違う。言うべきことを言って相手が自分の言い値にならないと「他の店に行きましょう」という。相手が妥協する。呉紅華たちの方が可愛らしくて店員には感じがいいかもしれない。

〈11：30、荷物が多いのでタクシーで帰る。11元〉

帰寮。私の部屋を訪問する時は玄関の受付で学生証を提示しなければならない。彼らは学生証を持って来ていなかったが「先生と一緒ならいい」と言われたという。

お茶もお菓子もご飯もいらない、と張悦はいう。平日は勉強しているので、週末は掃除とか洗濯をすると張悦は言った。4階の二《ふた》部屋が私の部屋で401が書斎とベッドルーム。402は応接間にしている。

　402に来て張悦は「以前と変わりました」という。呉紅華と于名月が買ってくれた食器棚が組み立てられて飾られている。401の書斎で写真を撮るとき、張悦は前に座る私の肩に両手を置く。しかし、顔はあくまでも真面目だ。パソコンで09生の群のページを開けてみる。

「明日、日曜日出欠点呼がある」と朱春婷から連絡が入っている。これがあると外へ遊びにはいけない。

「うるさい」と男子学生の王玉雷《おうぎょくらい》が反応している。それを見て張悦が笑う。

「私たちは帰ります」と言って二人は帰る。張悦は王紅香の腕を取る。彼女の癖だ。首を王紅香にもたれたりする。中東ではカバンとか服とか買ったことがあるという。いつも王紅香と一緒だという。

「私たちは買い物が大好きです」

　二人は女の子らしい買い物が好きなようだ。


〈22：00、ＱＱで話す〉

「張悦さん、こんばんは。今日はありがとう。植物の名前、知っていたら教えてください。水やりはしなくてもいいんですか？」

「植物の名前は分かりません。水やりは、いつかいっかいです」

「『いつかいっかい』の意味は『毎日１回』ですか？」

「５日に１回です」

「分かった。ありがとう。お休み」

「おやすみなさい」

２０１１／04／21（木）
〈８：00、会話　１３０２教室〉
　今朝は訓話をする。
「少年老い易く学成り難し、一寸の光陰軽んずべからず」と板書する。皆、素直なので、シャンとなった。特に張悦は「我が意を得たり」とニッコリとしていた。彼女は太極拳も勉強もがんばっているから。

会話例文を覚えさせ、実際に演じさせた。男子学生の孔祥龍が面白い演技をした。張悦も上手。

〈休み時間に張悦を呼ぶ。作文について意味を聞く〉

「二年生だから、以前より思想や様態（様子）など変わってきた」は「二年生になって考え方や外見などが変わってきた」の意味。

「しかし、苦しいこともある。身が低いから、他人よく『高中生ですか』と言われる」

「しかし、悩みもある。背が低いので、人からよく、『中高生ですか』と言われることがある」の意味。

小さいけれど一番小さいわけではないことは知っていた。

「身長は何センチ？」

初めて聞いた。

「155センチ」恥ずかしそうに笑って答えた。

「『小さい人は可愛らしい』と日本ではいうよ」と言って励ました（つもり）。

2011／04／22（金）

〈8：50～2限　作文　時間が余ってもみんな席についているので余興〉

今日は雨が降っているので傘を持ってきた。傘をワンタッチで開き閉じをして遊ぶ。張悦をはじめ、みんなの顔に笑顔が出る。

「去年、中東市場で買った。いくらだと思う？」と質問する。

「25元」「40元」などいろいろ飛び出す。

「そんなに安くない。実は70元。その時買い物に付き添ってくれた、今の4年生が『先生にお似合いです』と言ったので買った」

中国では値段の話が会話で一番盛り上がることを私は知るようになっていた。


〈15：00、今日の作文を読む〉

張悦のは今ひとつ、ユーモアが足りないと思ったが、後でよく読んでみるとおかしかった。

「中学時代、男っぽい女の子がいて身のこなしが上手だった。よく掃除の時間にふざけて飛びけりをしていた。それを真似した女の子がいる。その子は太っていた。ドスンと音がしたのでみんな振り返った。その子の姿が見えない。どうしたのかよく見ると下に転んでいた」そういう内容だった。

この「太る」というのも女の子の間でよく話題になる。そして笑いのネタになる。

ユーモア作文では、小さい頃の思い出を書いた者が多い。今日の授業で作文には一番いいものから順位を付けていると言った。

彼女はこちらを見ていた。今度から書く態度が違って来るだろうか、それを観察することにする。

2011／04／25（月）

〈授業のまとめ。16：00まで昼寝。その後、夕食作り〉

それからQQで朱春婷と話す。彼女はとても言葉遣いが正確である。「黒河《ヘイホォ》」（黒竜江省の町。彼女の出身中学がある。第一章地図参照）へ一人で行くのは無理だと朱春婷は言う。無理だと言われるとどうしても行きたくなってしまう。

張悦からは返事が夜9：30を過ぎてからきた。

「先生すみません。夜の授業がありました。今、帰りました」

いろいろ話している途中で、朱春婷からクラスのQQに連絡が入る。

「よくない知らせです」と朱春婷はもったいぶって何かを言わない。陳佳佳《ちんかか》がすぐ反応する。

「何なのか、はっきり言いなさい」

朱春婷がとうとう言う。

「衛生検査があります」

王紅香なども大騒ぎして反応する。それで張悦からも「先生、明日衛生検査があってちょっとすみません」などとQQメールの返事がくるのでそこで話をやめる。

衛生検査というのは部屋の点検である。学生会という学生の組織が先生の支持を受けて行う。部屋の使い方が悪かったりすると反省文を書かされる。しかし、反省文の見本みたいなものが、インターネットで検索できるらしい。だから本当はそれほど困らないのだが、彼女たちは日本の高校生が部活動の合宿へ行った時みたいに、部屋の掃除をしたり、二段ベッドの布団をきちんとたたんだりして、検査に対応する。

2011／04／26（火）

〈15：15、柳金金からTEL。崔麗花と二人で来る。二人は今度、日本語スピーチコンテストに出る〉

主に柳金金の指導だったが、それが終わると崔麗花が、「ヨーロッパ旅行の写真を見せてください」と言うのでパソコンに保存してあるのを見せたり、「衛生検査」の様子や夜の授業のことを聞いたりする。彼らはお土産にお菓子を置いていく。

「先生はコーヒーが好きですからコーヒーを飲むとき召し上がってください。テレビを見ながら召し上がってください」

柳金金が一生懸命、敬語を使っていう。

崔麗花が、「次の国慶節、蛟河《ジャオホォ》市に来ますか？」

「ええ、紅葉を見たいです」

「張悦さんから聞きました」

「張悦さんと同じ高校ですか？」

「いいえ、違います」

「張悦さんの家は市内にありますか？」

「蛟河市の範囲にあります」

「君の家は市内ですか？」

「はい、私がガイドします」

「ホテルは君に取ってもらおうかな」

そうか張悦は崔麗花に話をしてあるんだ。よし、今年の国慶節はこの二人に案内をさせよう。

2011／04／28（木）
〈8：00、会話〉
張双がよく予習をしてきてある。絵を見ながら、遊び感覚で予習ができる。張悦は受け答えがよい。
労働節にみんなはどうするか、聞いてみた。張悦はまだ決めていないという。私は08生に宿やバスの切符を取ってもらって、一人で長白山《ちょうはくさん》（北朝鮮では白頭山《はくとうさん》という。第五章地図参照）へ登る。

2011／04／29（金）

〈8：00～作文　2206教室　終了後〉

みんな帰ったのに張悦は残っている。教卓に来る。

「私は前に先生に木耳《きくらげ》をあげると言いました。私の故郷は木耳の産地です」

「どうやって食べるの？」

「お湯に20分浸けます。それから酢、ワサビで食べます。砂糖を少し入れます。キュウリとまぜてもおいしいです」

「あなたの故郷は蚊河市の市内ではないそうですね」

「はい城市（中心街）まではバスで50分です」

「何という町ですか」

「黄松《ホアソン》　甸　縣《ディィエン》です」

帰ってから地図で見ると黄松甸縣は蚊河市から結構離れている（第五章地図参照）。張悦は連休の前、最後の授業に、わざわざ木耳を持って来てくれたのだった。

2011／04／30（土）
張悦にもらった木耳を教わったようにお湯に20分浸ける。お皿に取り出す。張悦はここで「ワサビ、酢、砂糖で食べる。キュウリを加えてもいい」と言ったが日本風にアレンジする。トマト、レタスを加えて、調味料はみりん、酢、砂糖、塩、ワサビとした。酒のつまみにいい。

2011／05／11（水）

〈8：50、休み時間〉

張悦は、今日は黄色の薄ジャンパー姿。初めて見る。

「電話番号が変わりました。」と張悦。私が、

「忘れちゃったので12：10に電話してください」と依頼したついでに、

「この間一緒に買った植物。脇から新しい葉が出てきています。名前が分かるといいんだけど」と聞

く。

「店員も知らないと言っていました。でも蕨《わらび》類の植物です」

また、

「木耳にトマトとレタスを加え、ポン酢とゴマ油で食べています」と言うと、

「中国の食べ方と違います。中国ではキュウリと一緒に食べます」という返事だった。

2011／05／13（金）
〈8：00、会話　2206教室〉
会話のDVDを見た。張悦はじめ、みんな興味を持って見ていた。良かった。

2011／05／19（木）

〈8：00、会話　1301教室〉

張悦はいつもの黄色のフード付きジャンパー。彼女は今日は教卓の近くに来ると思ったのに来なかった。「後でご連絡します」と昨日QQで言っていたので必ず来ると思っていたんだが……。今日は下を向いていた。あまり授業に乗り気ではない。

今日はコンピューターの得意な張巍に質問したりしていた。

「明日スキャナする道具を持って来てくれないか」

張巍も故郷のお土産だと言って野菜（これはパセリか？）をくれたりした。

次の休み時間も周文儀の質問。呉姣の連絡（「先週金曜日は父の母が亡くなったための欠席。83歳だったそうだ。明日は病院〝喉の病気〟の治療に行くための欠席）を受けた。

終わりの時間も別の学生から質問やら、作文の提出やらある。

李芳春の質問。

「どうかなにとぞお願いします、と、どうぞよろしくお願いします」の違い。そんな質問がいろいろあった。

崔麗花が一番悪い。彼女はどうしたんだ。元気がない。前回の作文にも欠席だった。

金琳香が可愛い。何か言うが失敗して笑うところなどが。彼女は4年生の楊璐璐とよく似ている。よく考えているし、自己主張もある。

2011／05／20（金）

〈8：00、作文〉

張巍が今日もＤＶＤの放映をしてくれた。終わって相互添削に入る。

見てあげない約束だったが、一人が来ると次々と来る。張悦には他の学生の言いたいことを翻訳させた。彼女は聡明な女だ。話し方もテキパキとしている。

〈17：20、党90周年＆人文学院開設5周年記念晩会（夜のパーティー）〉

「あちら、あちら」という張悦たちに勧められて、真ん中寄りの見やすい席に座る。

この夜は日本語科3年生の薛爽のバイオリン演奏、2年生の孔祥龍の二胡の演奏があり、日本語科から大きな拍手が起こった。

2011／05／24（火）

〈18：10、致知楼（第一校舎）の前に行く。ここには正門から続く広場がある〉

「先生」とみんなから声が掛かったので分かった。

いたいた。張悦たち12人が英語科の3年生に体操の指導を受けている。あまり、集中していなくて、途中、張悦などが眼鏡を双眼鏡代わりにして、何かを見ている。正門の方をボーイフレンドと一緒に歩いている馬媛《ばえん》の方を見ているのだった。

張悦はダンスをやる衣装のような服を着ている。身体のラインがきれいに出ている。朝は話しかけてきたのに、今は打って変わってそしらぬ振りをしている。ここがコケットで悪女っぽい。

2011／05／26（木）

〈8：00、会話　1301教室〉

授業の始めに、日本の今はどうかを話す。

「今の季節が一番いい。日本の夏は蒸し暑い、シャワーが必要。山東省にはどの家でもシャワーがあると聞いているが、安徽省はどうですか？」

安徽省出身の陳英莉が「あります」。

河北省出身の王彤は「川で洗います。魚と一緒に」。みんな笑う。

「川は今でもきれいなんですか」

「きれいです」と王彤。

「汚くなりました」と陳英莉。別の学生から、

「日本に行くには、費用はどのくらいかかりますか」と質問が来る。

「年間で生活費100万、授業料100万、飛行機代5万という感じかな」

会話で発音チェック。試験に出すと言った。

「先生を誘う」

これの実践会話をやる。

張悦は一昨日夜と同じ服を着ている。身体にぴったりの服。昨日は致知楼（第一校舎）前での体操の練習はなかったと張悦は言う。

張麗の勧誘の例話が面白い。

「夏の景物（蛙、池の蓮）を見に行きましょう。そこでソフトクリームを食べましょう」

「どこへ行ったらその景物は見られるんですか」

「南湖公園です」

「『それでは南湖公園へ行きましょう』と言うといいですね」

張悦はニコニコして顔を上げている。この笑顔もとてもいい。

張双が答えるとき張悦が応援している。張悦の答えなのかもしれない。

2011／05／27（金）

〈8：05、作文　2206教室〉

もう教室にPPTが映されている。張巍が昨日学校を休んで作ったらしい。

「1週間かかりました」

PPTの発表会は来週ある。王彤がナレーションの練習をしている。

張悦は体育委員の張立海《ちょうりつかい》から何か聞いている。班（クラス）長の斉爽《さいそう》が張悦のところに来て何か話している。彼女は絶対何かやる。何をするのだろう。何だろう。運動会のプラカード持ちかな？　PPTの発表会で何かやるのかもしれない。何であってもきっと素敵なことになるだろう。

2011／05／28（土）

〈人文学院　運動会〉

閉会式をしている間、最高の出来事があった。張悦との久しぶりのしっとりとした会話、そして約束が出来たこと。大きな収穫である。

今日は最初は日陰の3年席にいた。日陰だし、スタンド席で、それはいいのだが、スピーカーがすぐ近くにあって、音がうるさいのに耐えきれず、直射日光の指す2年席へ行く。そこは日差しが猛烈に強い。

2年生はみんな帽子を被ったり、スポーツウェアにくるまったりして日差しをよけている。張悦は

100人でする体操に出場するため、白いポロシャツに着替える。

100人でする太極拳につづいて100人でする体操が終わる。400メートルリレーが始まる。


〈体操が終わって戻ってきた張悦と話をする〉

何と言ってもハイライトはこれ。いろいろな疑問を聞いて分かったことが多い。

「今日、午前中は何をしたの？」、午前中は姿がなかった。

「10時頃、食堂でご飯を買って部屋で食べました」

「それから？　QQをしたの？」

「いいえ。お風呂に行きました」

お風呂といってもシャワーを浴びることである。今の彼女は紫を主調としたワンピース姿である。リラックスして応援している。胸の前が緩やかなので、例の深い谷間がほの見える。

「金曜日、班長さんから何か頼まれたの？」

「実は私は活動委員です」

「活動委員？」

「はい、私の委員の仕事の範囲は広いんです」

「今朝は、6：10に運動場に来て座席に花を飾ったりしました。宣伝委員の高宇辰さんと一緒にやりました」

「そうなの？　そんなことをしていたの？　張双さんも何か係をしているの？」

「青年委員です。クラスのお金を管理しています。青年委員は生活委員の仕事もします。衛生検査の時は、女子は彼女が管轄します」

「あなたは6月の予定は忙しいの？」

「試験の時以外は暇です」

「それじゃ、今度動物園に行きましょう。動物が好きでしょう？　何日がいい？」

「先生が決めてください」

「それじゃ明日じゃなくて来週、土曜日に行きましょう」

「分かりました」

話は簡単だった。動物園（第二章地図参照）は3年生から勧められていた場所で一度行ってみたいと思っていた。


張悦は赤紫に紺の水玉模様のあるワンピースを着ていた。

私は大学から日傘を支給されていたので、その中に交代で何人かの学生たちを日除けとして入れてあげていた。その子たちが閉会式に行くと張悦は私の横に座った。彼女は１００人の体操に出たばかりなので閉会式に出なくてもいいらしい。それからずーっと二人だけで話をした。

「朝は得意なんだよね。遅くなるときもあるの？」

「疲れているときは８：00くらいまで寝ているときがあります」

「君たちの部屋はきれいなんですか？」

「まあまあです」

〈全体写真を撮る〉

きょう、ずーっと日傘の中で一緒にいた柳金金がすっかり私に懐いて横に並んでくれる。張悦は遠慮して一番後に座る。彼女の性格はようやく分かった。控えめである。しかし、奥のところに情熱がある。

〈片付け〉

張悦もする。朱春婷などもする。朱春婷に月曜日のPPTの発表会を見に行きたいと言う。こういう時の責任者は朱春婷だということをもう、覚えている。彼女は「喜んで」と言ってくれる。「席は2年生の席でいいから」と頼んでおく。開会式に撮った写真を見せる。プラカードを持った朱春婷の姿が映っている。

2011/05/30（月）

〈17：40、共青団支部風采展〉

張玲玲と周文儀が職員寮玄関まで迎えに来る。多分、朱春婷が手配したものであろう。手厚く遇されている感じで、気分がいい。

最初、1年生の発表、次に2年生の発表という順序で続く。来ていた2年生は朱春婷、陳英莉など女子学生5名と男子学生3名。

日本語科2年生の発表が始まる。ナレーターは昨年と同じで王彤。パソコン操作は張巍。張悦と張双がとにかく引き立つ。きれいなチャイナドレスを着てクラス活動の写真を貼った幕を持って登場している。

「先生きれいでしょう」

私を迎えに来てそのまま隣に座った周文儀が言う。二人の美しさに目がくらくらした。

この制作のために日曜日と今日、時間を割いたそうだ。さすがに張悦らしいこだわり方であった。

ところが前のクラスの得点が92点。日本語クラスは88点。突然、張悦が席を立った。他にも日本語科の2年生が来ていたが、皆席に着いている。張悦が気になって私も席を立った。私に通訳する役目で、その時、隣に来ていた李芳春も何かを察して一緒に席を立つ。

「先生、張悦さんと写真を撮りましょう」

李芳春は私の心を知っているのだろうか。私は何も言葉が出て来なかった。張悦の姿は見当たらなかったが、ホールの片隅にいることが分かった。

陳英莉や朱春婷らに囲まれてその中にいた。泣いていたらしい。前のクラスよりは点が低かったので、泣いたらしい。李芳春が職員寮まで送ってくれて、その帰り道で説明してくれた。

「勝ち気だからね」と私は言ったが、李芳春はその言葉の意味にかまわず、彼女たちはがんばったといった。

日曜日と今日、空き時間に大きな扇にクラスの写真を貼ったりしたらしい。特に張悦はきれいだった。色白でノースリーブの白いチャイナドレスがよく似合った。髪は美容院へ行ったのだろうか、チャイナドレスに似合うようにセットしてきていた。

写真は何枚も撮った。朱春婷が張悦と張双を両手で抱いているような恰好で写真に収まった。朱春婷は身長が168センチで背が高い。二人は背が低いので両肩に手を回すと屈むような感じになった。朱春婷は宝塚の男役、張悦は女役。そんな感じで素敵だ。

李芳春の母は看護師だそうだ。延吉と離れたところで働いている。延吉には父だけがいる。

「父は、今までそんなことを言ったことがなかったのに、最近は恋愛をしろというようになった。しかし、私は今は勉強をする」

帰り道で李芳春のそんな話を聞いた。

2011／05／31（火）

朝、2年生のクラスQQを見る。

（朱春婷）「みんなが努力したのに、私、すまない」

（当日のナレーター王彤）「そんなことないよ。なぜ、そんなことを言うんだ」

（朱春婷）「うん」

（王彤）「みんな忙しくて疲れているんだ。今度みんなで食べに行こう」

（馬媛）「私は昔、人とケンカしたことがあって、その時、先生から言われた。今後成功するにしろ、失敗するにしろ、それは全部お前にかかっているんだよ」

（王彤）「そんなこと先生は言ったことあったかなぁ」

（馬媛）「王彤なんか死んでしまえ!!」

（朱春婷）「ありがとう、私の気が晴れたわ」

（王彤23：50）「これから歯を磨いて寝る。お休み」

（朱春婷）「（絵文字で）再見《ツァイチェン》（バイバイ）」

2011／06／02（木）

〈8：00、会話　1301教室〉

出席状況が悪い。張悦、張双、金琳香、陳佳佳など6名ぐらいがいない。その中の何名かは遅刻して入ってくる。張双は休み。

張悦は一番後の張玲玲の隣に座る。二人はおしゃべりをしている。崔麗花はうつぶしている。今日はだらけているが、みんなの心が傷ついているような気がしたので注意をしなかった。

張巍は今日作文を持ってくる。

「いつの約束だった？」

「すみません」

「月曜日は風采展のことで忙しかったの？」

「はい」

彼女はまだ二つ、作文を出していない。それは宿題にした。

〈間の休み時間〉

張悦から「相談があります」と言われる。

「何？」

「昨日の夜、電話がありました。祖母が私に会いたがっています」

「是非会ってあげなさい」

「今度、端午節で3日間休みがあります」

「ええ、知っています」

「その時に祖母に会いに帰らなければなりません」

「はい」

「それで動物園に行けなくなりました」

「いいですよ。仕方がありません」

「また、いつか」

「ええ、是非行きましょう」

日曜日からずーっと、これを楽しみに過ごしてきたのに。これが現実なんだ。しかも、彼女は何事もなかったかのように、隣の張玲玲と話し続けている。私は注意も出来ないでいる。何か、休みがあるとみんな狂う。

2011／06／03（金）

〈8：00、作文〉

——作文「失敗談」の講評をする——

——各自修正して提出させる——

張悦が時間を過ぎても何か書いていて、しかも提出しないので、どうしたのかと思った。

「失敗談」の修正文は書いてある。とすると、端午節の宿題をやっていたのかもしれない。端午節の宿題は会話教科書「手紙文2」、作文三種類「先生のニックネーム」、「好きな名前」、「7年後の私」。

端午節の休暇に、私は遼寧省の桓仁（第五章　中国・東北地方図参照）へ一人旅行をすることにした。ここには、朱蒙《チュモン》が立てこもったという五女山という山城がある。朱蒙は初代高句麗王といわれる人物なので、ここは是非とも行ってみたい場所だった。

2011／06／07（火）

2年QQに王彤が載せたチャットに珍しく張悦が反応している。

2011／06／09（木）

〈8：00、会話　1301教室〉

少しみんなに緊張感を与えたい。今後の予定を話した。

今週金曜日6／10には卒業生の写真撮影がある。土曜日6／11に4年生の卒論の発表会がある。来週土曜日6／18には中国英語4、6級の試験がある。翌日の日曜日には中国日語4、6級の試験がある。6／26（日）には日本文化祭がある。餅つきもする。

「餅つき、知ってますか？」

「知ってます」と張悦など大勢。

「出店、盆踊り、座談会などがあります。去年は2年生が全員参加で、金顥先生が引率されたそうですが、今年はいけないので私が引率します。といってもみんなに連れていってもらいます」というと張悦、ニッコリする。

今日は黒の上下でとてもほっそりと見える。身体を反らすとバレリーナのようにきれいに反る。

「みんな行ってみたいですか？」

陳英莉をはじめとして全員が「行きたいです」。発音の指導。みんなよくなってきた。

終わって張双が、

「先週月曜日の張悦さんと私のチーパオ（チャイナドレス）の写真……」

「見に来ますか？」

「はい、いつ、行ったらいいですか？」

「今日17：30。今までの写真もコピーして行ってください」

〈17：00～18：30、張双、401〉

張双は最近よく一緒にいる陳佳佳と一緒に来た。張悦は来なかった。

チーパオは朱春婷から借りたのだという。朱春婷は礼儀協会（行事の接待などをする女性の集まり）の一員なのでそこでチーパオを借りられたのだという。

中国ではこのように人間関係がすべてだ。日本のようにルールが決まっていて、借りたい者はだれでも借りられるというものではない。しかし、日本でも外交とか、商取引とかは人間関係で決まるので、大事なことは人を間に介して行われている点では、中国が異例というわけではない。

それにしても大いに注目を集めたチーパオだったのに、点が集まらなかったのは張悦ならずとも口惜しいことであったに違いない。

「靴は中東で60元で買った。髪の毛は張悦がしてくれた。彼女はすごい人です」と張双は言う。

張悦は自分の髪は自分でしたらしい。寮で着替えをしたが、そこから発表教室へ歩く時、激しい雨が降っていた。裾をまくって歩いて行った。

「多くの人から珍しそうにチーパオ姿を見られた」と張双は言った。張悦には口惜しいことだったが、張双にとってはチャイナ服を着た経験は良い思い出になったに違いない。

2011／06／11（土）

〈8：20、論文答弁（卒論発表会）1420教室　9：00頃開始　昼食休憩12：00～13：00　16：10頃終了〉

全てが終わって、隣の4年生の控え室へ行く。4年生の金暢から「一緒に卒業パーティーに行きましょう」と誘われていたからである。

その控え室に李芳春と張悦がいて勉強していたのでそばに行く。

「来週土曜日に英語4級を受けるの？」

「はい」

「翌日の日本語4級も受けるの？」

「いいえ。受けません。7／03に日本語国際能力試験2級を受けます」

こういうときの受け答えは大体、李芳春がする。張悦は笑顔を浮かべてこちらを見ている。

李芳春が「先生、今日はカッコイイです」と私の服装を見て言う。

今日はネクタイこそしていないが、フォーマルな背広上下である。中国ではいつもカジュアルな普段着だが、今日は4年生にとって晴れの日なので。

2011／06／16（木）
〈8：00～8：50、会話　1301教室〉
7年後の手紙、個別指導。
張悦の手紙（添削済み）
「谷川先生お元気ですか。七年前はいろいろお世話になり、ありがとうございました。お陰様で、今、私は元気に生活しております。そちらでは楽しく生活していらっしゃいますか。今私は、年齢を重ねるとともに、生活習慣も変化しつつあります。長春の冬は先生が帰ったときよりもずっと寒いです。
私は今、大きな企業で働いています。上司も優しくて、同僚も熱心です。日々楽しく過ごしています。

私は今、両親も元気で弟の子供たちも元気です。時々、家族全員で旅行に行きます。私は今でも、日本語を勉強しています。いつかある日、日本へ行くことを望んでいます。もし、日本へ行くことになったらご相談いたしますので、その時はよろしくお願い致します。お返事、お待ちしております。ではお元気で。

張悦（出席番号07）二〇一八年九月二十三日」

アンダーラインの部分はこうなっていた。

「両親も元気で、子供たちも元気です」

「この子供は君の子供なの？」

「いいえ弟の子供です」

「君は結婚していないんだね」

「はい」

「そう言う重要なことはしっかり書きなさい」

「私の顔や年齢を重ねるとともに、生活習慣にも変化がしつつあります」

「28歳で顔が変わるの？」

「……（笑っているだけ）」

突然思った。そうだ19日は何人か作文指導で呼ぶことにしよう。もちろん張悦も呼ぶ。

2011／06／17（金）

〈朝、作文を読む〉

「私たちの日本語の先生にはいつも笑顔があります。授業をしている時も、活動に参加している時もいつも笑顔でいます。だから私は心の中で『笑顔の先生』と呼んでいます。先生は毎日、充実して過ごしています。休みの日にはよく旅行に行きます。いろいろな写真を撮ります。それらの写真を見ると、先生は生活が大好きな人です。笑うことは人とコミュニケーションの道具だと思います。だから、先生はとてもいい人だと思います」

張悦の作文である。『伊豆の踊子』を思い出した。学生は踊り子を情欲の対象として見ていた。しかし踊り子はほんの子供だった。踊り子の真実に触れて学生は汚い自分の欲望が洗い流されるような気がした。

張悦もこの作文を見ると、踊り子のように清純である。彼女も踊り子と同様、「先生はとてもいい人」と思ってくれているのである。

2011／06／18（土）
〈11：43、張悦から電話がある〉
「試験終わりましたね」
「はい」
「どうでした」
「全然できなかった」

「ちょっと相談したいことがある、動物園のことじゃなくて。今日午後はどうですか」

「今日午後は吉林大学へ行く予定です。再来週、2級試験がそこであります」

「明日はどうですか、午前中は都合が悪いけど、午後ならいいです。月曜日でもいいです」

「月曜日は1時間しか授業がありません。10：00から空いています」

「それじゃ10：00に私の寮へ来てください」

「先生の寮忘れちゃった」

「401、あるいは402です」

「あの先生、食堂ではいけませんか？」

「いいです。食堂2階に来てください」

やっと張悦と会える。来学期10月の蛟河《ジャオホォ》行きのことを話しておきたい。私が本気にしているんで困っていませんか？　あなたの家は紅葉谷からは離れているでしょう？　あなたは蛟河市に来て一緒に拉法山に登ってくれるんですか？　彼女は冬休みに帰ったときに靖宇縣へ行くバスがあるかどうか調べてくれると行ったはずだ。その返事も聞いていない。

〈12：26、李芳春に電話する〉

14：00に食堂で会おう。延吉行きの相談。張悦が吉林大学へ行くのは李芳春とではないことが分かった。

〈14：00、李芳春と食堂で会う〉

もう、食堂で待っていた。いるのを知らない振りをして彼女におごるジュースを買いに行った。彼女の方から迎えに来た。通路近くの席に座って1時間話した。

私は3年生と防川（中国最東端の町、ロシア、北朝鮮と接する。第五章地図参照）へ行く約束がある。その帰りに図們市（北朝鮮と橋でつながる町。第五章地図参照）に寄り、その後延吉に行く。その時にあなたと会えないだろうか？　延吉からは韓国経由で日本へ帰るか、長春へ戻って日本へ帰るか、他の都市を回って帰るかこれから考える。

「延吉で使う携帯の番号を木曜日に先生に教えます」

「ところで今日の英語の試験はどうだった？」

「日本語ばかり勉強していたので自信がない。張悦さんや張双さんは私よりも勉強していた。ドラマを見たくて集中できないときがあった」などと李芳春は話した。

「ドラマは日本のドラマ？」

「『龍馬が行く』、『江』など」

「MP5にコピーできる？」

「今日は接続コードを持っていない。先生、こんど張悦さんと月曜日に会うでしょう？　その時張悦さんに渡してください」

2011／06／19（日）

〈21：08、張悦にＴＥＬ〉
最初固定電話。次に携帯から。電話に出ず。

〈21：36、張悦からＴＥＬ〉

「はい」

「張悦ですが、谷川先生ですか」

「はいそうです。明日10：00に会う約束でしたよね」

「実は明日は10：00から授業があったのです。それで12：20分はどうですか」

「明日午後は都合が悪いんですが……」

「いつがいいですか？　火曜日はどうですか？」

「火曜日の16：00ならいいです」

「では火曜日16：00、食堂でいいですか」

「はい、いいです」

「じゃあね。おやすみなさい」

「おやすみなさい」

２０１１／06／21（火）
〈16：00、食堂２階〉

行ってもいないので、下に降りていく。うつむき加減の口をきりりと結んだ知的な顔でこちらに向かって歩いて来る。何かを考えている顔だ。よそに目をくれない顔だ。大きな辞書を持っている。

「仁徳（大学近くの商店街）へ行く？」

一応声を掛けてみる。仁徳にはファーストフードのお店があって落ち着いて話ができる。

「辞書が重たいので……」

そう言うので、食堂2階へ行く。ジュースを2本頼んだが、彼女は服務員に1本でいいと言って飲まない。無理には勧めない。静かそうな場所に座る。白い半袖シャツ。下にはTシャツを着ている。

「張双さんから写真をコピーできましたか」

「はい」

「チーパオを着たきれいな写真。張双さんが言っていましたよ。あなたはすごい人だって。チーパオを着たときの髪をしてあげたの？　自分のは自分でしたの？」

「はい。髪をいじるのは好きなんです」

「お洒落なんだね」

MP5を開いて、長白山旅行の帰りのバスで蛟河付近のドライブインに立ち寄った時の写真を見せながら、

「ここに映っている写真は拉法山《らほうさん》ですか。あなたの街は拉法山から離れていますよね。それで心配になりました」

「蛟河市には伯父が住んでいます。先生、宿泊は伯父のところではいけませんか」

「そんなことを考えてくれていたんだ。ありがとう」

「拉法山で一日、紅葉谷で一日かかります」

「(地図の中の前進村を指さして)ここに高句麗遺跡があるよね。ここにも行ってみたい」

「前進村というのは聞いたことがあります。蚊河市の中はどんなところへ行ってみたいですか。DVDもあります」

「川はありますか?」

「船に乗って遊ぶ場所がありましたが、昨年の洪水で流されてしまいました」

「あなたにゆかりのある場所、高校とかへ行ってみたい」

(にっこりして)「壁の色は赤でとてもきれいです」

「学校の中へは入れますか?」

「以前は入れましたが今は厳しくなっているかもしれません」

「知っている先生はいますか?」

「関係のよかった先生が二人います。一人は中国語の先生、もう一人は英語の先生です」

「その先生と会ってあなたがどんな高校生だったか聞いてみたいです」

「最近連絡していないので今度連絡してみます」

「あなたがよく入った食べ物屋とかにも行ってみたいですね」

「今でもあると信じています」

張悦は考えてくれている。それでうれしくなった。彼女は私をうるさがっていない。老師《せんせい》として尊敬し、客としてもてなしてくれようとしている。崔麗花とも相談している。

「崔さんとあなたは同じ高校ですか？」

「いいえ崔さんの高校は朝鮮民族だけが行く高校です。私の高校は漢民族の子供が通う高校です。3校あるうちで一番、入学の難しい高校です。また崔さんとも相談して先生にお知らせします」

気になっていることをみんな聞けた。

「昨日は中東に行き、前の携帯電話の料金を払いました」

「今度の携帯電話はパソコンとつなげられるの？」

「以前のもできます」

「ＱＱともつなげられるの？」

「ほんの短い時間だけ無料です」

「この間あなたにＱＱ入れたんだけど」

「最近使わないいんです」

「あなたと連絡したいときは携帯がいいですね」

「……（笑っている）」

「選択科目は決まりましたか」

「文学にしました」

「王紅香さんは何に困っているんですか？」

「暗証番号が違っていて教務処に届けられないと言っているんです」

ＭＰ5を渡す。張悦は『江』が好きだと言う。

「この中に入っているあなたの写真をコピーしてください。し終わったら消してください。これに『江』を入れてください。李芳春さんに渡してください」

「はい」

「勉強はどうですか？　日本語の勉強は面白いですか」

「はい」

「動物園は行くと一日かかるし、行けませんね」

「……（笑っている）」

「せっかく会ったから、日本語の勉強をしましょう」

「ありがど」時々、不思議な発音をする。

「どうして弟さんのことが出てくるのか分かりません」

「弟は私と同じ年齢なんです。勉強が嫌いで大学に行っていません。今、琿春《こんしゅん》（延吉の東にある都市）に住んでいます。私は30までは結婚しません」

「そうか、恥ずかしかったから、それを書かなかったんだね」

「……（笑って同意顔）」

「で、あなたは長春で就職しているんだね」

「はい」

「一人でアパートに住んでいるの」

「いえ姉がいます。一つ年上で今、３年生です」

「そのお姉さんと二人暮らし？」

「そうです」

「それはいいね」

「『長春は先生が帰った時よりはずーっと寒いです』と書いてあるけど、それはどうして？」

「今年の夏は暑い。こういう年は冬は寒い。寒暖の差がこれから激しくなると思います」

途中で朴洪洋が来た。張悦は例によって遠慮深い。彼女に席を空けた。

朴洪洋はＭＰ５を指さした。実はこのＭＰ５は朴と相談して仁徳（大学近くの商店街）で購入したものだ。朴洪洋にこの中へ太極拳の動画を入れてもらった。

「これを見て（太極拳を）練習しましたか？」と朴は言う。

「以前よりはずーっと覚えました」

（あまり朝の太極拳に熱心ではない張悦に向かって）「君はもう忘れたの？」

「……（笑っている）」

「体育の授業で太極拳のテストがあったそうだね。何点だったの？」

張悦が「80点（良）」。

朴洪洋が「優秀（90点）」。

「今週で太極拳は終わりだそうだね。明日は三年生のところへ行く」

「明日は雨の予報です」と張悦。

「そうか、じゃあと一回で終わりか」

朴洪洋が去った後、

「とにかく国慶節の旅行がはっきりして楽しみができた。これを楽しみにして夏を過ごすことにする」と言うと、張悦は、

「また、いろいろ分かったら先生に連絡します」

今日の張悦は髪を上にあげているせいで、去年の体育祭の時の顔とよく似ている。笑顔を作ると庶民的な顔になる。それでもいい顔だ。

白いシャツの胸を大きく開けた衿元には首飾りのような金色の模様が付いている。これを見たのは初めてだ。もしかすると、昨日、中東市場で買ったか？　今日は彼女としっかり目を合わせてしゃべった。髪型も今までと少し違う。髪を後ろで束ね、耳の両脇に少し髪を垂らしている。

「先生、何かしたいですか？」

「君はまだいいの？」

「私は教室へ行って勉強します」

「図書館はうるさいと聞いたけど、80元払うと静かな自分の机を確保して勉強できるらしいね」

「ええ、でも教室がいいです」

後ろ姿を見る。来たときと同じ。少しうつむき加減。1メートルぐらい前の地面を見つめて立ち去っていく。背中に小さなバッグを背負い、手に大きな辞書を持って1号棟（致知楼）の方へ向かっていく。いつも誰かと一緒なのに勉強するときは一人。芯の強さ、意志の強さが感じられる。「江」の

ように自己主張のできる、強い女性が好きだという。

QQを見ると「我就是我《ウォジュウシーウォ》（私はつまり私である）」とプロフィールに記している。

２０１１／06／22（水）

〈12：10、朱春婷と食堂で話す〉

「あなたがこの間５／30のＱＱで謝っていたのはどうして？」

「結果が正しくないと思います。あまり準備をしていない科の方が点が高かった」

「張悦さんは泣いたの？」

「私も泣きました」

「そうだったの。チーパオは礼儀協会のもの？」

「はい、そうです」

「大きさはいろいろあるの？」

「あの白い服を着ている人（食堂の服務員、結構背が高い）の大きさです」

「張悦さんも張双さんもあまり背が高くないよね」

「ええ、中に織り込んで着ていました」

２０１１／06／23（木）
〈８：00、会話〉

李芳春がMP5を返却にきた。

日本文化祭のこと。

「3年生は行かなくなりました」と私。

「劉倩先生は（3年生も）行くと言っています」とみんなが言う。

張悦が中国語で何か言っている。

「日本語で言って欲しい」

王彤が、

「張悦さんはボランティアが『なぜ男子ではいけないのか』と言っています」

「一緒に引率する関《かん》秀《しゅう》梅《めい》先生が決めました。男は怖い、汚い、誰も買いに行かない。職業人は男だけれど」

王彤は「はい」と言ったけれど、張悦は納得できないふうだった。彼女は意識が高いのか？

張悦の服装は一昨日と同じ。白の大きく空いた襟元に金の飾りのあるもの。今日は下にTシャツを着ていないので、胸がゆったりして見える。途中から白の布地のカーディガンを上に羽織る。作文の個人指導をしている自由時間には、彼女は片膝で胡座《あぐら》をかいたりしている。下は短いズボン。時々、胸を張って大きく背伸びをする。とにかく一昨日、話をしたので、私の心にはゆとりがある。

結果的に彼女の主張が通って、男子からもボランティアが出ることになった。

2011／06／24（金）

〈8：00、作文　2206教室〉

会話の試験を行うときのグループとテーマ、順番を確認した。17番張悦、張双は「野尻湖について」。

「よく野尻湖を知っているね。ここは私の故郷の近くですよ」

張悦は良い笑顔をこちらに向ける。グループ写真を撮った。

「審査を一緒にするもう一人の日本人の先生にもに分かるように撮る。テストを受ける時の姿で」

そう言ったせいか、張悦はニコリともしない眼鏡をかけた真面目な顔でカメラに収まる。

長春郊外で行う日本文化祭について話す。日本人教師会のくれたＤＶＤ「東京音頭」にみんな乗ってきたのでそれを練習した。張悦の手の振り、首のかたむけは見事。こんなふうに気持ちを込めるものは他にいない。しかし、写真の顔は真面目そのもの。何でも真剣、これが張悦だ。

何でもといったが、太極拳と体操は真面目ではない。最初のうちは前の方にいたり、30分前から運動場を歩くなど真面目だったが、後半、不真面目になった。中国人でも、日本人でも嫌いなものは嫌い。真面目さだけでは長続きしない。今日の張悦は赤い線の入った黒っぽい半袖シャツ。日本文化祭にはものすごく関心がある。

２０１１／07／04（月）

〈9：18、黒河《ヘイホォ》（第五章地図参照）発、長い鉄路の旅。普通列車で11時間30分。一日一本のチチハル行き〉

黒河の近くは原野。北安《ベィアン》に近くなると豊かな穀倉地帯が広がる。五代連池という駅もあった。

MP5でずーっと『江』を見ていた。江は秀吉によって嫁に行かされるが、夫が好きなのに一度も床入りをしなかったというのが興味深い。とにかく江は「思った通りに生きる女」ということになっている。茶々を手に入れるために秀吉は黄金の茶室を作る。関白になる。立身出世をする。クジャクは好きな雌の前できれいな羽根を拡げる。ライオンの雄は好きな雌の前で戦って、勝利した雄ライオンが好きな雌を得る。
〈京極龍子〉「男が大見得を切るのはおなごを落とすとき、茶々さまもおなご、強い男に惹かれるのでは」
〈利休〉「無理は人の心が作るもの」
〈茶々〉「仇とは言え、たいしたものだ」

〈20：51、チチハル（第五章地図参照）着〉
駅前から龍華路《りゅうかろ》を歩く。右側にチチハル賓館《ひんかん》、左側に龍江賓館《りゅうこうひんかん》があるはずだがちっとも見つからない。とうとう中心広場まで歩く。そこにＩＢＳ（イビス）があった。

２０１１／07／05（火）
〈7：15、朝食〉
チチハルというところはこんなにいいところなのか！　イビスが良いホテルなのか！　レセプションにいた女性の従業員がすばらしい。非勤務日の今日、日本人と日本語を話したいという理由でサービスでガイドしてくれるという。

一人では和平広場の意味が理解できなかっただろう。ここは鶴の飛来地らしい。郵便局で絵葉書を買ってそれがよく分かった。公園に鶴がいたわけも。ガイドはとても助かった。

2011／07／06（水）

〈14：45、ハルビン（第五章地図参照）着。さすがにハルビンは大きい。松花江の流れは雄大〉

『江』NO．19。

（秀吉）「今宵こうして来てくださっただけで幸せにございます……力ずくで手に入れようとは思いませぬ……もしも仇でなかったら、思いを受け入れていただけたかと……未練がましうござった」

美女と野獣。茶々は美女、そして秀吉は野獣。永遠のテーマ。男が恋を女に捧げる話だ。


〈15：10、ハルビン発車〉

『江』NO．20。

（茶々）「力ずくで無理にでも我がものにしようと思わぬのですか……それしきの思いしかないのでしょう」

（秀吉）「未練がましうござった」

（茶々、秀吉に抱かれながら）「仇じゃ……父と母の仇じゃ」

（秀吉）「ならばこそ、尽くします」

〈茶々〉「そのような……」
〈秀吉〉「尽くします。命かけてお守りします」
美女と野獣。素晴らしい作品。誇り高いアテナの茶々。秀吉はヘファイトス（足が不自由で醜男）。
〈16：10～23、蔡家沟《さいかごう》（吉林省松原市）を通り過ぎる〉
未だかつて茶々と秀吉の恋をこんなに深く描いたものはあったか？

2011／07／08（金）

〈12：10、食堂2階〉

李芳春に会う。私が、

「日本文化祭で撮った動画や写真、このMP5の中に入っている。動画はパソコンから送れない。MP5はこれから孫辰《そんしん》に渡すことになっている。孫辰《そんしん》がみんなの動画や写真をコピーしてみんなに渡してくれる。MP5は空になるから、それを孫辰から受け取って『江』22回以降を入れてくれ。黒河へ旅行した時、今までの『江』はみんな見ちゃったので」と言うと、李芳春は、

「日曜日を過ぎたら入れられます」と答えた。

「オーケー、張悦も呼んで昼休みに『江』についてのディスカッションをしよう」

李芳春が笑う。

孫辰と会う。孫辰はMP5に入っている日本文化祭の動画と写真を彼女のパソコンにコピーする。

張悦や柳金金たちのもコピーさせ、孫辰からみんなに送ってもらうことにする。

「能力試験日本語2級の結果はどうでしたか?」

「2級は合格していると思います。自己採点してみました。英語の4級は例年より難しかった」

孫辰の家は天津市の南関大学(中国の重点大学の一つ)の近くにある。

「南関大学に入りたかった?」

「はい、とても」

「君はとても恵まれた環境にあるから、留学するといい」

「でも私の親はどこへも行ってほしくない」

「親はどの親もそうだ。子供が危険なことをしないで、よい会社に就職して、結婚して、子供を産んでくれるのを望む。私は親じゃないから、『冒険せよ、勇気を持て』と言ってしまうが……」

2011/07/10(日)

〈9:31、李芳春からTEL〉

ケータイ電話の信号が悪い(音声が聞きとれない)ので部屋の電話からかけ直す。李芳春、

「張悦さんと3人の会話、いつがいいですか」

「私はいつでもいいよ」

「今日の午後はどうですか」

「大丈夫です」

「どこにしますか」

「君たちの都合のいいところでいい」

「じゃ、食堂で。12：00……」

隣に張悦がいる模様。張悦が何か言っている模様。時間を変更して、

「14：00、食堂で」

「オーケー、分かった」

そのあといいことを思いつく。コーヒーをポットに入れていく。ミルクと砂糖を入れて。孫辰のくれた飴を持って行く。14：00なら食堂は空《す》いている。落ち着いて話ができる。

買い物や食べるのもいいが話が一番いい。『江』についてのディスカッションだ。李芳春はうまく受け止めてくれた。

『江』を李芳春はほんの少ししか見ていない。そして好きではないと言った。張悦は好きだと言った。二人の感想を聞く。事実を教えよう。

佐治一成と結婚させられたとき江は何歳だったか？　11歳。まだ子供だったんだ。茶々が秀吉と結婚したときは何歳だったか？　19歳だったんだ。一番いい男は誰かな？　佐治一成、豊臣秀勝、柴田勝家、浅井長政、織田信長。江は22歳で徳川秀忠と結婚する。二代将軍だ。秀忠は側室をおかず、江一人を妻にした。側室はおかなかったが愛人（江戸城女中「静」）はいた。その人との間に有名な人が生まれている。保科正之という。信州高遠の地に追いやられ、後、会津藩主となる。

歴史は好きか？　江は今まで注目されることがなかった。茶々が有名だ。それからねねも有名だ。

茶々は悪女、ねねは理想と描かれることが多い。

江はよく春日局《かすがのつぼね》と比較される。春日局は有名だ。春日局をヒロインにした映画、ドラマも多い。その時、対立する江は悪者だ。

春日局は竹千代の乳母。江は国松の実母。江は自分の育てた国松を次の将軍にしたかった。しかしそれはかなわなかった。春日局が勝利した。因縁である。江は信長が伯父。春日局は父が斉藤利光(明智光秀の参謀)。春日局と対立する関係にあった浅井の三姉妹はこれまで悪女に描かれることが多かった。

「政治に女は口を出すな」という言葉がある。茶々も江も出す女だった。江の墓は東京品川の増上寺にある。発掘調査が行われた。それによると江は背が低い人だったという。江の母、市《いち》や姉の茶々は背が高かった。

『江』の作者、田淵久美子は『篤姫《あつひめ》』を脚本にした人でもある。篤姫は薩摩から大奥に送られたスパイだった。しかし、田淵久美子は人間味豊かに描いた。篤姫も積極的な女だった。立場の違う人が経験もしないところで生きるその軋轢《あつれき》、苦しみ。生き抜いていく強く、向日的な人間像を描くのが得意だ。女だって積極的に生きてもいいではないか。多くの女性に限らず、人に勇気を与えている。飛び出すんだ。悩んで消極的になるのではなく、すべてを前向きに受け止めていく。江も篤姫も立場がよく似ている。女性は政略結婚で敵方に送り込まれることが多かったから。

赤毛のアンって知ってる？　アンも両親に死なれ、厳しいおばさんに引き取られていく。赤毛というのはコンプレックスになるらしい。しかしアンは可愛らしい、最初から可愛らしいのではなく、最初は憎たらしい、何だこの子はと思われる、しかし、アンはおしゃべり好きだ。だんだんアンの良さが周囲の人々に分かっていく。おばさんの頑な心もだんだん解けていく。

江もそうだね。江の発言、江の行動が周囲の人々の心を解かしていく。


〈14：00、食堂で『江』について〉

張悦は、例によって右手で金香蘭の左腕を組み、こちらに向かってくる。

「涼しいところがいいね。どこにする？」

「ここはどうですか？」

李芳春が示したのは通路から二つはいった周囲に誰もいない席だ。

張悦のウェアーは、上はこの間、二人で食堂で話したときのと同じ。クリームっぽい白の半袖。首の周りが大きく空いている。下に緑のキャミソールを着ている。下は膝よりちょっと下の細い短い茶色のズボンを穿いている。髪は少し赤く染めている。パーマをかけている。

「張悦さんは江が好きだそうですが、どの回のが好きですか？」

「22回から25回が好きです」

「ああ、ちょうど今度入れてもらったところですね」

張悦は始めから全部見ている。李芳春は最初の3回だけ。李芳春は『大奥』を見ている。

「大奥とは何だか知っていますか？　男子禁制って知っていますか？　ハーレムって聞いたことがありますか？　女性のあなたたちにとっては嫌でしょう？」

「秀忠は側室を置かなかった」

張悦がニッコリする。

「しかし愛人はいた。その愛人の産んだ子は有名な人だ。保科正之という。辞書に載っているはずだ」

李芳春が辞書を引く。張悦はのぞき込む。

「江のどういうところが好き？」

「正直。思ったことは直接はっきり言う。千利休といい関係を持ち、常に楽観的、明るい見通しを持つ」と張悦。

「江は今まで注目されることがなかった」

「どうしてですか？」今度は李芳春。

「春日局という人知ってる？」

「『大奥』で知っています」

「家光の乳母。明智光秀の家来の娘」

「たくさん子供を産んだけど手放して家光の乳母になった」

「そう、その人。その人と後継者争いで敗れたのが江。要するに敗者なんだ江は。歴史は勝者の歴史である。しかし『江』の作者、田渕久美子は敗者に常にスポットを当てている」

するとと張悦が、

「中国にも正史《ジョンシー》と野史《イエシー》があります。野史は物語の要素がありますから正確とは言えません」

「しかし、正史は勝者の歴史だよね。勝者が前政権を否定する……」

「前の政権の最後の王は悪く書かれます」

「桀王とか紂王だね。日本では歴史上悪く評価されてきた人を見つめ直す作品が多い」

「そうですか」

「『江』もその一つだ。田渕久美子の作品だ。彼女が書き大河ドラマとなった『篤姫』は大ブームになったんだよ」

「江はどうですか?」と李芳春。

「篤姫と比べるとイマイチのようだ」

「どうしてですか」

「江を演じている女優知っているよね」

二人一緒に「ウエノ樹里」。

二人とも「エ」の音が高い。

「上野駅、上野公園の時は『エ』の音が高い。しかし人の名前を呼ぶときは『ウ』の音が高い」

これは授業でよくやっている。二人に正しいアクセントで2回言わせる。

「その上野樹里が大評判を取ったドラマ知ってる?」

また二人一緒に「のだめ……」。

「そう『のだめカンタービレ』だ。楽しいドラマだ。私も全部見た。クラシックが好きなので」

張悦が笑ってうなずく。彼女も好きなのか? あるいは私のクラシック好《ず》きを知っているからか?

「この『のだめ』のイメージが強すぎるからだと言われる。しかし『のだめ』と江は違うよね」

張悦がうなずく。

「江が最初に結婚した相手、知ってる?」

張悦が「従兄」。

「そう、佐治一成という。この佐治一成と結婚したとき江は幾つだったと思う?」

李芳春が「18歳」、張悦は「17歳」と答える。

「じゃあ、茶々が秀吉と結婚したときの年齢は?」

「25歳」と張悦。

「その時の相手の秀吉は?」

「57歳」

「うーん、そう見えるよね。実は江が佐治一成と結婚したときは11歳だった、小学校5年生だったんだ」

「えーっ」と二人とも驚く。

「つまり、まだ子供なんだ。結婚できる年齢ではない」

二人に笑顔がある。張悦に向かって、

「彼女が正直で思ったことをずばずば言うのは子供だったからなんだ。子供の時は誰でも正直だろう?」

張悦がうなずく。

「次に豊臣秀勝と結婚したとき江は何歳だと思う？」

「15歳」と張悦。

「13歳だった」

「2年後……子供を産むよね。何歳で産んだと思う？」

「……」

「19歳。茶々が秀吉と結婚したのも19歳の時だったんだ。秀吉は51歳。36歳の年の差だ」

ニコニコして聞いている。

「秀忠と結婚するよね」

「次の回で結婚します」

「その時は22歳。君たちの年齢は？」

「22歳です」

これは虚歳（数え年）。満年齢は張悦21歳。李芳春20歳。

「君たちの年齢で江は結婚したんだ」

二人に笑顔。

「江は秀忠との間にたくさん子供を産んだ。でもかわいそうだったんだ」

「……」

「長男竹千代を自分の手で育てられなかった。家康の命令で乳母、春日局に養育が任される」

すると李芳春が、

「でもどうして？　江は家康のお気に入りだったんでしょう？」

どうしてこの質問を張悦がしないんだ。

「それはこれからのドラマをよく見て、家康の心の変化を読み取るといい。家康は徳川の時代を作ろうとした。江はあくまでも織田の誇りを失わない女性だった。だから家康は竹千代を江から取り上げたんだ。そして春日局は織田信長を殺した明智光秀の側近の娘だ」

「……」

「しかし、江は生き抜く。江のお墓が今でも東京の増上寺にある。発掘され調査された。それによると江の身長はそれほど高くない。張悦さんと同じくらいだった。１５６センチ」

張悦に笑い。

「日本では正史に描かれなかった歴史上の人物に対する見直しが盛んだ。中国でも清王朝に対する見直しが行われているように思うんだがどうなんだろう。長白山や瀋陽には清王朝の遺跡がたくさんある。最近それが保護されている」

不思議そうな顔。

「長白山は君たちにとってどういうところ？」

「中国と朝鮮とを分けている山」と李芳春。張悦は、

「吉林省で一番高い山。活火山。怖い山」

「たいせつなことは朝鮮族にとっても、満族にとってもここは聖地だったということ。吉林省の全て

の川の源はこの長白山に発していることが分かる。清の時代、一般人はここへの立ち入りが禁止だった時もある」

「日本の歴史は好き？」と聞いてみる。

二人とも「はい」と答える。

「中国の歴史は？」

「こみ入っている」

「2級試験はどうだったの？　自己採点してみた？」

「はい」

「合格してる？」

「していると思います」と李芳春。

李芳春：張悦の成績は、（文法40／60：40／60、読解40／60：30／60、聴力40／60：40／60、総得点120／180：110／180）。90点以上で合格。だから二人とも合格。最後に1級に合格するためにどうしたらいいか、アドバイスした。

「NHKニュース（TBSニュースでもよい）を必ず聞く。分からなくても最初は音楽として聞く。聞き取れた単語をメモする。ニュースは同じことをくり返していう。だから、聴いてるうちに単語が増えていく」

「英語はどうだったの？　難しかったんだよね。『あぶはち取らず』『二兎を追う者は一兎をも得ず』ということわざがある。とにかくあれかこれかにならぬよう。君たちは2級に合格したみたいだから、次は1級だ。ニュースは見てる？」

「ドラマばかりです」と張悦。

「3年生で前回6点差で1級を落ちた人が今回の聴力試験では全く聞き取れなかったという。だからとにかくニュースをしっかり聞き取れるようになること、そして時々先生と会話して実際を試してみよう」と調子のいいことを言う。

二人ともいい笑顔。

李芳春に、

「延吉へ行く日が22日になると思う」と言うと、張悦が何か李芳春に言う。

「22日に延吉に向かっています」と李芳春。

「そうか、それじゃあ23日に会うことにしよう。向こうで使う携帯電話をここに入れてくれ」

「同じ番号を使うつもりです」

話が終わって、三人とも席から立ち上がる。

「これから、どうするの？　今日は勉強はお休み？」

「教室へ行って勉強します」

「荷物は教室に置いてあるの？」

「いいえ、いったん寮に帰ります」

「写真どうした？」

「取り込みました」と張悦。張悦のがたくさんある。

「じゃあね」

李芳春が「お疲れ様でした」。

うん、この挨拶はよくないな。でも直すのは忘れた。

2011／09／03（土）

日本から帰寮した。

部屋の掃除、洗濯、食事作り等を終えて、担当事務官に電話しようとするとケータイが使えない。部屋の電話も使えない。

新4年生王馳《おうち》に会おうとして男子の住む学生寮の方へ歩いて行くと、向こうから来る張悦と王紅香に会う。向こうが先に気づいた。

「ケータイが使えない」と言うと、

「買ったところへ持って行く。そこから修理工場へ行き、修理されて戻ってきます」

「そんなに大変なのか？　3年生の男子にみてもらおうとして来たところで君たちに会った」

「クラスメイトですか（そう言って張悦、ニッコリする）」

「いや、あ、君たちはもう3年生なんだね。新4年生の男子に会おうとしてここに来た。その人たちにも聞いてみる。ありがとう」

男子寮入口で受付のおばさんに王馳に会いたいと告げる。日本語教師が訪ねてくるのは大歓迎らしく、ニコニコして、部屋まで連れて行ってくれる。別の学科の男子が「こっちだ」と案内する。その部屋に王馳はいなかったが、別の男子学生が二人いた。

　中のカードを取り出して調べ、これは使えますと言う。そんな風に出し入れしているうちに直った。二人に寮に来てもらい、固定電話も見てもらう。これもいじっているうちに直った。

　次にパソコンをローカルエリアに接続してもらったが、最初は接続できたのに2回目からできなくなった。これはどうしても直らなかった。

　新3年生の張巍に電話した。明日、16：00に来てもらうことにした。とにかく、困ったときは学生に頼むのが一番。

2011／09／14（水）
　今日はうれしいことがあった。張悦がアクセスしてきた。ほかに陳英莉、李芳春、陳佳佳、孫辰など。しかし、張悦の作文の態度はよくない。昨年と変わらないことではあるが。
　今年でやめて日本へ行くというと、こちらに耳を傾けた。それは先週金曜日のことである。先週木曜日の出席点呼のときは黙って手を上げるだけ、返事をしない。顔も上げない。この日、文学史の時間、労働歌が和歌となっていくという話には笑顔を見せた。

第二章　蛟河《ジャオホォ》行き

長春市街図

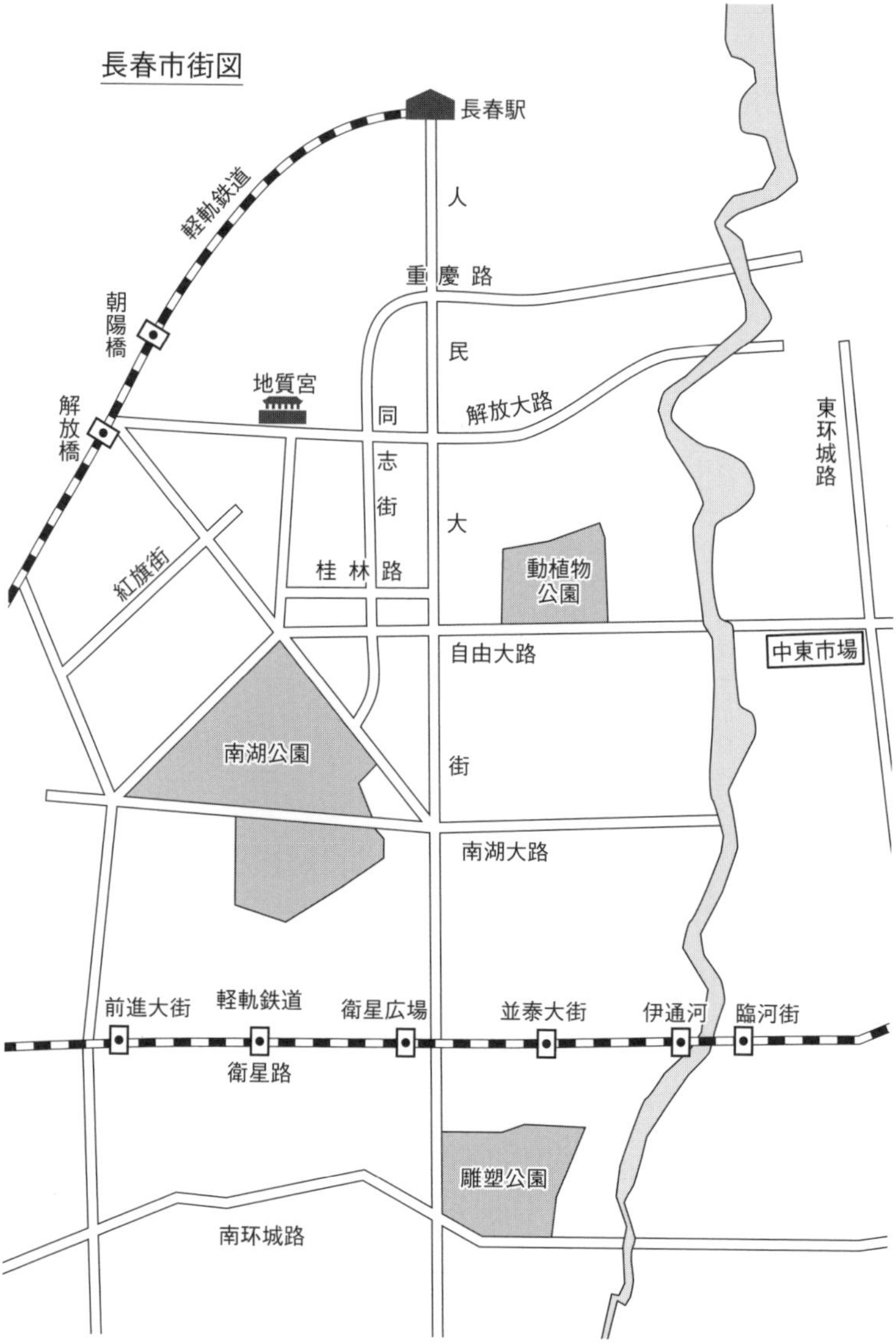
長春駅
軽軌鉄道
朝陽橋
解放橋
地質宮
人民大街
重慶路
同志街
解放大路
東環城路
紅旗街
桂林路
動植物公園
自由大路
中東市場
南湖公園
南湖大路
前進大街
軽軌鉄道
衛星広場
並泰大街
伊通河
臨河街
衛星路
雕塑公園
南環城路

２０１１／09／22（木）

始業に遅れてきた、張悦、張双、李芳春、金琳香、陳佳佳。「授業開始は7：55だよ」と確認した。

反省の態度、張悦はやわらかい。

休み時間に張悦のところへ行く。ＭＰ５に『江』（大河ドラマ）を入れてくれと頼む。

すると張悦が、

「私も先生に話があります」と言う。

終了後、崔麗花が先に来て、その後、張悦も合流する。崔麗花が、

「10月1日の切符を買いに行きます。授業はありますか？」

「ありません。いつ行くの？」

二人で相談している。張悦が、

「私たち二人で行って買ってきます」

「お金は払うよ」と言うと、張悦が、

「私たち二人で出します。先生は帰りの切符も買わなければならないから」

崔麗花が、

「先生はどこかほかへ行きますか」と聞く。

「馬媛さんのところへ行きます」

すると崔麗花が、

「馬媛さんは帰らないと言っていました」

「そうだったら吉林へ行きます。呉姣さんのところへ。蛟河がはっきり決まったあとで計画します」

「東北師範大学で買うの？　駅へ買いに行くの？」

「東北師範は込んでいるので、駅へ買いに行きます」

崔麗花がそう答える。

「いつ買いに行くの？　2時間目？　3時間目？」

「まだ決めていません」と張悦。

張悦は張双と崔麗花の腕を取って真ん中を歩く。

2011／09／23（金）

〈作文授業終了後〉

「張悦さん切符は買えたの？」

「売り切れでした」

「どうするの？」

「崔さんと相談し、バスで行くことにしました」

「いつ買うの？」

「月曜日に買います」

「スケジュールの相談はいつするの？」

「切符を買ったら相談します」

〈黒河《こくが》旅行で知り合った、吉林大学の孫瑩《そんえい》のQQナンバーが出てきたので登録する〉

朱春婷を402に呼び出す。最初に黒河《こくが》旅行の写真を見せた。今は吉林省松原（第五章地図参照）に自宅はあるが、もともと彼女は黒竜江省黒河（第五章地図参照）の出身である。昨年、夏、黒河へ彼女は行ったそうだ。孫瑩に発信ができず、朱春婷はコンピューターの得意な、張巍に電話してできるようにした。QQで私のパソコンを張巍がコントロールできるらしい。張巍がするなら私に不安はない。

孫瑩に発信ができ、彼女からの返事を待つだけにした。返事が来たら旅行中に彼女を撮った写真を送るつもりだ。

朱春婷は2級合格が144点だったそうだ。

「高い！」

「みんなからもそう言われました」

「何がよかったの？」

「聴力が47点。単語は60点。満点でした」

「それはすごい」

「アニメを見て聞き取れた単語をノートに書いて暗記しました」

「じゃ何度も何度も繰り返し見たんだね」

「はい」

「1級も取れるかも知れないね」

「1級は来年7月に受けます。今度は英語4級を目指します」

「楊菲菲は『合格したけど点数が低い』と言っていた。何点だったんだろう」

「109点」

「100点で合格？」

「いいえ90点で合格。1級は100点です」

朱春婷が張巍と中国語で会話するとき、時々裏声になるくらいに高い声を出す。これが中国人の特徴。感情が豊かという感じ。

今学期9月16日の運動会の日、朱春婷はグラウンドにいた時間もあるそうだ。しかし、3年生になって礼儀隊（儀式で先導などをする背の高い美女のグループ）はもう引退したという。

新しい日本語教師の会話授業は会話の実践がないのでつまらないという。2年次の英語の授業もつまらなかったという。

「作文は上手になったね。ユーモアがある」と言って褒めた。

朱春婷は聡明だ。性格が柔らかい。背が高く、ほっそりとしていて、スタイルがいい。

自分の日本語がうまく言えないと、照れて笑うところがいい。この7月に卒業した07生楊璐璐と似ている。

朱春婷が前にくれたメールの意味は「料金が安くなるメンバーになってくれませんか」という意味だったらしい。「いいよ」と承諾。

「今度、先生に中国語でメールを出してもいいですか」

「暇だったら、中国語で返事を出すよ」

「昔、『好的（いいよ）』と返事をくれました」

　冬休みは朱春婷のいる松原へ行ってみようかな？

２０１１／09／24（土）

〈21：30、吉林大学の孫瑩がＱＱにアクセスしてきた〉

　すぐ登録し、会話した。

「黒河ではありがとう」

「私も楽しかった」

「近く写真を送るので待っていて」

「オーケー。どこかへ旅行する計画がありますか」

「国慶節に蛟河へ旅行するつもり。あなたは？」

「計画はありません。楽しい休日を過ごしてください」

「ありがとう。じゃあ、私はもう休みます。さよなら」

「お休みなさい」

２０１１／09／26（月）
〈12：14、張悦からＴＥＬ〉

「切符を買いました。今日の14：00ぐらいにスケジュールの相談をしませんか」

「14：00ですね。分かりました。先生の寮に来てくれますか？」

「食堂ではどうですか？　その後の予定もあるので」

「分かりました。14：00、食堂の2階にしましょう」


〈14：00、食堂へ行く。いないので電話する〉

通じないので、1階に降りてみる。そこにもいないので入り口へ行く。すると、向こうから崔麗花と二人で歩いて来るのが見える。二人とも悠々としている。

「電話しちゃったよ」

「電話忘れちゃった」と張悦。

「上はうるさかったので下にしよう」と言うと、崔が、

「下がいいです」

涼しいところを見つけて座る。

「今日2限は授業があったの？」

「会話の授業を2クラスまとめてやりました」

運動会の補講らしい。午後は劉倩老師《せんせい》の聴力の授業だが彼女たちはない。だから月曜日は1時間目だけ。

彼女たちの立てた計画表を見せてくれる。

ホテルは崔がお母さんに聞いたところ蛟河《こうが》ホテルか、熱伝《ねつでん》ホテルが1泊288元くらいするいいホテルらしい。しかし、大きくて施設の立派なホテルよりも、100元くらいで、買物に便利で静かなホテルがいい。

張悦はcomfortableで安いホテルは他にもあると言った。私は朝市のやっているところ、近くにスーパーのあるところ、インターネットの使えるホテルがいいと言っておいた。

食べるところは最初は焼肉、二日目は東北料理と彼女たちは決めてあるらしい。

紅葉谷は今年は閉鎖されている。拉法山《らほうさん》に朝6：00に出発して登る。崔が朝鮮のお寿司を作ってきてくれる。早めの昼食を取る。14：00には蛟河に戻って食事をする。帰りの切符は着いたときに買う。往きの出発は9：00にする。軽軌で長春へ行く。切符は彼女たちからのプレゼントということになる。

彼女たちはそれまでに、相当、相談してある感じがした。例えば、食事するところ。最初は焼肉、二日目は東北料理など。拉法山へ登る日は、朝、6：00に出発することなど。

張悦は、以前は伯父さんの家に泊まりませんかと言ったのだが、今日はそのことは言わなかった。

多分、崔がホテルを調べたからだろう。

ホテルは一流のホテルでなくてもいい。シャワーがあって、ベッドがあって、インターネットができればいい。近くにスーパーがあったり、本屋があったりすればなおいい。部屋は静かな部屋がいい。

ちょっといい忘れていて急に思い出したので言った。

「最初の日も次の日もビールを飲もう」

張悦は笑って賛成っぽかったが、崔は、

「翌日、山に登るからやめておきましょう」と言う。

スケジュールを見ると、夕食後は公園を散歩するということになっている。その字は張悦の字だ。計画は張悦が中心になって立てたものだということが分かる。張悦は中学生のときに友人と拉法山へ登ったことがあるが、崔はないという。普段、あまり話をしない、張悦と崔が打ち合わせをしているのが面白い。

2日目の夜はカラオケに行こう。張悦はにぎやかなのが好きなのではないか。この時、有頂天になっていて、張悦の実家のある黄松甸《ホァソンディェン》が蛟河からバスで50分もかかる場所にあるということを彼女が実際に帰る時まで、すっかり忘れていた。

2011／09／27（火）

〈10：10、作文授業〉

うまくいった。欠席者は一人だけ。

スピーチの宿題を出した。

「縦書き、話し言葉、1分～3分で話すスピーチの原稿、話す内容は自分で考える」

昔、やったことがあるが、話している内容が分からなかった。今回は原稿を話し言葉で書き、私が日本語らしく添削、推敲したものをスピーチする。

「君たちは中国語でスピーチしたことがあるよね」

「日本語でもあります」と朱春婷。

教科書を読む。先学期勉強したこと。今学期勉強することを確認。

添削した作文の返却。前回よかったものは厳しく。悪かったものは甘くつけてある。だから個人の反省につながると思う。

気力のない作文は評価が悪い。返却する前に李娜の作文を読んだ。彼女は07生で2学年年上である。日本に留学したが、東日本大震災に遭って帰国し、今学期復学して、新3年生に編入されていた。震災の体験を書いている。私が読んで彼女に説明させた。

「洋服ダンスの中に隠れた。少し収まった後、十階から下に降りた。そのとき、もう最後だと思って泣いた。降りてからも余震は続いた」

最初に書いた作文も読む。

「担任の先生に北区役所へ行って外国人登録証をもらってくるように言われた。ルームメイトは私よりも日本語ができないのでいけるかどうか不安だった。王子駅で降りて60歳ぐらいのお年寄りに聞くと親切にも区役所まで連れて行ってくれた。区役所の係員も親切でうまく行った」

「私も中国人の親切に何度も助けられたよ」

「君たちは私が一人で旅行すると言うとものすごく心配するね」

「大学に来るときも親に連れられて来ているね」

「一人で来たのは郭姍姍《かくさんさん》さんだけだね」

「勇気がなければ何事もできないよ」

返却した作文の間違いの解説をする。音便の間違い。表現の間違い。

「多分九時に→九時頃」

「学校の玄関→学校の正門」

おじさんとは伯父なのか叔父なのか。姉なのか従姉なのかこういうのをはっきりいうのが日本の文化。関係についてはっきりいう。それが日本の人間交流の基本だよと教えた。

２０１１／09／29（木）
〈古代　日本文学史〉
柳金金が興味を持ってくれた。朱春婷と陳智利、楊暁暁、張兵《ちょうへい》も興味深そうに聞いている。張玲玲も張麗も。
態度が悪いのは張悦、他の勉強をしている。李芳春も。崔麗花は寝ている。王彤も時々寝る。張双は後半、「父が長春に来ている」とか言って退席した。王艶麗はずいぶん遅れて入ってきたが、一番後ろで、熱心に聴いていた。

〈授業終了後、質問に来た柳金金と話す〉

「こういう話が好き？」

「はい」

「朝鮮民族にもこういう話があると聞いたが……」

柳金金は朝鮮民族である。

「熊と虎が神様からたまねぎなどを与えられ、百日間穴の中に籠るように言われます。虎は50日で出てきてしまったので虎のまま、熊は百日籠ったので人間になります。熊は神様と結婚して朝鮮民族の祖先が生まれます。汪清（吉林省朝鮮自治州にある都市。第五章地図参照）に湖と山があり、山が神様や虎などを象徴しています」

彼女はイラストが得意である。イラストを交えながら、熱心に説明する。

２０１１／10／01（土）

〈朝９：00、食堂前〉

また、待たされる。５分程して張悦は張双とともに現れる。

「先生！」

これは「おはようございます！」の代わりだ。

「崔麗花さんは今、来ます」

ちょうど第一学生寮のゲートをくぐって来るのが見える。

裏門の方へ歩く。軽軌の切符４人分は買ってやる。これをしないと誰かが買ってしまう。もう既に、バスの切符は買われてしまった。80元くらいは負担させている。

軽軌が来て、張双は別行動なので乗っていく。彼女は明日故郷に帰るらしい。

二人は席を確保するために、三つ奥の駅まで行こうという。実際にそうしてみたが、それでも座れない。

どの辺りだろうか、張悦の前の窓際の席が空いた。張悦が「先生！」と言う。今日二度目の「先生！」だ。「先生、どうぞ」という意味。すると張悦の前の男が立って張悦に席を譲った。張悦は席に座ったが前を見ていて、こちらに話しかけるでもない。こちらもずーっと黙っていた。そのうち張悦は崔麗花を無理に座らせて自分は立つ。

「先生にＱＱで蛟河の地図を送りました」と崔。

「ああ、そう、それは気がつかなかった」

あとでバスの中で確認した。崔麗花は以前のＱＱ番号に送ったのだった。今のＱＱ番号を授業で黒板に書いて知らせたはずなのに、彼女はそれを聞いていなかった。

これが張悦だったら、ひどくがっかりするだろう。張悦は知らせたその日にアクセスしてきて私を喜ばせた。しかし、今はＱＱをあまり使わないようになり、こちらから呼びかけても梨のつぶてだ。

昨日、柳金金に電話したが彼女も梨のつぶて。その前、呉姣にも電話した。彼女も梨のつぶて。最近、こういうことが多い。もう飽きられてしまったか？

席を立って崔麗花をずらして私の席に座らせ、崔麗花の席には張悦を座らせた。通路に置いてあるバッグから蛟河市の地図を出して見せる。

「張悦さんの学校というのはどれ」

「一中と書いてあるのがそうです。川向こうにあるのは皆、高校です」と崔麗花が説明してくれる。

「南湖公園ではなくて南河公園なんだね」

「はいそうです」と二人そろって答える。南湖公園は長春にある公園（第二章地図参照）。話がしやすいので、張悦の隣に三人がけで腰をかけてしまう。高句麗遺跡に行けないか聞いてみる。

「バスは一日に1、2本しかありません」と崔。

張悦は崔麗花の耳元で何事か小声の中国語で言っている。張悦にはこういう失礼なところがある。そして私には「行ったことがありません」と言う。

先学期、張悦は「前進村というのは聞いたことがあります」と言っていた。いかにも可能性がある雰囲気だったのに。

長春駅に着いて崔は水を買いに行く。その間、張悦と二人で待っていたが、言葉を交わすことは無かった。昔の張悦なら何か話しかけてきただろう。今はもう慣れてしまって飽きられたのだろう。

崔が帰ってきて長距離バス駅まで歩く。二人はどんどん前を歩く。後から考えると時間はかなり切迫していたのだった。乗り場近くに荷物を置いて交代でトイレに行く。

下に行くと来ているはずの11：14発のバスがいないので慌てる。他にも同じ乗客たちが待っていると聞いて少し、ホッとする。崔はあちこちバスを探しに行く。張悦は動かない。昨日は2時間も遅れて出発したバスがあるという。

1時間遅れで12：15に出発。バスの中で張悦が飴をくれた。しかし、彼女は一方の窓際に座り、通路側に崔を座らせて無言。窓から外を見たり、眠ったりしている。崔も無言。トイレ休憩があってホッとした。実は長春客運站《クァインチャン》（長距離バス駅）では行くには行ったが、混んでいたので済ませていなかったのだ。二人は交代で荷物を見てトイレに行っていた。

15：00頃着いた。タクシーに乗って長安路《チャンアンルー》まで行く。張悦は友だちに電話を掛けて荷物を預けに行く。友だちというのは崔がそういったのだが、どうも張悦は今回、蛟河の伯父さんの家ではなく、友だちの家に泊まったようだ。

その間、崔と話をする。彼女の丹東のおじいさんは80歳。そのおじいさんが韓国（板門店に近い韓国の土地）から中国へ来た。その頃は中国の方が経済状態は良かったから。母は朝鮮学校の高校の国語（朝鮮語）の先生をしている。そのせいか崔には落ち着きがある。

崔のお母さんがとってくれたという長安路のホテルが満室だというので、熱電ホテルへ行く。しかしそこも満室。南河公園から第一中高方面へ歩く。南河公園は素通りしただけ。張悦の高校も遠くから見るだけ。

張悦はビジネスライクにてきぱきと行動を決める。彼女の頭の中の予定は、明日の昼食のおかずを長安路で買い、ホテルを決め、夕食を食べ、その後、中高時代の友だちに会う、ということになっている。そのためにおめかしをして来ている。青い細かい格子縞のワイシャツ。茶色のハイヒール。黒のブレザーでシックに決めている。

崔は自宅へ荷物を置きに行く。その間、張悦と彼女を待った。待つしかないので、さすがに張悦は話をいろいろしてくれた。

「張悦さんがスピーチをして言葉を忘れてしまったというのは高校時代の経験ですか」

「はい」

「何年生の時？」

「2年生です」

「張悦さんは中学時代頭が良かったから一中に入れたんでしょう」

「1点足りなかった人や、2点足りなかった人はお金を払って入れてもらいます」

「張悦さんはお金を払って入ったの?」とひどいことも聞く。

「いいえ、私は標準点に足りていました」

向陽街《シャンヤンジエ》の並木道を歩く。

「ここはいつも歩いた道です」

「あなたは今もここに来るの?」

「友だちに会いに来ます」

「作文に書いてあったおばあさんとお母さんが泣いて見送ってくれたというのはこの町?」

「いいえ黄松甸《ホアソンディエン》(蛟河市の近く張悦の出身地。第五章地図参照)です」

ここではっきりと分かったのだが、彼女がときどき蛟河市のおじいさん、おばあさんと言っていたのは間違いで、実は伯父さん伯母さんだった。父の兄である。彼女がよく言う長春工業大学へ行っている姉というのはその伯父、伯母の娘さんである。

「小さいころからよく遊び、私と関係がいい」

「『関係がいい』じゃなくて『仲がいい』」と訂正した。彼女は勝気なので訂正して覚えようとはしない。

崔が後ろから来た。

「ホテルは母が予約してあった」

そのホテルへ向かう。途中、路上の市場で果物を買う。張悦の選び方が昔、長春の中東市場で買物をしたときのように鋭い。彼女は他人を立てて後に従うようにしながら、主導権を取ってしまう。そんな人間である。

彼女が「気に入っている中国人の名前」という作文の題で紹介した鄧小平はまさにそのような人物である。鄧小平の実務的、実利優先というのも張悦のスタイルである。

「先生が夜食べる果物を買いますか?」

張悦がそんな気の利いたことを言ってくれる。大きなりんごを一つ買った。

張悦が一つのホテルに入って行った。崔麗花の母が取ってくれたホテルと比較するためであった。

一緒に入っていって部屋を見る。電動のマージャン代が置いてある。崔の母の予約していたホテルは他の人がすでに泊まることに決まっていて、結局この部屋で2泊することになった。部屋にシャワーがなくて、隣のお風呂屋さんでシャワーを浴びるのだという。

パスポートを見ながら受付の女がパソコンに打ち込んでいる。うまく行かずに崔麗花がいろいろ言ったりしていたが、途中で張悦が代わった。彼女はこういう能力も崔よりは高い。受付の女よりもうまい。うまく入力できて自分で拍手したりしている。面白い子だ。

ホテルの部屋に荷物を置いて夕食を食べに行く。

焼肉料理はおいしかった。代金は張悦が払った。全部で100元以下だろう。牛肉のほか、えび、サツマイモ、レタスなどあってなかなかであった。張悦は私が喜ぶので得意そうだった。ここは蛟河で1、2の評判のいいお店らしい。店内も綺麗だ。

張悦と手を洗いに行った。右手にバンドエイドをしているのに前から気づいていた。聞いてみた。

「それはどうしたの？」

「怪我をしました」

「いつ？」

「知らないうちに。今朝起きたら怪我をしていました」

「眠りながら誰かを殴ったのかな」

冗談を言ったが、それに対する反応はなかった。冗談の空振り。

三人だけだったけど挨拶をした。

「念願だった蛟河市に来られました。二人のおかげです。また二人は2級に合格しました。おめでとう」

何点だったの？　と聞いてみた。100点台だということだ。点数が低いのであまり話題にしてほしくないのが分かった。130点台の李芳春、140点台の朱春婷はいいけれど。

「食べ終わったらカラオケに行こう」

と言うと、崔が、

「日本の歌はありません」

「二人の歌を聞いているだけでいいよ、じゃ、ホテルの部屋でマージャンをしよう」

「三人じゃできません」

「張悦さんのお姉さんを入れて」

張悦が小さいころから仲が良かった従姉という人にも会ってみたかったのでそう言うと、

「姉はマージャンをやりません」とそっけない。

後で分かったことだが、張悦はこの後、高校の友だち一人、中学の友だち一人、合計三人で話をするというスケジュールがもう決まっていたのだった。それで山登りするとは思えないような、おしゃれな格好をしてきている。そして従姉の家にも今日は泊まらなかったようだ。

「二人に日本から買ってきたおみやげがある。選んでくれる?」

結局、崔は手鏡を選び、張悦はブックカバーを選んだ。この趣向は我ながら良かった。

「手鏡は張悦さんが選ぶと思ったけど」と言ったが「どうしてですか?」というような反応がない。

お風呂屋さんでシャワーに入るときになんて言えばいいのか聞いた。崔が言い方を書いてくれる。

「我要洗澡《ウォーヤオシーザオ》」。この意味は分かる。下に括弧して何か付け加えて書いた字がある。

「不搓澡《プーチュオザオ》」と書いてある。

「これはどういう意味」

崔麗花は説明できずに黙っている。すると張悦が、

「『他のサービスは要りません』という意味です」と笑いながら言う。

意味が微妙だということがすぐ分かった。張悦がその時とても大人っぽく見えた。あとで調べたがそんなに変な意味ではなく、韓国式のあかすりのことだ。

「あかすりは要りません」と書いてあっただけ。全身ヌードになってしてもらうので、張悦は笑った

のだ。

実は中国に来てそう間もないころ、日本のようにバスタブのない暮らしに飽きていた。その話をすると、活発な当時の3年生の女子が顔の脂っ気を取るために汗蒸《かんじょう》というところに通っていて、そこは入浴もできるので連れて行ってくれた。そこには韓国式あかすりもあってその経験もして来ていた。昔、ブダペストの温泉でもしてもらったことがある。だから、そんなに驚かない。崔麗花はとても純朴なんだということがその時、分かった。

食事が終わって外の通りに出る。これから張悦は友だちに会う。崔は野菜を買い、明日の昼ご飯の用意を明朝、母と一緒にするという。張悦は明日、水などを買ってくるのだという。こういう説明はすべて崔がする。張悦は言わない。

張悦と別れて、崔とスーパーでお菓子、牛乳などを買う。パンをケーキ屋で買う。

崔とも別れて珈琲店に入り5元（630円）で珈琲を飲む。

宿に帰り、今日はシャワーはやめて、お湯をもらい、部屋は鍵で開けてもらう。すべて田舎風で、かえって新鮮である。貴重品はフロントに預けろと張悦は言った。しっかりしている。

2011／10／02（日）

7：30にホテルの玄関前に行った。誰も来ていない。五分過ぎたので崔に電話しようとしていると、張悦から声を掛けられた。

「先生！」

「あっ、お早う」

「先生、崔さんは？　あっ、向こうから来ました」

張悦は蛟河大街の方から、崔麗花は新華大街の方から来る。崔の方がいつも遅れてくる。

歩いてスーパーに入り、チョコレート、ビスケットなどを買う。旅行代理店へ行きバスの切符などを買おうとするが、国慶節で旅行客が多く、取り合ってもらえない雰囲気。張悦が決断して外へ出る。

反対側の道路で待っていたタクシーと交渉する。

「タクシーで行きます」と崔麗花。40元。

タクシーの中で張悦に「張悦さん、あの山じゃないんだよね」と聞く。

「はい、遠くの山です」

どうも彼女は聞き取りに難点がある。「あの山だよね」と聞こえているようだ。また「はい」と「いいえ」の区別がついていない。「はい」と言ったということは「あの山が拉法山です」と言っているということだ。

昔、長白山へ行った帰り、拉法山と思われる写真を撮った。それを見せた。しかし彼女は「違う」とその時は言った。それで今日「あの山ではないんだよね」と聞いたのだが、タクシーはその山へ向かってどんどん進んだ。

入場料は一般50元。学生25元。そのほか張悦は地図を買った。

「写真を撮りますか？」と張悦。

「三人の写真を撮ってもらおう」

人に頼んで三人の写真を撮る。

崔が、「先生、穴です」と言ったが、それが聞こえなかったのか、張悦も「先生、穴です」と言う。

大きな洞穴がある。写真を撮ったりした後、急峻な山に向かうが、引き返す。天橋というところから頂上を目指すが行くのをやめにする。

「張悦さんがハイヒールなので」と崔麗花が言う。

後で考えたが張悦にとって拉法山に登るよりも、友だちと会うためにおめかしをする方が大事だったみたいだ。

下の洞穴を見学して帰ることにする。

タクシーで長距離客運站《クァインチャン》（長距離運行バス駅）へ行く。タクシー代40元。これは私が払った。

崔麗花が明日の吉林行きの切符を買ってくれた。13：30発。32元。これもちゃんと現金を渡した。

張悦は携帯で誰かと話す。終わって呉姣にメールを入れてくれた。

町を歩く。崔麗花が、

「向こうが開発区です」と教えてくれる。高層マンションがたくさん見える。

「君たちもああいう家を買いたい？」

「エレベーターは便利ですが停電になると大変です」と崔。

「運転免許証はほしい？」

「はい」と張悦。

「張爽《ちょうそう》さんは大学入学前に免許証を取ったみたいだよ」

張悦、「大学入学前は休みが長いので取る人が多いです」。

人民広場へ行く。鳩の家がある。孔雀がいる。

「孔雀は中国語で何て言うの？」

二人、「コンクェ」。

「鳩は？」

崔麗花、「グァ」。

老人がいる。

崔麗花、「夜になると人々は踊ります」。

「年寄りだけか？」

張悦、「子どもも踊ります」。

「タバコを吸ってる人が多いね。君たちも吸うの？」

二人とも慌てて、「いいえ」。


朝鮮料理の店に入る。

山を下りるころから、張悦には盛んに電話が掛かってくる。店で張悦に電話が掛かってきて留守のとき、崔麗花と相談して、魚、味噌汁（辛くないもの）、お餅（韓国の）、あと、肉を何にしようか、野菜を何にしようか考えているところへ張悦が戻ってくる。

猪肉酸菜炖粉条《ツーロウスエンツァイドゥンフェンティアオ》や鍋包肉《グオバオロウ》がいいと張悦は言う。話を聞いて鍋包肉《グオバオロウ》にする。

お湯を注いで飲むところから中国の食事は始まると昨日、崔麗花は言った。今日は日本式にやろうと思って、ビールをそれぞれに注ごうとした。

張悦が「飲んで帰ると母に叱られます」と言う。

「乾杯のマネをするだけで飲まなくていいんだよ」

「張悦さんは長春と違う電話を使っているの？」

「いいえ同じです」

「昨日はどのようにして張悦さんと連絡が取れたの？」

「張悦さんから電話が掛かってきました」と崔麗花。

「昨日は寒かったよね」と張悦に。

「はい、寒かったです」

「私はたくさん着込んで、ホッカイロなどもして寝ました。みんなの衣服が薄いので心配しました」

「私は厚い衣服も持ってきています」

そう言う張悦の衣服は昨日と全く同じだった。しかし、黒いブレザーっぽい上着は初めて見る。下に着ている青い細かいチェックのワイシャツも初めて見るような気がする。張悦らしい上品な着こなしだ。今回履いているチョコレート色のハイヒールも可愛らしい。

「先生の寮にはまだ蚊がいるんだよ」

「私たちの部屋では軍隊で使う蚊帳《かや》を張っています」

張悦が言うのは、入り口や窓に網を張ることらしい。

「今学期に入って、私は重慶路とか桂林路とか中東市場とかには行かないんです」

張悦が「どうして？」と聞く。

「昔は中東市場とかでごっそり買っていたが、今は食べ物を少しずつ買うことにした。あとインターネットをいじるのに時間が掛かるようになったから」

張悦が、

「先生、料理の味はいかがですか」

「うん、おいしい。これがおいしいね」

張悦が勧めてくれた鍋包肉《グオバオロウ》を指差して言う。張悦はうれしそうににっこりする。

闖関東《チンカンドン》（主に山東地方の人が山海関を越えて東北地方に住みつくこと）の話になる。

「張悦さんの家は、もともとどこの人なの？」

「山東省です。祖父の代です」

「父方のおじいさんはどこから黄松甸《ホアソンディエン》に来たの？」

「濰紡《ウェイファン》（第一章地図参照）です。祖母も山東省から来ましたがどこかは分かりません」

「母方のおじいさんは？」

「汶上《ウェンシャン》です。祖母は分かりませんが山東省から来ています」

「同じ故郷から来て恋をしたんだね？」

「いいえ、縁分《ユエンフェン》（縁）です」

そして、

「呉姣さんに『メールを見たら返事をくれるように』言っておきました」

これは後で考えたことだが、先に帰るので張悦がいろいろやれることをしてくれたのだろう。

「呉さんからメールの返事がありました。『吉林市（第五章地図参照）の長距離バス駅で待っている』そうです」

「今年の冬、吉林に行き、霧氷を見てきました。呉姣さんのお父さんは警察官です」

崔麗花はそれを知っていて、身振りで交通警察官の手旗信号の動作をする。

「お金持ち」と崔麗花。

「そう、お金持ちです。でもお金持ちなのに、電子辞書は持っていません」

この言葉に反発したのか、

「お金持ちの人が電子辞書を持っているというわけではありません」と張悦。

「張悦さんが電子辞書を持っていないのはどうして？」

「普通の辞書は他の単語も見ることができて便利です」

話題を変えて、

「来学期まだ、いるかも知れません。もし、私の後任が決まっていないとき……」

と言ったのだが崔麗花には聞き取れなかったようだ。

「先生の後に来る先生は決まりましたか？」などと聞いて来る。

「まだ決まっていないと思います。もし、決まらないときは、半年の約束で私が残ります」

特に言葉の反応がない。人事は上で決めるものと知っているからであろう。

「新しい日本人の先生には慣れましたか？」と聞いてみる。

張悦は笑って崔麗花の顔を見ている。

「いろいろ言いたいことがあるが口に出しては言わない」と言っているのが態度で分かる。

「このあと国慶節は何をして過ごすの？」

「ＢＳテレビを見て過ごします」と崔麗花。

張悦に「ドラマではどこの国のドラマが好き？」と聞く。

「韓国ドラマです」

会計をする。会計中にも張悦にはどこかから電話がかかってきて場所を外す。95元。

「高いです」と崔麗花。

「でもおいしかった。昨日はいくらだったの？」

「90元以下だったと思います」

張悦も戻ってきて、三人一緒に店を出る。いよいよお別れだ。

「張悦さんはこれからどうするの？」

「預けた荷物を取って帰ります」

またどこからか張悦に電話がかかってくる。

別れ際に張悦が、

「先生、今日、私の家でパーティーがあります。ここで失礼します」

「そうですか、あなたは1年前の約束をしっかり覚えていてそれを果たしてくれました。ありがとう」

「昨日も途中で帰り、今日も途中で帰ることになり、すみません」

「いいえ、ありがとう」

中国では遠い約束よりも近くの約束の方が重要だ。国慶節に私を蛟河市に誘ってくれてはいたが、国慶節は中国では春節に次ぐ最大の行事だ。その後、中高生時代の友だちとの約束ができたり、故郷で親戚一同が集まる計画が持ち上がったりしたのだろう。そう思って自分を慰めた。

2011／10／03（月）

〈8：30頃ホテルを出発、一人で町歩きをした〉

まず、初日に、タクシーで降りてから、三人で歩いたところ。崔麗花が予約しようとしたホテル、熱電ホテル。南河公園にももう一度行ってみる。こうして繰り返すと町が自分のものになる。

初日に時間が無くて素通りしただけになってしまった、張悦の出身高校。蛟河に架かる橋を渡って、高校の前まで行ってみる。塀のところに大学入学者の名前が張り出してある。北京大学などはいない。吉林大学はいる。吉林中医薬大学は五、六人いる。

新華大街を歩く。昨夜入った太陽島喫茶店。最初の日に入った烤肉《カオロウ》（焼肉）のレストラン・馮家屯《ピンジアトゥン》。昨日入った三千里（朝鮮レストラン）。歩行者街（振興路）、人民広場。蛟河大街へ出て、昨日入った旅行店の前まで行ってみる。昨日乗ったタクシー乗り場にはタクシーが今日もたくさんいる。

吉林行きのバスに乗った。崔麗花に電話をかけた。母が出た。日本語が上手。張悦にメールをした。

するとすぐ返事が来た。

張悦は最近、携帯いじりに凝っている。携帯を新しく換えたあたりからだ。張悦の返事は、

「老師不用客気祝您一路順風《プーヨンクァオチジュウニンイールウシュンフェン》」

後日意味が分かった。

「先生、どういたしまして。道中ご無事で」

何ということもない、紋きりの返事なのだが、その後に絵文字を入れてあって張悦らしい。こういうことをテキパキとやる。

バスに乗ってすぐ、呉姣から電話があった。

（呉姣）「どこで降りますか」

「それは私には分からない」

（呉姣）「先生の電話を隣の人に渡してください（私がその人に聞きます）」

彼女は隣の乗客と何か話す。乗客は電話を返す。呉姣と代わる。

「以前と同じところです」と言う。

乗客が全員降りる。降車場所は以前と違っていたが呉姣は待っていた。ニコニコしている。何かホッとする。父もいる。

すぐにホテルを探しに行く。神州というホテルが満室で次の所に決める。

それから、ファーストフードの店を探したり、スーパーの場所を見つけてから、文廟《ぶんびょう》を見学する。

見学を終えて、シャブシャブ店へ行く。父の友人の張さんご夫婦、それから、北華大学の女性教師（29歳）とその母と一緒の食事。おいしくて楽しい。呉姣は幸せな子だ。

呉姣の母が「先生の三回目の来訪を希望する」という挨拶で締めくくる。

北華大学の教師の車で中古車販売会社社長の事務所へ行く。そこで少し時間を過ごした後、呉姣と一緒にスーパーへ行き、今晩の食べ物を買う。

それから私はホテルに帰り、彼女たちは私の帰りの切符を買ってから帰宅する。

明日の朝食はホテルで取る。8：30にみんなで松花湖（第五章地図参照）へ行く。昼は私がおごる。夜また宴会がある。その次の日長春へ午後帰る。そういうスケジュールが決まる。

呉姣はエリザベス・シダル（ラファエル前派のモデル）似の美人だ。性格もいい。彼女は私を安心させる。ホッとする。

2011／10／04（火）
呉姣は8：15に宿泊ホテルの311号室に来た。高速鉄道の切符を買って来てくれた。
昨夜は食事後、駅で買うと言っていたが、お父さんが酔っていたのでやめて、朝7時半に駅へ行って買ったという。起床は7：00で朝ご飯も食べたと言う。部屋を換える交渉をフロントで彼女にしてもらう。吉林市を流れる松花江の見える眺めのいい部屋にしたい。午後になったら分かるという返事。

9：00、松花湖へ向かう。入り口で入場料15元がかかるが「父は友だちがいるのでかからない」と呉姣は言う。

豊満ダム（旧満州国時代に日本が造ったダム）で車を停止していると駐車料金を取られる。5元。遊覧船の乗り場まで行く。昼食代は払うと言っていたが友人の接待なので無料なのだそうだ。

遊覧船は一度豊満ダムの近くまで来て客を乗せ、松花湖の奥の方へ行く。山荘があってかなり長い時間待たされた後、昼食。三種類の大きな魚とワカサギのフライ。キュウリなどの生野菜。他の客たちはマージャンをしたりしている。今は国慶節の休暇で大勢遊びに来ているのだ。

昼食後13：00〜14：00まで昼寝。遊覧船に乗って帰る。来たときと同じメンバーである。同乗の団体は朝鮮族らしい。呉姣が言うには朝鮮族は丸顔だそうだ。呉姣は満（満州）族。中国にいると民族が自然と意識させられる。それとも、これは中国の東北地方に限られるのか？　倭（日本）族というのはない。

帰りの車の中で夕食の時間を決めた。18：00に天主教会の近く。呉姣たちはいったん家に帰り、シャワーの用意をしてシャワーへ行く。7元（103円）だという。

吉林市では11月までは暖房が入らなくて寒いので、町のシャワーを浴びに行く。16：00〜18：00まで2時間ぐらいシャワーを浴びて過ごすのだろう。後で聞くと、シャワーは1時間。そのあと果物など買物をして過ごしたという。

ホテルに戻ると部屋は交換してあった。今度の部屋は松花江の見える眺めのいい部屋だ。パソコンもある。ヤフーにつないでニュースを見た。メールも見た。しかし日本語の入力ができない。

18：00少し前に呉姣が来た。

「先生、餃子はどうですか？」

餃子の店へ行く。幾種類の餃子のほかに、牛の焼肉。南瓜《かぼちゃ》のスライス。涼拌菜《りょうばんさい》（野菜サラダ）。ビール。

代金は払わせてもらった。145元。

その後、吉林大橋まで送ってもらう。ここでお別れ。

「明日新幹線に乗ったら電話する」と呉姣に言う。いろいろ心配してくれる父親に「我知道《ウォチィダオ》（分かっています）」と言って安心させる。本当は没問題《メイウェンティ》（ノー・プロブレム）と言うべきだったかもしれないが通じたからそれでよい。

お礼とお別れの握手を交わす。松花江の音楽噴水を見に行く。音楽はよく聞こえない。

遊覧船は人がたくさん並んでいるので止めにする。油を燃焼させて空中に上げる風船（孔明灯《コンミンドァン》・スカイランタン）が面白い。空高くいくつもいくつも上がっていく。風情がある。火災の心配はしないのかな？　日本人らしい心配をする。

宿の近くの超市（スーパー）で核桃乳（クルミのミルク）、パン、水。果物屋でりんごを買う。

ホテルですぐQQを入れてみる。張悦の空間を覗いたりしていると、4年生の劉佳惠が送信してきた。

「学校にいますか？」

「今旅行中。ホテルのパソコンなので日本語が打てない」と英語をたどたどしく打つ。

「大変ね。英語で」

この辺が彼女が変わったところ。女っぽくなった。

「国慶節は何をしているの？」

「大体、寮で……あ、パーマに行ってきました」

「君のヘアスタイル見たいな」

「今、見れるよ」

「Show me please!」

そうしたら劉は写真を送ってきた。

「何てかわいいんだ。君は」

「Thank's」

こんな楽しい会話をした。不思議なことに劉佳恵の信頼を回復している。

楊暁暁も送信してきた。中国語や英語である。携帯からだろう。今、天津にいて明日、長春に帰るという。天津で泥棒に遭ったらしい。私へのお土産を買ってあるという。

2011／10／05（水）
朝、ホテル周辺を散歩した。古本市がある。野菜など売っている。青年路に出る。そこを左に曲がると重慶街に出る。角に新華書店がある。新刊の書籍を覗いた後「地図《ディートゥー》」と発音して地図売り場を聞く。「美術」の「術」の発音が思い浮かばなかったので、「美術」と紙に書いて売り場を聞く。「謝楚余《シエチュイイ》」がいい。しかし、彼の画集はなかった。去年大連の書店で見た、謝楚余の「月色《ユエスァ》（月光）」という絵の気品がいい。「苾《ビィ》（芳香）」という作品もいい。美しい女性にギリシャ、エジプトを思わせる服を着せている。「听涛《ティンタオ》（波音を聴く）」という作品がいい。そして何と言っても「眺《ティアオ》」と「太陽《タイイアン》雨《イィ》」という2作品がすばらしい。特に「眺」の好奇心に満ちた女性の表情がすばらしい。一人歩きの良さはこういう作品をじっくりと見られることである。

重慶街を松花江の方へ向かって歩く。左に大王という名前の付いた快餐庁《クァイツァンティン》（ファーストフード）がある。そこに入ってお粥、餃子、茹で卵、野菜、漬物などで朝（昼）食とする。９：００から歩き始めて今は10：00である。10：30に宿に着く。

12：00に退房《トゥイファン》（チェックアウト）。１６３元＋１７４元＝３４３元（４４５９円）。押金（デポジット）を６００元入れてあるので、釣銭は２５７元。

タクシーで吉林駅へ。途中で子連れの女性を同乗させる。重慶街から成都路へ入り、突き当りの住宅街でその母子を下ろし、わき道から、吉林駅に出る。

吉林駅の中は工事中で埃《ほこり》が飛んで来るのが分かる。高速鉄道ができて、長春まで今は50分で運行する。途中、龍嘉《ロンジア》空港駅に一度停車し、長春へ来る。長春駅は工事中で、長い距離を歩かされる。中国旅行は年寄り向きではない。

軽軌を中医薬大で下り、歩く。これが一番いい。

荷物を整理し、洗濯する。ご飯を炊き、辣椒醤《ラージャオジャン》と味噌汁で食事をする。リンゴ、葡萄などを食べ、チョコも食べる。部屋は吉林のホテルよりは寒い。

インターネットでニュース、サッカー速報などを見る。QQもつないだ。

「今日16：00、国慶節旅行から帰りました」と空間（Qゾーン）に発表する。

4年生の柳爽から「羨ましい」という反応があった。陳智利の発表に反応した。彼女の返事はまだない。劉佳恵からも今日は何もない。吉林大学の孫瑩は故郷の徳恵（長春の北方にある町。第五章地図参照）に帰ったみたいだ。

2011／10／06（木）
〈12：00、楊暁暁にTEL〉
「今電車に乗っている。着いたら、先生の寮室へ行きます」
部屋を掃除して綺麗にする。江山（大学近くの商店街）へ買物に行く。米、パン、卵、バナナ、トマト、キュウリを買う。

〈15：30～18：30、楊暁暁来る〉

京劇の面をお土産で持ってくる。他に北京の冰糖葫芦《ビンタンホウル》（凍らせたひょうたんの砂糖漬け）、天津の硬いパン。

楊暁暁は、

「天津には羅雪《らせつ》、張玲玲と一緒に行き、天津でそれぞれの友人と会った。行きと帰りだけが三人一緒。

天津でお金200元、学生証、身分証、カードを盗られた」と言う。

「中学の歴史で日本の明治維新について詳しく学んだ。日本だけが近代化に成功した。周恩来、孫文、魯迅などが日本に学んだことを知っている。劉少奇がかわいそうだった。奥さんは毛沢東を恨んでいる」などいろいろ話す。

「中国の指導部に北京派と上海派とあると聞いた。上海市長だった陳毅は毛沢東に批判された」などとも言う。上海を旅行した時、外灘《ワイタン》に彼の銅像が立っているのを見て、批判されても銅像は残っているんだと不思議に思ったことがある。

「新しい日本人の先生は中国をよく思っていない。だから早く辞めるような気がする」と彼女は言った。

中国では18歳から人民代表大会代議員の選挙権があるが、大学に来ているのでその権利を行使していないという。

QQに学生が書いている文章の意味を尋ねた。

「覚得」＝「思う」。「還是」＝「やっぱり」。「減、減、減」と言うのは「ダイエット、ダイエット、ダイエット」と3回叫んでいる。その友人が「認了巴」と言うのは、「(太っているのは) 運命だとあきらめなさい (私の仲間になりなさい)」と言っているのだという。なかなか面白い。

PPS (中国の無料動画アプリ「影音」) で「jianggong」と入力すると、大河ドラマ『江』を見ることができる。QQで転載とあるのは自分の日誌に入れて使ってもいい。分享というのは使うことはできないが見ることはできる、などいろいろ教えてくれた。

〈楊暁暁が帰ってから彼女の教えてくれた方法で〉

『江』（大河ドラマ）37回、38回を見る。その後、フジテレビのニュースを見、それから日記を書く。

2011／10／07（金）

昨日、楊暁暁に教わったやり方で『龍馬伝』5回～10回を見る。これですべて見終えた。龍馬は末っ子で優しい。喧嘩は嫌い。だが剣道、武道は強い。北辰一刀流の免許皆伝。

黒船（蒸気船）来航を実際に見て、剣では太刀打ちできないことを知る。剣は心の強さを支えるものとなる。初恋の女、平井加尾が京都へ密使として上る、そのために別れる。大切な女を失って龍馬は更に、強くなる。土佐勤皇党の下級藩士が上級藩士を切り殺してしまう事件が起きる。龍馬は一人上級藩士の元へ手ぶらで乗り込み、和解を実現する。

夜はサッカーをインターネットの速報で見た。

その後、4年生の読解授業の教科書に出てくる、「シナ」という呼称について調べた。日本の国民学校についても。

2011／10／08（土）
国慶節で休講になった10月3日（月）の振り替えで、精読（4年生）の授業を行う。
支那という国名について。世界各国はどう呼んでいるか紹介した。シナ、シヌ、ヒナなどが多い。

ロシアだけは変わっていて「キタイ」と呼ぶ。東シナ海というのは地名である。学名である。また七音なので定着しやすい。

日本は敗戦国だったから、戦勝国である中華民国（蒋介石）の要望にしたがって１９４８年中国と呼ぶことにした。しかし、学名や地名にはシナという語が残った。東シナ海はその例である。

津軽海峡という語も教科書に出てくるが「津軽」は日本で今は使われなくなった古い名前である。言語文化は政治が変わっても容易に変わらない。私はそれを面白いと思う。中国にも道教の影が社会主義の国、中国に色濃く残っている。中国の人々は跪《ひざまず》き、額《ぬか》ずいて、お祈りをする。私は人々のそういう姿を、今年の夏、敦化、済南、泰山などの中国旅行でしっかり目に焼き付けて来た。

教科書本文の「国民学校の規律と罰則について行けない」のところ。

「君たちの軍訓（大学に入学してすぐ行われる）でも病気になる人がいると聞いているがそうですか」

「はい」

「体罰はあるんですか」

「……（口には出さず、笑っている）」

第三章　振り向かせた授業

松花湖

２０１１／10／09（日）
国慶節で休講した「作文」の振り替え授業を行った。作文クラスの半分を対象に。次回火曜日はもう半分のクラスの学生が参加する。そして今週金曜日は２クラス合同授業を行う。
この日は俳句を作らせた。「国慶節の喜怒哀楽」という題で。まとめてみるとなかなか面白い。日本にも俳句甲子園というのがある。
夕食後、張悦がQQを開いているので写真を送った。しかしなぜだか、ほとんど送れなかった。送ったものは張悦が22：30頃接収した。

２０１１／10／12（水）
〈20：00から食事、翌日の文学史の授業準備～24：00〉
〈劉佳恵からメールが来ている〉
先生：この手紙はある男性が別れた彼女に書いた手紙です。もともとは歌詞です。下に書いたのは私が翻訳したものです。先生、直していただけませんか。焦らなくてもいいです。お願いします。
題：君のことを思うしか
内容：愛　流れた恋　もう帰らん
　君に言いたいことがあり
　でも　言うのが惜しくて　もう間に合わぬ
　別れの話は言い出せない

君　きっと新しい生活が見つかり
俺　悲しみを隠し　ご幸福とご快楽を祈っており
エンジェルが君のそばにいる
自由に翼を広げろ
俺　君の笑顔と声を覚えるのを除けば　君のことを思うしかないのだ。

2011／10／13（木）

〈今までの文学史の授業について〉

「覚えていることは何？」

（王彤）「イザナミ、イザナギ」

（張麗）「ヘビ（八岐大蛇）」

（全員）「あります」

「朝鮮民族にも神話があるそうです。中国にもある？」

「何？」

（全員）「嫦娥」（この嫦娥伝説と「かぐや姫」のお話は非常によく似ている）

「満族にはありますか？」

（満族の学生）「あります」

ニニギは地上の姫（コノハナ）と恋をする。そうして生まれた子どもにホデリ海幸彦とホオリ山幸彦とがいる。

山幸彦は兄の釣り針をなくしてしまう。海に入りその釣り針を見つける。帰りに二つの玉を与えられた。

この山幸彦の孫が神武天皇（初代天皇）である。

神武天皇は東征し大和の国に入った。

「来週、試験を行う」と宣言する。

「こもよ　みこもち　ふぐしもよ　みぶくしもち　この丘に　菜摘ます児　家聞かな　名告らさね　そらみつ　大和の国は　おしなべて　われこそをれ　しきなべて　われこそをれ　我こそは　告らめ　家をも　名をも」（私はこの国の王だ。お前が気に入った。お前の名を教えてくれ）

ここで、名を告げてしまうと「求婚に応じた」ことになる。

こんな歌がある。

「たらちねの　母の呼ぶ名を　申さめど　道行く人を　誰としりてか」（あなたは母が私を呼ぶ名を教えてくれと言うが、あなたはただ通りすがりの人です。私はあなたに名前は教えません）

「これは求婚を拒絶した歌です。最初の歌は王様（天皇）から求婚されたわけです。女の子はさぞびっくりし、困惑したに違いありません。この天皇は21代雄略天皇です」

不遇な官人の歌

「験なき　物を思はずは　ひとつき（一杯）の　濁れる酒を　飲むべくあるらし」

（自分の運の悪さを嘆いているくらいなら、いっそのこと　濁り酒を飲んでいるほうがましだ）

「中国でも能力がありながら、低い地位に甘んじていた人が大勢いるよね。李白や杜甫がそうだった。この歌を読んだ人は大伴旅人。天孫降臨のとき武力でニニギを守った家柄が大伴氏。しかし旅人のころは藤原氏に押されて、身分にふさわしい官職に就けなかった。旅人の子どもが大伴家持。この人が『万葉集』を編纂した。天皇や官人ばかりでなく農民の歌も載っている」

「多摩川に　さらす手作り　さらさらに　なにぞこの児の　ここだ　愛しき」（多摩川で布を晒しています。川の流れがさらさらと音をたてています。その「サラサラ」ではありませんが「さらにさらに」この児がいとしくて　いとしくて　たまりません）

「これは東国（今の東京付近）で労働をしている農民の歌です。古今東西いつでも、どこでも存在する、恋の気持ちを歌っています。現代人と少しも変わりません。

この『万葉集』を編纂した人が大伴家持、旅人の子どもです。地位は恵まれなかった。地方官に任ぜられることが多かった。しかし、感受性の豊かな人だった。恋もたくさんした。多分、体も大きくてカッコいい人だったのだと思う」

「愛する人はたった一人だけがいいよね」

（朱春婷など）「はい」

「中国人の若い女性に聞いたことがある。

『昔の英雄と言われる人に妻がたくさんいたのをどう思う？』

『それはその男の人が多くの女性から愛される魅力的な人だったんだと思います』とその人は答えま

した。

　私はこの人は文学をよく分かっている人だと思いました。誰だって結婚する相手の人はたった一人の人でその人と終生、幸せに過ごすのが理想だということは分かりきっています。しかし、文学でヒーローといわれる人には多くの愛人がいます」

　孫辰、柳金金などニコニコして聞いている。

「またヒロインには多くの男性が求婚します。そして本当のヒロインは誰のものにもならない。日本のかぐや姫は『天皇の求婚も拒否して』月の国へ行く女性です。したがってかぐや姫は永遠に男性の理想となっているのです」

2011／10／14（金）

〈食堂の前で授業のある教室へ移動中の周文儀と馬媛に会う〉

「周文儀さんの俳句、面白かったよ。辛《から》いお菓子を騙されて食べた話」

「あれはウソなんです」

「フィクションなの？　それは面白い」

　この子の書くものにはよく食べ物の話題がある。

「馬媛さんの故郷へは行けなくて残念だったよ」

「……（馬媛は何か言ったが聞き取れず）」

「今はもう寒いでしょう。もう行けないかもしれない」

「先生はいつ日本へ帰りますか？」と周文儀。

「来年の７月になりそうです」


〈２５０６教室へ行く。ほぼみんな来ている〉

スピーチ原稿の書き直しを命じられた者が次々と持ってくる。張双、張悦、李芳春も入ってくる。

コンピューターが使えるように、幕を下ろしてある。しかし、急だったので今日は使えない。

張双が俳句原稿を提出に来る。そして、

「私は８：50に集合がある。その時間に退席させてください」

「了解」

出席を執る。ある男子学生が俳句を出していないことに気づく。その男子学生、

「私は火曜日に欠席しました」

「昨夜、君に電話しました」

「それで今日は遅刻しないで早く来ました」

「私は君に遅刻するな、と言ったのではなく、俳句を持ってきなさい、と言ったのだ」

「今から作って提出します」

「いいえ、もう間に合いません。君が聞き違えたのです。君の俳句はありません」

「すみません」

「すみませんと言ったので許しますが、君の俳句は合評会では外します」

かなり、厳しい言い方をした。彼らには日本人教師が怒る初めての経験だろう。張悦や李芳春の態度を改めさせるのにもよかった。今日は張悦はしっかり参加していた。暇な時、何か暗記しているようだったが、「文学史」だろうか？

〈16：30、劉佳恵のメールへの返事〉

彼女の詩の翻訳を添削してやる。というか、全部私の解釈してしまった詩を書く。

題：君のことを思うしか（君を思えばこそ）

内容：愛　流れた恋　もう帰らん（愛　過ぎ去った恋　もう元には戻らない）

君に言いたいことがあり（君にはたくさん言いたいことがあったけど）

でも　言うのが惜しくて　もう間に合わぬ（言い出せないまま　もう言えない）

別れの話は言い出せない（君は新しい道を歩んでいるのだから）

君　きっと新しい生活が見つかり

（君はきっと　新しい幸せを見つけているだろう）

俺　悲しみを隠し　ご幸福とご快楽を祈っており

（喪失の悲しみをこらえ　君の幸せを祈る）

エンジェルが君のそばにいる（君を幸せに導くエンジェルのもとで）

自由に翼を広げろ（君は君らしく　自由に羽ばたいてくれ）

俺　君の笑顔と声を覚えるのを除けば　君のことを思うしかないのだ。

〈僕はただ、今も遠くから望むだけ。笑顔で笑って生きる君の姿を〉

〈20：23、劉佳恵からお礼の返事が来た。その時聞いて分かったこと〉

やはり彼女の元恋人の手紙だった。ズバリと当てた。彼女は恋を経験した女だったのだ。詩は彼女が振ったことになっている。それを「よい思い出に」取っておいて自分で日本語に翻訳してみたらしい。

〈〜20：30頃、スピーチ原稿を読んで添削。テーマ名をエクセルに整理〉

張悦など添削し終える。友情について書いてある。彼女は「本当に友情を交わし合える人は二、三人でいい」と言っている。これは確かに真実だ。自分を大切に行動していくと、そう多くの人と付き合えるものではない。

だから蛟河への旅行も彼女の友だちという人と彼女とで旅行したかったのだが、崔麗花に話したのは彼女なので仕方がない。ああいう旅行になってしまった。崔麗花はとてもよくやってくれた。

２０１１／10／20（木）

〈文学史　２２０６教室、小テストおよび授業〉

張悦はグレーの冬用のコートを着てきている。先学期見たことがある。

テストがあるので、一生懸命勉強をしている。だが机の上に何か出しているように見えるので、

「張悦さん」と注意の声を掛ける。黙って上に持ち上げる。下に敷く布である。これを使っているものは何人かいる。李芳春、王紅香など。陳智利なども紙を下に敷いて、試験中は顔をずっと落として書いている。

テストが終わって授業に入ると、張悦は後ろの席にすわり、何か、他の勉強をする雰囲気がある。前に座る李芳春もそうである。陳佳佳は髪を染め、授業になると突っ伏して寝ている。

張悦は唐、新羅と百済・高句麗の争いを話すと笑顔を見せて授業を聞く。「この頃、中国に隋・唐という国が起こりました」の辺りで張悦の顔があがる。

「唐は『拡張政策』を取りました。高句麗を攻めました。高句麗は百済と連合しました。唐も新羅と手を組んで高句麗・百済を攻めました。高句麗・百済は滅ぼされてしまいます。そのとき日本は高句麗・百済と仲が良かった。百済を応援します。しかし、唐に負けてしまいます。日本は半島から手を引きます。いよいよ唐は日本を攻めて来るだろう。緊張感が走りました。

ここで日本にラッキーなことがあり、事態は好転します。唐と新羅が仲が悪くなり、唐も新羅も相手をやっつけるために日本と親交を結ぼうとしてきたのです。天智天皇は百済の皇子、天武天皇は新羅の軍人という説があります。私はこれを信じます」

「……（皆、不思議そうな顔）」

「中国もいろいろな民族が皇帝になったでしょ？　日本も朝鮮族の実力者が王になってもおかしくありません」

「ウン、ウン（と皆、納得顔）」

「日本書記にはこの天智と天武が兄弟と書いてあるんです。でも年齢は天武が上」

郭姍姍なども「それはおかしい」というような声。

「この二人は後で争います。何という乱？」

楊非非などが「壬申の乱」と答える。

「そう、壬申の乱。百済と新羅の人なら当たり前だよね。この戦争で天武が勝利する」

「この二人は一人の女性をめぐって恋の争いもしたんだ。その女性の名を額田王という。この人の歌は教科書にも載っている」

楊暁暁などが「はい」と知っている顔。

「あかねさす……君が袖振る」の歌を詠んで、訳す。

「『袖振る』という行為はどんな意味か分かる？」

「……」

「『I Love you』という意味だよ」

「エー」というようなどよめきの声。張悦の顔にも笑み。

「『君』は大海人皇子（後の天武天皇）だよ。この時、額田王は天智の情人（＝側室）だったんだ」

みんな『江公主的戦国』（ＮＨＫ大河ドラマ『江』）を見ているので分かりが早い。顔に笑顔がある。眼鏡をかけた張悦もニコニコしている。ブスっといつも怒っている張悦を笑わすこと。彼女は真面目なのだ。でも彼女を笑わせて楽しくさせる。それを最大の目的に授業をする。今日はそれができた。うれしい。

〈小テストの採点終わる〉

張悦は19点。平均は19・5点なので平均を下回る。「へぇー、そんな子だったんだ」という感想と今日の態度の理由がよく分かる。

「何かあって勉強しなくなったんだ」そう思う。ひきかえに金紅瑩《きんこうえい》が25点。金琳香と共に最高点を取っているのに驚く。

この子は不安定な子だったはずだ。でも作文で態度を見直し、改めると書いてきた。この間一緒に食事した。態度が積極的になった。そういうことは影響があると思う。

張悦にがんばらせたい。こちらを振り向かせたい。劉佳恵のように。

２０１１／10／21（金）

〈作文３３０６教室、俳句発表、および授業〉

「前回は俳句を作りましたね。どうでしたか？」

全員、「難しい」。

「私も作ってみました」

「洞穴を抜ければ別の秋景色」などの句を黒板に書く。

「国慶節は張悦さんや崔麗花さんの故郷、蛟河へ行きました。その体験を俳句にしてみました」

張悦は真面目で緊張した顔をしている。崔麗花は私の俳句をメモしたりしている。

前回発表できなかった三人の俳句を紹介する。最後に柳金金の俳句。

「俳句二枚　頭が痛い　おなか空く」など。みんな笑う。この辺りから、今日の授業の雰囲気がよくなったのかもしれない。

みんなに、

「3年生の間では『江』がはやっているようだね」

「はい」と王彤や張麗。

「国松はどうなるの?」

張悦が「死ぬ」。

「うん。そして人間はいつかは誰でも死ぬけど……。（これから就職実習をする）四年生が『社会が怖い』と言っていますけど、みんなはどう?」

楊非非などが、「はい、怖いです」。

「知らない街へ行き、知らない人の中で生活するのは、誰だって怖いです。でもそれを乗り越えるとそこに充実感があります」

「私は敢えて一人旅に出かけます。それは怖いところへ進んで行くということです。一つ一つ、目の前にある障害を乗り越えて旅を続けます。それは楽しい経験です」

「新しい経験が楽しいです。まず、切符を買う。これも大変です。去年九塞溝へ一人で行った。その切符を長春で買った。切符は大学までバイクで届けてくれるんだね。面白い経験だった」

「80后（パーリンホウ）ってどういう人たちなの?」

張玲玲が、

「最初はわがままとか悪く思われていたが、その人たちが社会で成功するのをみて人々の見方が変わった」

「蟻族とも言われます」と張麗。

「どういう意味？」

王彤が、「小さな家に住む」。

「日本にもそういう時代があったなぁ。こんな歌がある。歌ってもいい？」

張悦が、ニッコリと本当にいい笑顔で拍手をする。隣の張玲玲、その他みんなも拍手する。

「もしも私が　家を建てたなら　小さな家を建てたでしょう」

家は小さな家でいい。庭も小さな庭でいい。私の傍にはしかし、あなた（恋人）がいて欲しい。そういう意味の歌だ。

俳句の添削したものを返却。張悦のものはとりわけ丁寧に添削してある。張悦は声を出してそれを読んでいる。

「張双はどうしたの？」

張悦が「就職実習」。

「王彤が行っていた、あれか？」

「王彤のあとです」

「いつ帰ってくるの？」

「月曜日に帰ります」

今日は大満足の授業だった。張悦を何度も振り向かせ、笑顔を作らせ、言葉を発しさせた。彼女もおそらく今日の授業は楽しかったであろう。最後に笑顔で王紅香の肩を揉んだりしている。

2011／10／27（木）

〈文学史2501教室　天武～桓武まで。皇位継承のドロドロ。唐風文化〉

一週間ぶりに会った張悦は、今までで一番の悪女《ワル》だった。

下を向いて目線を合わせない。弁当を食べている。珈琲のようなものを飲んでいる。途中のチャイムが鳴ると教室を出て行く。昔着ていたグレーの長袖Tシャツを着ている。背は小さく細身の身体だがバストが強調されるアンダーだ。

一度だけ顔をあげた。『江』を話題にした一瞬だけ。家康や信長など何度も話題にしたが顔を上げることはなかった。李芳春も同じ。

顔に表情があったのは、陳智利、朱春婷、楊暁暁、張玲玲、張兵、羅雪、孫辰、張麗、王艶麗、李娜、柳金金、崔麗花、王彤、朴洪洋。

自分の国のことにしか興味はないのか？　張悦の唐とか（今日は唐の話もしたのだが）、李芳春の朝鮮民族とか。確かに今日は朝鮮民族が日本を支配したような話はしなかった。

張双は真面目な子だ。休み時間に質問に来た。就職訓練に行った作文を書いてきた。

自分にとっては興味深い歴史だが、彼らにはつまらなかったかも。

次の時間には早良親王の怨霊の話をする。張悦が顔を上げるか。勝負。

2011／10／28（金）

〈作文　3306教室　1、2限〉

張悦が言う。

「個人的な主張をするとみんなの共感を得られないと思うんです。――結論を繰り返すとくどくなると思います」

「分かった。この原稿のままでスピーチの仕方を考えましょう」

ニッコリとする。今日のウェアーは白いコート。袖口が汚れないように腕抜きをしている。

後で考えた。

「ここを張悦に乗り越えさせてみよう。そこに可能性がある。今のままでは彼女は変わらない。テクニックではない本当のことを言う。向き合う。正直な自分と。それを他人にぶつける。敗れてもいい。それが『江』の生き方のはず」

授業ではアルバイトについて聞いた。彼らは就職実習の前にアルバイトで労働の体験を積もうとしている。

楊菲菲が、

「時給5元（65円）で1日8時間、30日働いた。1200元（15600円）稼いだ」。

馬媛が、

「時給8元（104円）で1日8～10時間働いた。2010元（26130円）稼いだ」。

「私の知り合いの人（群馬大大学院修士課程卒、城建大学《長春在》日本語教師）はいくらもらっているると思う？」

「4000元」

「5000元」

「8000元」

「2000元」など、いろいろ言う。

「なんと1000元（13000円）」

顔を起こして張悦は聞いている。昨日と全然違う。

2011／10／29（土）
〈昨日20：39、張悦に電話。出ない。20：58、張悦にメール〉
「I have some advice for you about your composition. I want to say to you as soon as possible.」と送った。しかし返信はない。

〈今日9：06、張悦から電話、それへの返事〉
「『そういう友だちは二、三人でいい』と書いてあったでしょう。昨日の文章にはそれが消えていました。それはとても重要な言葉だと思うんです。しかも、みんなに考えさせる言葉です。終わりを

『皆さんはそういう友だちがいますか』とか『どう思いますか』というように呼びかけるような言い方で終わってもいいですね」

「昨日突然気がつきました。それで早く、火曜日に提出する前に言ってあげたくて電話しました。電話が通じなかったのでメールしました。英語ですが分かりましたか」

（張悦）「私はこれから作文を書きます」

「もし書き上げて何か質問があったら遠慮なく聞いていいですよ。ＱＱでもいいです」

２０１１／11／03（木）

〈文学史　２５０１教室〉

　張悦は今日は元気がいい。グレーのコート。ボタンはダブルだ。今日は顔を起こしてこちらを見て授業を受けている。時々きょろきょろするが、こちらの言うことは聞いている。

「皆さんは『江』が好きですよね」と言うとうなずく。途中でトイレに行く。王紅香を後ろから小突いたりしながら前の入り口から出て行く。その時重要な話をした。

「藤壺と源氏の間から子どもが生まれた」

　その時、張悦はいなかった。「ええ」という驚きの声は廊下で聞いたはずだ。後ろの入り口から入ってきた。今日は祟《たた》りの話から始まって、早良親王の祟り、六条御息所の祟りを話そうとしたが何も彼らは知らないので、源氏の経歴の話からはじめた。六条の話は次週。

　朱春婷、陳智利、楊暁暁、孫辰、張麗、王彤、張玲玲、郭姗姗、張兵、羅雪らの反応がいい。古今集、羅生門、今昔物語、紫式部日記、こころなどの文学作品にも言及した。

2011／11／04（金）

張悦は今日も態度がいい。やはり、電話をして特別指導したのが効いているようだ。王紅香の発表（「谷川先生のこと」）を笑いながら聞いている。

「二つ書いてきたんだね。こちらの方がいい」

張双のそれとない気配りについて張悦が触れた文章を指す。

「火曜日に清書したものを提出してください」

帰り際、目と目が合う。

「先生、さよなら」

黙ってうなずく。教卓で作文を読んでいたので。恰好つけた。

張悦の評価感想文（人の作文を読んでそれを評価したもの）を読む。陳佳佳のスピーチについて思ったことを書いてある。

大学を選ぶときは担任の先生に勧められたという。

「あなたは中国語や英語が好きなので日本語の勉強にも適《かな》うと信じます」と言われたという。でもこの専攻について強い関心を持ってはいなかった。

「3年生になった今は学習が楽しい。日本語の領域は未知の世界でもっともっと探ってみたい。ドラマやアニメを通じて新しい知識を学んでいる。先生の予測は当たった。今の私は充実して楽しく過ごしている」という。

2011／11／10（木）

DVDで『源氏千年紀第2話』を見せる。張悦も口を半分開け、笑みを浮かべ、時々は心から笑い、興味深く見ていた。李芳春も興味を持たないぞ、と言い聞かせつつ、時々、笑顔を見せた。しかし、今日は最初から、他の勉強をするつもりだったのだろう。

今日はダメだった。話を全く聞こうとしていない。李芳春もそうだった。何か勉強をしている。3、4限の授業が程寧老師《せんせい》の文法なので、その予習かもしれない。あるいは1級や英語4級の勉強かもしれない。それにこちらが負けてはいけない。昨日は準備不足。試験問題（08生精読）を完成させた。話の準備はしてあったが、準備不足だった。

張悦は現実的な話が好きで、「祟り」は嫌いなのかもしれない。現実的なことや歴史的なことが好きで、空想的なことや普通の女の子の持つラブストーリーは嫌いなのかもしれない。来週は紫上の話。出世ストーリーにしてみようか？

「夕顔」の話も受けなかった。「優しいマリアのような女」、これは現在では受けないのかもしれない。葵上はうまく説明できた。頭中将もうまく説明できた。しかし張悦はどちらも全く聞いていない。朱春婷が一番いい。彼女が一番分かっているし、関心もある。

「頭中将ってどういう人？」

朱春婷から「葵の上のお兄さん」と反応が返ってくる。

2011／11／11（金）

〈源氏の結末〉

読者の一生である。読者の結末である。中世的な仏教の世界である。

〈授業へ行く途中、周文儀と会う〉

一人で歩いて来る。

「君たちの部屋で早起きなのは？」

「張悦さん、李芳春さん」

「教室には君がいつも早く来るね」

「彼女たちは勉強してからきます」

〈スピーチ発表授業〉

「来週のスピーチの順番を決めておきます。一番は張悦さんです」

張悦ニッコリとする。どういうニッコリなのだろう。

「やっぱり（予想していた通り、出席番号が1番なので）」

「やった、うれしい（期待にこたえる自信がある。先生は自分に期待している）」

「しかたがない（当たってしまったか、やるしかない）」

金琳香は自分で6番目がいいと指定してくる。彼女は気が小さい。その点張悦は度胸がいい。素早いしそつがない。張玲玲はしんがり。

今日は最高の張悦だった。顔を起こしてニコニコして発表を聞いている。

「発表者に質問してもいい」と言うと真っ先に質問した。

「周文儀さんは最近、インターネットでどんなパンツ(=スラックス)を買いましたか?」

周文儀はいつも張悦のからかいの対象になっている。楊菲菲が孔祥龍に質問する。

「季羡林《ジーシァリン》先生(中国の哲学者)の品質はなんですか」

「品質?」

「人格」と張悦。

「あ、品性のことか」

感想を書くのに張悦は時間がかかる。最後は陳英莉と楊菲菲。その前は柳金金。その前が張悦と張玲玲。張玲玲と張悦がさよならと言って帰って行く。張悦の笑顔をしっかり焼き付ける。眼鏡を外した笑顔。

2011/11/17(木)
〈始業前にトイレに行く張悦と会う〉
「先生こんにちは」
笑顔はあるが、心からの笑顔ではない。いつからかこういう表情をするようになった。

２０１１／11／18（金）
〈王紅香の評価感想文〉
「1年生の2学期から張悦さんと友だちになりました。一緒に勉強、ご飯を食べ、買物に行く。私たちの感情は次第に深くなった。張悦さんは私の世話をしてくれました。言葉でいえないいくらい感動しています。彼女を擁しているのは私の巨大な財産です。信じている。しっかり手を取り合って、挑戦を受けて立ち、未来に向かって楽しく生活していくことを」

〈創作会話（自分たちでフィクションとして作る会話）〉

王彤が張双へ。

「私にも何かプレゼントをくれますか」

「残念ながら」と言ったところで、もうみんな笑い出す。張悦が今日は後ろにいる張双に、いろいろ言い方をアドバイスしている。

張双が続けて、「男性の部屋へ入ることはできません」

すると王彤は、「サンタクロースは煙突から入ってくるでしょ?」

張双が「送るという方法ならできます」と答える。


〈金琳香の評価感想文〉

「張悦さんのスピーチの中には張双さんのことが書いてあります。スピーチを聞いて王彤さんは張双さんを『サンタクロース』のニックネームで呼びました。しかも、彼は張双さんから何かプレゼントをもらうような予約をしたようです」

張悦は昨日から、黒のハーフコートに真っ赤なマフラーをしている。楽しそうに授業に参加している。

〈張悦の評価感想文〉

「幼稚園のとき、従姉の姉と一緒に川へ入って遊んだ。彼女の身長は私よりずっと高い。『もっと深いところへ行こうよ』ちょっと怖かったが彼女の後について行った。（以下ママ）でも、だんだん意識不明で、水中でもがいた。最後、溺れてしまった。突然、母の同僚のおばさんが私を引っ張り上げてくれ、無事でした。でも、足に傷を負いました。同じ頃、一人で家でテレビを見ていた時のことです。俳優がマッチを擦って火を出していました。好奇心が湧いてきてその真似をしたくてたまりません。とうとう、マッチを擦りました。どんどん火が大きくなって来るので怖くなりました。泣きながら母を呼びました。母は火を消した後、私がやけどをしているのに気づいて、傷口を処置した後、家中のマッチを片付けてしまいました。運の良さでここまで生きてきましたが、これからも、もっと人生を楽しんで過ごしたいと思います」

これを読んで張悦は成長した、と思った。彼女は他人の失敗は書けても自分の失敗は今まで書けなかった。そして「人生を楽しんで生きたい」などと言っている。ずいぶんと違っていると思う。

〈張麗の感想文〉

「自分は『友情はむやみに数をそろえるよりは少な目でよい』と信じている」

張悦も同じことを言っている。


〈呉姣の感想文「中国における友だちとはなにか」〉

「中国では知己と友だちは違う。知己は一人いれば十分である。二人いる自分は幸せである。友だちは多いほうがいい。真心があるか、ないかはどちらでもいい。真心からの知己がいることは多くない。だから、大切にする」

第四章　職員寮での補講

中国の女子学生

2011/11/22（火）

〈作文授業〉

「スピーチ発表は終わりました。補講が始まっています。テーマとリーダーを決めておきましょう」

〈ゲームを行う。ゲームは楽しくやる〉

自己紹介ゲームの2回目からみんな興奮して活気が出る。その流れで、伝言ゲームも活気があった。伝言を受け取りに来る学生が次々と交代する。だんだんみんなに伝えるようになる。板書する。「てにをは」の間違いが多い。

帰り。呉紅華がニッコリと笑みを返す。彼女は今日遊んで満足したんだろう。呉紅華に笑みをもたらした今日の授業は成功。

〈16：55、張双からTEL。20：00、張双401来訪。補講の日程を決める〉

張悦が一緒に来るかと思ったが、李芳春と一緒に来た。やはり、このグループでは李芳春がリーダー的なのだろう。

「いつからアルバイトを始めたの？」

「昨日からです」

「どこで？」

「江山（大学近くの商店街）です」

「何売り場？」

「キーボードやイヤホーンを売るところです」

「いくらもらえるの」

「月２００元（２６００円）。売り上げが多ければ増えます」

「勉強は大丈夫？」

「売り場で勉強します」

「なぜアルバイトをしなければいけないの？」

「学費を払ったのでお金がないんです」

「（補講は）今週、土曜日でもいいよ」

「今週土曜日は張悦さんが友だちが来るので都合が悪いんです」

するとと張双が、

「火曜日の15：30〜17：30、先生のご都合はいかがですか？」

「私は大丈夫ですが、みんなは疲れていませんか？」

「大丈夫です」

「じゃあ、来週火曜日、11月29日15：30〜17：30を君たちグループの補講にしましょう」

２０１１／11／24（木）
〈文学史〉

少し遅れて行った。みんなは静かに待っていた。出席を取った。三人欠席。あとは皆出席していた。

「今日はまとめをしてみよう」

板書した。

藤壺…冷泉帝を生む。我が子を帝にするために源氏の愛を拒絶した。

「何かのために愛を拒絶する人は今でもいるでしょう」

六条…娘を連れて、伊勢に下る。冷泉帝の時代になって京に戻る。娘を源氏に託して死ぬ。源氏は娘を養女とし、冷泉帝の后とする。六条の恋は不幸だったが、源氏に幸いをもたらす。

葵上…10年を経て源氏と心が通い合うようになった。しかし、六条の嫉妬に遭って死ぬ。源氏に夕霧という男子を残す。

明石君…源氏が流謫《るたく》の身にあった明石で出会った女性。女子を産み、その女子は後に明石中宮となる。

系図を初めて見せる。

「准太上天皇になって反対する人はいなかったのか?」と張玲玲。

〈授業後半、第二部の世界を説明する〉

39歳の源氏に縁談の話が持ちかかる。兄朱雀院からの頼みだった。娘の女三の宮をもらって欲しいという。年齢は25、6も離れていた。朱雀院からの頼みなので断れず、源氏は承諾する。女三の宮も藤壺の血を引いており、興味もないわけではなかった。しかし結婚してみるとガッカリした。あまりにも幼かった。紫上がよかった。しかし、女三の宮を粗略に扱うことはできなかった。

苦しんだ紫上は病気になる。源氏が駆けつけて治る。このところ源氏は琴《きん》（七弦琴）を教えるために女三の宮と一緒にいることが多かった。

源氏にとっては物足りない女三の宮だったが、この宮を慕う男性がいた。頭中将の長男柏木である。柏木は、乳母子で女三の宮の侍女になっている小侍従を通じて女三の宮に近づき、密通の罪を犯してしまう。源氏が病気の紫上が住む二条院へ行っている留守のときである。

女三の宮の不注意から、源氏に密会の事実が知られてしまう。女三の宮は罪を恐れて出家し、柏木は源氏を恐れて死ぬ。

紫上に六条の死霊が取りつく。瀕死の重態だったが祈祷の効果があって、死霊は退散する。紫上は出家を願うが源氏は聞き入れなかった。

紫上は43歳で死ぬ。そのあと源氏は紫上の苦しみを理解するが自分も死ぬ。

第三部の主人公薫は年頃になって恋をするがその恋は一つも実現しない。暗い結末になって声も出ない。みんなの好きなラブストーリーではない。日本でも若い恋を振り返ることのできる熟年の男女に人気がある。若者は読んではいない。

君たちも恋もし、子育ても終わり、人生を振り返るとき、源氏を読むといいだろう。そこにすべてが書いてある。

張悦は隣の周文儀と話し続けていた。興味がないことには見向きもしない。90后（ジューリンホウ）世代である。陳英莉は途中で突っ伏して寝てしまった。朱春婷は難しい顔をしていた。

次回「平家物語」をやると宣言した。

２０１１／11／25（金）

〈会話〉

前を張悦と李芳春が歩いている。

「おっはよう」

「寝坊しました」と李芳春。

今朝は教室で勉強したわけではないらしい。

「にらめっこ」と「自己紹介」競争をする。

張悦は王紅香とするだけで他の者とはしない。二人は消極的だ。伝言ゲームも張悦は消極的だ。ただニコニコしているだけ。

２０１１／11／29（火）

〈補講７　張悦　張双　李芳春　周文儀〉

15：35、５分遅れて来る。４０２室のベランダから歩いてくるのが見える。李芳春と周文儀が前、張悦と張双が後ろの２列縦隊のような恰好で来る。

ベランダで見届けてから、４０１室で待つ。ドアを開けてある。張悦がちょっとのぞいてすぐ身体を引っ込めたのが分かる。この子にはこういう陰っぽいところがある。

「そちらへどうぞ」と言って向かいの402室へ行く。

402室のソファーにみんな座って落ち着く。靴はみな履き替えていない。今日は時間がない。土足のまま。

張悦は部屋を見回している。

「張悦さん、部屋は何か変わりましたか？」

「部屋の飾りや椅子の配置が変わりました」

「周文儀さんは初めてですね。どうぞ部屋の中を見てください」

「先生は北京へいつ行きましたか？」と周文儀。

部屋に北京のおみやげが飾ってある。

「昨年の4月に行きました」

冷蔵庫に貼りつけたマグネットの絵を張悦は熱心に見る。

「ここが台所です」

401室にも行く。

「ここがトイレとシャワーです」

「ここが寝室です」

書棚の中の本を取り上げて「これは日本の教科書です」。

「中国語はどう読むのですか」と周文儀。

「漢文訓読という方法で読みます」

張悦がうなずく。

402室に戻り、日曜日から月曜日にかけて作ったゆであずきを振る舞う。ぼたもち、おはぎ、お汁粉などの話をする。

「私が珈琲を入れますから、皆さんでしゃべっていてください」

珈琲にミルクを入れようとして聞く。

「皆さんはダイエットしていますか」

「いいえ」。張悦がきっぱりと言う。

日本語でのグループ会話が始まる。張悦が、

「来週、月曜日から木曜日まで、安売りをしています。いつ行きましょうか」

「授業が終わったら、みんなで行きましょう」と李芳春。

みんな笑ったまま、話が続かない。しばらくして李芳春が、

「やはり、先生が加わらないと話が途切れてしまいます。先生も一緒に話をしましょう」

「そうしましょう」

そして周文儀が、

「この2、3年の先生の目標は何ですか」

「難しい質問です。中国に来る前はヨーロッパへ旅行することでした。中国へ来た1年目は有名なところへ旅行することでした」

「先生はなぜ一人で旅行するんですか。なぜ、奥様と旅行しないんですか?」

「日本の国内を旅行するときは妻と旅行します。おいしいものを食べたり、温泉へ行きます。妻が行きたいところを決めます。これは消費する旅行です」

張悦がうなずく。

「一人で旅行するのはイメージを作る旅行です。私は小説を読んだり教えたりしていますからイメージをたくさん作ることが必要です。旅行するたびにイメージが膨らみます」

張悦と李芳春がうなずく。周文儀が、

「日本で生活するのに一か月どのくらい費用がかかりますか」

「日本に留学した李娜さんの話によると1年3か月で12万2千元がかかったそうです。だからこれを15か月で割ってください。それが一か月の費用です」

張悦が携帯を取り出して割る。

「8千元ぐらいです」

「はい、それには学費も家賃も交通費も遊んだお金も含まれていますよ」

「先生の血液型はなんですか?」と周文儀。

「B型です。みんなは?」

李芳春が「A型です」。

「A型の人は優しい」

「李さんは優しくない。私は何型か分からない」と周文儀。

張双が、「私も分からない」

すると張悦が、

「父がO型なので、私もO型だと思う」

「張悦さんはOだと私も思います。彼女は現実的です。みんなは上海に行くとか大連に行くとか言っているのに、彼女は長春で働くと言います。また従姉の姉と暮らすなどと言っています。とても現実的です」

「今もう、働いている高校のクラスメイトがいます。その人たちからいろいろ就職の厳しさを聞いています。だからです」と張悦。

受験の厳しさの話になる。張悦が、

「中学3年生のとき立ったまま眠っている人がいました。先生、蛟河市で私の出身校へ来たでしょう？　あの高校へ入るのに猛勉強するのです」

「中学から高校へ入るのと高校から大学へ入るのとどっちが難しいの？」

「いい高校へ入れば、いい大学へ入れます」と李芳春。

「李芳春さんは一番いい高校へ入れなかったから、今がんばっているんだよね」

李芳春は延吉市第二高級中学の出身だと聞いたことがあった。

「……（李芳春は恥ずかしそうに笑う）」

周文儀が、

「日本のサラリーマンは弁当を持って行くんですか」と聞く。

「今は忙しいので家で弁当を作る暇がありません。昼休みに外出するのがストレスの解消になります」

「私たちの高校時代もそうでした。土日には学校を離れます」と張悦。

こうした会話を振り返ると、張悦は自分からは話題を提供しないが、こちらのしゃべったことにはしっかり、反応する。いわゆるキャッチボールができる女の子である。

「君たちの部屋のリーダーって誰なの？」

「李芳春、周文儀、張悦、張双」と張悦。

「それは何の順なの」

「背の高さの順です」

「一番年上は」

「はい」と張双。

張悦が、「次が私、李芳春さん、周文儀さんの順」

「周文儀さんが一番年下なんですね」

「はい」と周文儀。

そこで張悦が、「周文儀さんはとても面白い人です」

「彼女の話はよく食べ物の話が出てきます。そして失敗談が多いです」

「先生、四年生の薛爽さんを知っていますよね」と李芳春。

「よく知っています。とても積極的な人です」

「薛爽さんは大連でアルバイトをしたことがあると聞いています」

「大連でもしたことがありましたかね」

「先生から聞きました。アルバイトはどのように始めたらいいんですか？」

「薛爽さんを授業に呼んで聞きましょうか。彼女は今学期は暇なはずです。今はギターを習ったり、語学学校へ行って日本語を訓練したりしています」

張悦がうなずく。

「内緒ですが、彼女のご両親は二人とも紅衛兵でした。文化大革命のときの」

張悦が文化大革命と紅衛兵を通訳する。彼女のこういう知識は他よりも優れる。

「お父さんもお母さんも今、60歳を過ぎています」

「私の父や母より年上です」と張悦。

「実は彼女にはお姉さんがいます。そのお姉さんは脳に障害があります。これも内緒ですよ」

脳障害、これも張悦が通訳してみんなに言う。

「薛爽さんが積極的にがんばれるのはこういうお姉さんがいるからだと思います。将来、お父さんやお母さんに代わって彼女が面倒を見なければいけませんから」

張悦は深くうなずく。

時計を見て李芳春が言う。

「先生17：30になりました。次の授業に出なければなりません」

「そうだね、ご飯も食べなければいけないし」

写真を撮り忘れていた。みんなを引き止めてドアの外で3枚写真を撮った。張悦はこの前王紅香と来たときと同じ顔をしている。歯を見せない顔。これが彼女のスタイル。

張双が話から外れることが多い。張悦が張双をカバーしていることがよく分かった。

この部屋は周文儀がいることによって明るい。彼女は張悦や李芳春からからかわれ、いじられて人気者になっている。しかし、彼女は絶対に遅刻しないし、朝の太極拳も真面目である。自己が確立していて心が広い。

2011／12／01（木）
張悦はひどかった。遅れて来る。一番後ろの席に座る。あとは周文儀とずーっと話し続けていた。全体的に今日はみんな席を後ろに取って、授業は聞かないぞという雰囲気だったのを試験を脅し文句にして、みんなを集中させた。しかし、張悦と周文儀は話し続けた。李芳春は授業が終わると、待ち構えたように席を立った。
中国日語4級の結果。これは国際能力試験2級と同レベルだという。
合格者は以下の7人……張玲玲、王艶麗、王彤、韓健、柳金金、張麗、一人不明
不合格者で分かっているもの……張爽、趙宇《ちょうう》、陳英莉。
〈9：47に馬媛が書いたメール、これは17：30頃届いた。悩んだ結果送信したものだろう。そのメールを見てすぐに返事をせず、10生の日語角（日本語会話クラブ）へ行き、20：00に帰り、食事をし、10生の身上を整理し、教務手帳を調べてから返事をした。平常点の60点は21人、クラスの約半数がこ

の得点。でもこの数は言わない。国会議員の答弁のようだ。少ない回答で相手が納得すればそれでいい。こういう方式を最近覚えた〉

〈馬媛〉「先生、平日の成績は何で決める？　私はどうして60点？　私は毎日授業行きました。私の努力は先生に見えない。今、私、勉強は好きでない。先生の話、もう、聞きたくない。その原因は私の平日の成績。別の人は授業は行かない。でも私のより高い。私は率直な人間です。先生に問いたい」

22：41「平時の成績は出席だけの点ではありません。60点の人は大勢います」

〈馬媛〉22：57「本当ですか？　周りの友だち全部60より高い。大丈夫です。自分の努力が大事、自分で解決します。先生、お世話様、ありがとう。失礼しました」

〈馬媛〉22：58「先生、おやすみ」

22：59「おやすみ」

2011／12／02（金）

〈作文授業の中休み〉

張悦は今日は張玲玲を隣にしてしゃべっている。休み時間に話しかけた。

「張悦さんは1級を受けるんですか？」

〈張悦、はっとしたように〉「はい」

〈隣の張双に〉「張双さんは受けないんですよね」

「私以外のみんなは受けます（周りにいるのは、陳佳佳、金琳香、張悦、張玲玲、周文儀、李芳春である）」

李娜が遅れて来るので、彼女が来るまでの時間つなぎで、みんなに質問をした。

「みんなは李娜さんに何を聞きたい？」

ここで張悦が発言する。

「生活のこと」

中国日語４級の結果。今日分かったこと。

不合格者……崔麗花、林宝玉、張兵、呉姣。合格者は６名かもしれない。


〈補講９　楊暁暁　孫迪　陳智利〉

「朱春婷は？」

「用事で吉林へ行った。すみません」と陳智利。

「12月31日（土）大晦日の日にみんなで来てください。張玲玲さんたちも一緒に」

初めて来た孫迪に聞く。

「先生の部屋の印象はどうですか？」

「きれいです」と孫迪。

「君たちの部屋もきれいでしょ？　毎日掃除するんでしょ？　だれがきれい好きなの？」

陳智利が、

「朱春婷さんが室長で当番を決めて掃除します」

「忘れる人はいないの?」

楊暁暁が、

「私がよく忘れるので、朱春婷さんは『当番ですよ』という紙を置いていきます」

補講は親しいグループでテーマを決めて話し合うのが目的。恋・友情が今日のテーマ。

楊暁暁が言う。

「私は自由がいいから結婚はしない。男に生まれていたら、親が反対してもエジプトへ行く」

そして、

「『日本人は永遠に中国人を理解できない』という本、先生の部屋にあるのを見て借りて読んだ」

「私は理解できると思う」と陳智利。

「置き換えても成立する『中国人は……日本人を……』『アメリカ人は……中国人を……』つまり友情への疑いだ。ショックがある。それがこの本に惹きつけられる理由だ」

「違いを知るということが友情だと思う」と楊暁暁。

「それは頭による理解だ。こころでは同一性を望む。それが自然」

陳智利が、「私は感情のままに行動する」。

「多分、陳智利を好きな男が現れるだろう。でも君に『スイッチが入らない』ということがある」

楊暁暁と陳智利は、「スイッチが入らない?」。

「そう、男の方は好きなのに、女がその心に全然気づかない状態のことだ。心がクローズしているときは恋はできない。六条御息所を慕う男は大勢いたが、彼女にスイッチが入ったのは源氏だけだった」

これはエロースの働きというものだ。エロースの働きというものがあって初めて人は人を好きになり、何事にも積極的になる。

「結婚は人生の墓場」

エロースの力は往々にして無くなる。それを指して言う。

「結婚とは相手を縛ることだ」

自分を捨てて相手に尽くすこと。しかし、そうばかりはしていられない。男も女も自由になりたい。

相手が本当に困っているとき助ける。

２０１１／12／05（月）

〈補講10　朴洪洋　張麗　王艶麗　楊菲菲　陳英莉〉

15：35、廊下で声がしたので出てみると、楊菲菲の姿がある。今日のグループについてまた来たのだった。

「来て欲しいと思っていたからちょうどよかった。陳英莉さんは？」

「後から来ます」

少し後になって陳英莉が「遅くなりました」と元気一杯の声で入ってくる。

「どうして遅くなったの？」

「学生証を取りに行きました」

「この寮に来てから気がついたの？」

「いいえ、教室にいて気がつきました」

今日も劉倩老師の授業は用事があるとかで休講。水曜日にまとめてやるらしい。

今日は楊菲菲と陳英莉が来たので、盛り上がった。張麗が二人にからんで来ると面白い会話になる。

「先生、私の発音は変ですか？」と楊菲菲。

「どうして？」

王艶麗が「方言がある」と言う。私には分からない。

楊菲菲は「日本へ行けば直りますか」。

中国語に方言があっても、日本語の発音の習得には関係がないと私は思う。だが、朝鮮族の子の話す日本語はなめらかに聞こえるような気がする。楊菲菲は河北省の出身である。

「この中で太極拳が一番上手な人は誰ですか？」

陳英莉が手を挙げる。

「歌の上手な人は？」

張麗をみんなが指差す。

「体操や歌の上手な人は真似の上手な人です。真似の上手な人は発音の習得も速い」

お菓子を食べたり、ザボンを食べたり、珈琲を飲んだりする。また楊菲菲の話題。

「楊菲菲さんはいつもかわいそうなんですよ。お母さんと口をきかなかったり、瀋陽に行って寂しい思いをしたり」

「失恋したんです」と張麗。すると王艶麗が、

「張麗さんは口が悪い」

楊菲菲は顔を赤くして笑っている。

「クリスマスが近いけどどうするの？」

張麗が「リンゴとオレンジをたくさん買ってきます」。

「クリスマスイブにまた来ませんか？」

「カラオケに行きましょう」と陳英莉。

「東北師範大学と江山《こうざん》（大学近くの商店街）では、どっちがケーキがおいしいの？」

「東北師範大学の方がおいしいと思います」

「ここで食べて、それからカラオケに行く？」

朴洪洋と張麗が、「クリスマスイブの夜はカラオケが混んでいると思います」。

「そうか、じゃあ昼間カラオケにいって夜、ケーキを食べようか」

朴洪洋、「先生、冬休みはどうしますか」。

「査干湖（長春北方松原市にある。第五章地図参照）の大きな魚を捕る儀式を見てみたい」

「インターネットで調べておきます」と王艶麗が言う。彼女は査干湖のある松原市の出身。

2011／12／08（木）

〈文学史授業　練習問題（期末テストの模擬試験問題）をやらせる。まずまず成功〉
張悦、今日は練習問題に集中した。しかし、授業を聞いていないので、時間がかかる。手を挙げて呼ぶ。コートは昨年雪かきをしていたときと同じもの。襟に毛が付いている。中は紺地に水玉のシャツ。蛟河旅行のときと同じもの。一度大きく背伸びをする。NO．2の源氏についての問題まではできない。李芳春は1しかできない。教科書を持ってきていないようだ。

〈ピアスをしている者〉

馬媛、王紅香、張爽の3名。マニキュアをしている者、なし。

2011／12／09（金）

「『男61・4％、女49・5％』これは何の割合だと思う？」

張悦が言い当てる。

「未婚の数」

「そう。でも少し違う、BFやGFのいない人の数。日本では今、仕事が忙しく出会いがない。能力のある人ほど出会いがない。君たちはどう？」

顔を見回す。張悦は下を向いている。

2011／12／13（火）

〈文学史小テスト〉

みんななかなか来ないし、だらだらしている。

下に布を敷くのもやめさせる。集めるとき、てきぱきとやらない。とうとうある学生がカンニングをしているのを発見。叱る。確認した上「0点にする」と言明。

〈伊勢物語秀段の授業〉

3年間戻って来なかったので結婚してしまった女の死（梓弓）。これは、張悦もうなずきながら聞いた。

「行く蛍」

恋の気持ちが告げられない女。こんなことはあるのか。張悦うなずく。男は女の愛に気づいていなかった。しかし、女が死んだあとその霊を見送る。

「花橘」

夫は仕事が多忙で家庭を顧みることができなかった。妻は夫と別れ、家庭を大切にする地方官の男と一緒になった。後日、夫は出世をして地方官のもとを訪れ、元の妻に酌をさせた。夫は歌を詠んだ。

「この花は昔の君の香りだ」

その歌を聞いて妻は夫にすまなく、出家をした。

張悦は興味がなく内職を始めた。

〈『百人一首』秀歌の授業〉

今週作文の授業は百人一首をする。テストに感想を書く。覚えさせようとしたが、復唱する元気がみんなにはない。平兼盛と壬生只見の比賽《ひさい》=歌合せの話をする。

「どっちが勝ったと思う?」

「兼盛」と朱春婷。

「勝負がつかなかった。が天皇が兼盛の歌を何度も口ずさむので、兼盛の勝ちになった。只見は負けを苦にして死んでしまった」

式子内親王の歌を「これはいい」と言って紹介した。張悦は全く内職にふけっており、張双、周文儀は完全に寝ている。李芳春も寝ている。空回りの印象は否めない。最初の「梓弓」と「行く蛍」だけ。


〈昼休み、金顥老師と食堂で〉

金顥老師は「学生たちに人気がある」と私の授業を評した。

「もう一人の日本人教師は今年で終わる」と劉倩老師が言っているという。金顥老師は大学「リーダー」(指導部)による試験を受けたという。これに合格すると退職金がアップするという。

「30分くらい日本語の授業を行う」という試験だったそうだ。

2011／12／16（金）

張悦は早くから来ていて、トイレから教室に行く途中だった。私の前を歩く王紅香に抱きついて歩いている。これが彼女の特徴だ。昔なら腕を取る。今は抱きつく。

一度振り返った。しかし、挨拶をしない。これも特徴だ。距離を置く。他人行儀。気軽に挨拶をしない。そばまで来ているのに、わざわざ陳英莉から張双の欠席を知らせたときがあった。

昨年秋。部屋を四人で訪れたとき、ちょっと覗いて逃げたことがあった。日本の高校生のようである。

しかし、今日は昨日よりはいい。先週火曜日よりもいい。こちらを見て授業を聞いている。反応もある。少人数の授業のほうがいい。

先学期、2年後期の作文は全体でやったが、その時も張悦はよくなかった。会話の時間は半数ずつの分割授業なのでよかった。少しぐらい彼らが話をしていても、こちらも気にならない。反応もよい。

出席を取る。

「張巍さん」

（張悦間違えて）「はい」

「張巍さんですよ」

今日は都合で張巍がこちらの授業に出席している。張悦笑う。張悦の機嫌の悪いときは黙って手を挙げる。声を出して挙げるのは機嫌がいいのだろう。

「昔はどのようにして『出会い』ましたか？」

「お見合い」と周文儀。

「いいえ、違います」

張悦、「親が決めた」。

「いいえ、恋愛結婚です」

贈答歌を念頭において言う。

「日本の会社、どんな会社を知っていますか？」

張悦からの反応はない。

「ソニー」「ホンダ」「パナソニック」「キヤノン」「スズキ」「マツダ」「カシオ」

陳英莉、崔麗花、李芳春、金琳香、王彤などが答える。

坊主めくり、百人一首カルタ取り。張悦の服装。冬のコートの下は肌色の、模様のあるシャツ。眼鏡の弦は紫のラインが入っている。これは蛟河の山登りをしたときと同じもの。

李芳春が坊主めくりをしないで絵札を詠んでいるので、彼女に下の句を読ませ、かるた取りをした。張悦は手早い。あまり人と争わずにすばやく取る。

李芳春は何か急ぎの用があるのだろうか。こちらに挨拶をして、一人で早く帰っていく。他の子たちは、私が帰り支度をしているせいもあったが、挨拶をせずに帰っていく。

最後に楊菲菲、陳英莉が残る。

「明日英語６級のテストだよね」

「はい」と陳英莉。

「誰が受けるの？」

「八人受けます。曹雪、王艶麗、陳英莉、張爽、張玲玲、王彤など」

〈15：30〜17：30、王艶麗が朴洪洋と一緒に来る〉

松原のホテルを予約する。松原で一番大きな四つ星ホテル。一泊248元（3224円）。
27、28の二泊を電話で予約する。バスは前日、東北師範大の郵便局で予約する。10時30分に買いに行く。朴洪洋が松原をけなし、王艶麗は自慢している。二人は仲がいい。昼食は査干湖の周辺の農民のレストランで取る、着いた夜はホテルの食堂で食べる、という計画にする。

2011／12／19（月）

〈15：30、楊暁暁　孫迪　朱春婷　陳智利来訪〉

前回、朱春婷が急用で来られなかったので、改めて、四人全員で来る。写真を撮った。友だちが失恋したので慰めるために吉林へ行ったのだという。陳智利に彼氏ができたと言っている。陳智利も否定しないがまだはっきりしないらしい。同級生らしい。あまり認めたくないので「はっきりしてからでいい」と言う。

陳智利も「先生にはちゃんと報告します」と律儀に言う。

1級の試験の「手ごたえ」を聞く。

陳智利は普段よりはできなかったが、合格している感触。楊暁暁も。朱春婷の英語4級も。試験会場へはタクシーで行ったが、陳智利は大変だったらしい。故郷へ帰るときも、孫迪の故郷の柳河へ行ったときも大変だったらしい。彼女は車酔いがひどい。

「松原へ行く」と朱春婷に言った。彼女も実家は今、松原にある。

「私と一緒に今週行きましょう」

「案内できる」と彼女は言う。松原の地図をインターネットで見る。今度帰ったら、父から「査干湖のレストランや松原市のレストランでいい店を聞いて来る」と言う。

銀聯《ぎんれい》カードのことはみんな知っている。水曜日10：00、楊暁暁、朱春婷が中東市場近くの中国銀行へ連れて行ってくれる。そこで銀聯カードに入金することにする。中国人観光客はこのカードで秋葉原などで買物をする。通貨「元」は国外に持ち出せない。カードに入れておけば日本でも買物ができる。みんなの持っているカードは郵便局の銀聯カードらしい。31日の大晦日の日には9：30に集まって中東へ買い出しに行く。その日は肉じゃがを作る。14：00頃食事にする。

「西安で日本語を教えるかもしれない」という話をする。楊暁暁も陳智利も「(自分の故郷に) 近い」と言う。楊暁暁は河北省、陳智利は山西省の出身。朱春婷も西安に行ってみたいと言う。「向こうへ遊びに来なさい」と言う。

2011／12／20（火）

〈文学史　2106教室〉

張悦は真ん中の後ろの方、張双と座っている。ニコニコしてこちらを見ている。張双と一緒のときがいい。李芳春は一人で下を向いて何かしている。これが去年からの彼女のスタイル。周文儀は横を向いて話したそうにしているが、窓際の一人座席なのでできない。柳金金と林宝玉はまじめである。

前のほうで反応があるのが、張麗、朱春婷、張玲玲、陳智利、楊暁暁、孫辰。聞き取れている雰囲気が感じられるのが張悦、郭姍姍、柳金金、楊菲菲、朴洪洋、王艶麗。聞き取ろうとしているのは、呉立圓、羅雪、張爽、林宝玉、張双、周文儀。分からない雰囲気で聞いているのが、馬媛、金紅瑩、趙宇、曹雪、呉紅華、斉爽、王紅香。後ろにいるので聞いているかどうか分からないのが、李芳春、崔麗花、陳佳佳、金琳香。

今日のような授業だったらいいなあ。張悦はこっちを見て笑顔を浮かべて授業を聞いている。隣の張双の顔は隠れて見えない。かつて張悦は私に隠れるように内職しているときがあった。名指しはしなかったが、他の勉強はしないように言うと机に突っ伏して寝てしまうこともあった。今日は違う。

李芳春は何かをしている。何だろう。崔麗花の顔はもう注目して見なくなった。金琳香の顔も今日は一度も見なかった。反応のあった子の顔を見てしまう。朴洪洋、張麗、王艶麗、陳英莉、楊暁暁、朱春婷、陳智利、張玲玲、郭姍姍、羅雪、孫辰、王彤、張兵などの顔である。

2011／12／21（水）
〈4年生精読〉
9月30日以来の大にぎわいで、今日は30名の出席者。期末試験が近いので、就職実習を中断して戻ってきている。今まで、出席者が少ないときもあったが、以前とくらべて腹が立たなくなった。個人の価値観で授業に来ていることが分かっているから。そして来ている子たちは面白がって聞いているから。

〈10：00、致知楼（第一校舎）玄関で〉

楊暁暁、朱春婷と待ち合わせ、中東市場の中国銀行へ行く。今年の8、9、10、11、12月分の給料と飛行機代をカードへ預入する。英語のガイダンスもある。吉林省の中国銀行での出し入れは手数料無料。他省及び、他銀行での出し入れは手数料4元（52円）。

中東市場で糸こんにゃくを買う。ジャガイモ、ニンジン、豚肉を買う。これでカレーの材料が調った。今日、柳金金を迎える。

〈12：00、張巍来る〉

USB接続キットとマウスシートを持ってきてくれる。コンピューターの研修みたいなものに出ているらしい。日本へ帰ったらバックアップ用のCD・ROMを持ってきてくれと言われる。

「土曜日のKTV（カラオケ）のこと私も聞いています」

張巍は陳英莉から誘われたらしい。彼女は家から母の作った餃子の皮を持ってきて、みんなで餃子を作るという。

午前9：00開始。お昼に食べてそれからカラオケに行く。何だか楽しくなってきた。

〈17：40、林宝玉、柳金金来る。～21：00〉

二人の靴はインターネットで買ったのだという。銀嶺カードを見せてこれから引き落としできるのかと聞くと林宝玉いわく「銀行で手続きをすればできます」とのこと。

一緒にカレーを作る。流しの水を昨日から詰まらせていた。

「先生、細くて長いものはありますか」と柳金金。

適当なものはなかったが、彼女が、裏に手を伸ばして何かしていると水は流れる。

「スゴーイ」

柳金金が「豚肉は（牛肉と違って）炒めた後、少し煮た方がいい」と言うので、そうする。

（柳金金）「家の父と母が仕事でいない時、食事はいつも自分で作っていました」

「また作りに来てもらおうかな」

「いつでもいいです」

カレースープは林宝玉がよく練っておいしくする。ビールを飲む。柳金金は白酒《パイジォオ》（強いお酒）も飲む。酔わないための練習だという。林宝玉が、

「内緒ですが李芳春さんはビールを飲んでいます」

朝鮮族の若い女性は飲むようだ。

「酔わないための練習です」と柳金金。

食べ終わって、洗わなくてもいいと言ったが柳金金は洗いたがった。

彼女が洗った食器を拭いて棚にしまう。部屋の掃除も自分のところだけは毎日すると言う。結構、

清潔好きな女の子だ。自分に厳しくして他人には優しくしたいと言う。この子とは気が合いそうだ。

食器を洗ったら、残りの洗剤で水周りを洗ったほうがいい、と言われてしまった。なかなか細かい。

源氏について話をする。

柳金金は「現代の女にとって源氏は許せない」と言った。これが普通の感情だろう。表情には笑みがあり、批評に余裕がある。そして、

「先生、クリスマスはどうしますか」

「餃子を作りに来てくれます」

「四年生ですか？　三年生ですか？」と林宝玉。

答弁を長くして誰が来るとはとうとう言わなかった。話を逸らしたので、張巍たちが来ると言わずに済んだ。別に分かってもいいんだが、事前に分かって大騒ぎになるとくる子たちがいやだろう。

柳金金のことをたくさん知った。

「競争するのは好きか？」

「私は平和主義者。競争は嫌いです」

「日本語スピーチコンテストで一位になったね」

「敗れた人のことを考えると喜べなかった」

「君の家は元は朝鮮にあったのか」

「4代くらい前、その頃は吉林省も『高句麗？』だった。その頃来て、そのまま住み着いた」

「図們市（延吉の近く、柳金金の出身地。第五章地図参照）は朝鮮族が多いか？」

「今は50％以下。みんな韓国へ行った」

２０１１／12／22（木）

〈作文・曹雪クラス　２５０１教室〉

郭姍姍がよく理解していることが分かった。彼女はよく勉強してある。

斉爽は源氏の恋はどの女に対するものも真実だと言った。

「君はすごいね」と評した。陳智利は笑った。斉爽が言った深い解釈は多分インターネットに載っているのだろう。いわゆる「パクリ」なので、陳智利は笑ったのだろう。それでも私はいいと思う。今は彼らは学習する身なのだから。そのうちに、本当の自分の考えができ上がるだろう。

「夕顔の夫は頭中将ですか？」と呉立圓。

「そうです」

「夕顔は正妻の嫉妬にあい、怖くてひっそり住んでいました。そこで源氏と出会いました。源氏とはお互いに身分を明かさずに付き合いました」


〈朝何時に電気がつけられるか？〉

「５：30」ということである。「廊下はいつでも電気はつけられます」とも。

２０１１／12／23（金）

〈昨日は何の日〉

冬至。中国でも同じ、冬至。

「今日は何の日？」

「天皇誕生日」と張麗。

「今の天皇の呼び名は？」

「平成天皇」

「いいえ、今上《きんじょう》天皇といいます。亡くなった時から平成天皇といいます。平成は諡《おくりな》です」

「明日は何の日」

「クリスマスイブです」

「今年のクリスマスはどうなりますか」

「……」

「雪の降ったクリスマス。ホワイト・クリスマスです」


〈今後の予定〉

「今日は、百人一首の感想書きはやめて、文学史の感想を発表します。文章に書いて火曜日に提出します。来週金曜日は作文の最終授業です。1月4日（水）と1月7日（土）の1限は文学史の補講を行います。教室は２５０１です」

〈文学史の作品や作者で面白いと思ったものは何か、その感想をいう。先生への質問もあればそれをいう〉

（王彤）「『源氏物語』は『紅楼夢』とよく似ていると思います。『紅楼夢』の主人公も最愛の人とは一緒になれません」

（楊菲菲）「『源氏物語』。藤壺と源氏の恋……深刻で悲しい」

（呉姣）「『源氏物語』に書かれていることは本当にあった話ですか？」

「作り物語ですから、そっくり事実ではありません。しかし、権力を持つものが多数の愛人を持つのは中国でも他の国でもあることですから、『源氏物語』に書かれたことは事実だと思います」

（柳金金）「登場人物の名前に興味を覚えました。光源氏……光＝明るい。六条御息所……暗い。夕顔……暗い」

この子の発想が面白い。

（周文儀）「先生に質問があります。先生は源氏と藤壺の愛をどう思いますか？」

「恋というものの本質を書いていると思います。恋は道徳とか倫理とかを犯すものでこわいものだ、そういっていると思います」

（張玲玲）「源氏の苦しみは分かるが、どうしても源氏は好きになれません」

（張悦）「文学史の中で『源氏物語』が最高峰だとは思いますが、私は『万葉集』が好きです」

今日は冬用のコートを着ている。襟に毛皮がついている。表情には終始、笑みがある。

「作者は天皇から庶民まで及んでいます。『万葉集』42番の歌を中国語で訳すとこうなります」と言って中国語で言う。みんな笑う。彼女はこういう気の利いた演出がうまい。42番は教えていない。

（陳英莉）「『竹取物語』。中国の嫦娥伝説とよく似ている」

（金琳香）「『枕草子』。短いですか？　清少納言は男だと思っていた。高校生の頃から知っていた」

（趙宇）「日本の古い伝説が面白い。神話が好き。神様とお化けの戦いが面白い」

そのほかに張麗が『伊勢物語・梓弓』、李芳春が『蜻蛉日記』、陳佳佳が『紫式部』、崔麗花が『古今和歌集』、張双が『更級日記』を挙げた。

2011／12／24（土）
今年のクリスマス・イブは張巍の餃子作りとなった。張巍、陳英莉、朴洪洋、王艶麗が10：00に来訪。張麗、楊菲菲は11：00。
今日はイブなのでみんなりんごとオレンジを手土産《てみやげ》に持ってくる。オレンジ橙子《チョンツ》は金《ジン》と発音が似通うため。りんご苹果《ピングォ》は平和《ピンホォ》と発音が似通うため。
餡《あん》（餃子の中に入れる具）は張巍が家で作って持って来ている。彼女は3年になって許可を得て自宅から大学に通っている。小麦粉に水を加えて捏《こ》ねる。柔らかくなったら、棒状にし、切って伸し棒で平らにする。餡を入れて餃子を作る。鍋で茹でてから酢《す》、醤油で食べる。張巍は餛飩《こんどん》の皮も持って来ている。餡を入れて包み、冷凍する。これに海苔、葱《ねぎ》、蝦《えび》、を鍋に入れて10分煮る。辣醤《ラージャー》も持って来ている。これをフライパンに入れた油でいためると、ラー油ができる。それにレモンを入れてタレにする。

食べ終わってから、張巍はパソコンを調整する。ライセンス登録を行う。プリンターがうまくいかない。月曜日昼休みに直しに来てくれると言う。

張巍がパソコンを調整している間、囲碁、坊主めくり、トランプ七並べをして遊ぶ。17：30まで。朴洪洋は遅い。張麗が一番強そう。楊菲菲は一見弱々しいが強い。

15：00にカラオケに行くことになっていたが、王彤と韓健が行かないので中止となる。七並べが面白いせいでもある。張巍のパソコン調整が16：30までかかった、そのせいでもある。

王彤、韓健はもう一人の日本人教師に付き合ってスキー場へ行ったらしい。

2011／12／26（月）
〈10：00に待ち合わせで、王艶麗と東北師範大学の郵便局へ行く〉
機械の不具合で「松原行き」のバスの切符は買えなかった。それで王艶麗と長春駅へ「松原行き」のバスの切符を買いに行く。

〈12：20、正門前にタクシーで帰還、張巍にTEL〉

張巍は職員寮玄関のソファーで待っていた。それから17：30まで張巍はコンピューターを修正した。ライセンスを取得した。印刷ができるようになった。ドラマも見られるようになった。「家政婦の三田」が見られる。日本語のシステムだけが「パクリ」なのだそうだ。

「日本へ帰ったら、コンピューター『ビスタ』のシステムファイルを持ってきてくれ」と言われた。

16：30、餛飩《こんどん》を作って食べた。鍋半分のお湯に、桜海老、海苔、ねぎを入れ、砂糖を加えて煮る。香りが出てきたら、餛飩を加えて20分煮る。

「おいしいですね」と張巍。

帰る時、「ごちそうさまでした」。

ちょっとおかしかった。張巍が持ってきたもので、張巍に言われて作ったものだから。

「母は私と身長が同じなのに、体重は80キロあります」彼女は笑いながら話す。

張巍の母は、長春市内でレストランの調理人をしている。だから、張巍の持ってきたいろいろな具材は母の持たせたものであろう。彼女自身の料理の腕もすごい。彼女はもともと吉林省、臨江市《りんこう》（第五章地図参照）の出身で、そこは鴨緑江《おうりょくこう》（第五章地図参照）に面している。川の幅は狭く、冬になって川が凍ると、反対側の北朝鮮からたくさんの人が密入して来たと言う。彼女の父は臨江市の鉱山で働いていたが、爆破事故の犠牲になって亡くなったのだと言う。悲惨な話だが、聞かなければ分からなかった。そのくらい彼女は明るく服装も上品で、おしゃれである。

ヨーガの話をする。自己紹介で彼女は趣味はヨーガだと言った。

「土曜日にやっています。ヨーガマットをインターネットで購入しました」

張巍に来学期ヨーガマットをインターネットで買ってくれるように頼んだ。

「日本へ帰ったらレンズ付のＱＱ用イヤホーンを買います」

「そうすれば西安へ行ってもＱＱでインターネットの相談ができます。分からないときは字を書けばいい」

「新学期になったらハードディスクにシステムを保存します。そうすれば困ったときには入れ直せばいいでしょう」

2011／12／27（火）

〈文学史の授業〉

終わってから、いろいろと試験について聞きに来る。

周文儀が、

「今日のプリントは全部覚えなければいけませんか」

「これとこれとこれは重要です。教科書の芭蕉、西鶴、秋成、西行、宗祇、長明、兼好」（『奥の細道』『好色一代男』『雨月物語』『方丈記』『徒然草』に〇をする）

多分それを聞いたからだろう、張悦も来る。呉姣、陳佳佳、金琳香も来る。張麗は物分かりが悪く、同じことを何度も何度も質問するので、とうとう、「たとえば問題5『百人一首の中から好きな歌一首を選び感想を書きなさい。問題6「文学史で勉強した作家作品から、好きなものをひとつ選び、感想を書きなさい」のような形で問う」と具体的に言ってしまう。

「字数制限はありますか？」と張麗。

「自由」

これも教えてしまった。

張悦が、「プリントは全部重要ですか？」と質問してくるので、

「特に重要なのは小テスト二と前回復習と称して渡した問題形式のプリントです」

みんな教えてしまった。こんなことは教師生活で初めてのことだ。


〈「松原行き」……軽軌鉄路（長春市街電車）の中で作文を読む〉

斉爽の「源氏の恋はどれも真実」と周文儀の「危険であるからこそ美しい」がすばらしい。

陳智利の「源氏の心の中にあるのは藤壺だと思うと紫上はかわいそうだ。誰かの身代わりになって愛されていても、ありのままの姿で前を向いて生きて行けるのか疑問に思ってしまう」もよい。


〈長春～「松原行き」のバス〉

席は皆、二階席にある。２時間で松原に着く。終点で降りるのだとばかり思っていたが、そうではなくて松原駅の見えるところで大部分の人が降りる。


〈天《ティエン》達《ダア》名《ミエン》都《ドゥ》大酒店《ホテル》でチェックイン〉

査干湖の祭典（モンゴル民族の漁獲の儀式）は明後日からだった。明日は宿でゆっくりする。作文を読む。試験の採点をする。その時間ができてほっとする。明後日は午前９：00に宿を出発する。14：00までいて16：30の長春行きのバスで帰る。19：30には寮に帰れるだろう。

２０１１／12／28（水）

〈12：00～14：30、散歩〉

松原のショッピングストリートをホテルの受付嬢に教えてもらって行く。革のジャンパーの値段を聞いて歩く。7000元ぐらいからの定価で売っている。2割引ぐらいで買えるらしい。日本製の時計は700元（9100円）くらい。

新華書店で松原市の地図を買った。

汽車駅とバス駅を実踏した。

宿に帰って、作文の添削と評価を終えた。

2011／12／29（木）

チェックアウトした後、受付嬢の名前を聞いた。張艶雪《チャンイエンシュエ》という。困ったときに電話する。実際に査干湖から彼女に電話した。運転手が彼女に電話したのだ。「100元払ってくれれば1日一緒に回れる。それでいいか」いう電話だ。彼女が長春の王艶麗に電話をして、王艶麗から折り返しの電話があった。「それでいい」と王艶麗に伝え、逆回りでタクシーの運転手に伝わる。査干湖の氷の上をタクシーは走り、民族色豊かな現地のお祭りを見た。

14：00にホテルに戻った。受付に張艶雪がいなかったので、呼び出して来てもらった。張艶雪と一緒の写真を撮った。日本と違って素直に写真に一緒に収まるところがいい。

張艶雪はタクシーを止めてくれて乗せてくれるときに「(料金は）7元」と教えてくれた。

切符売り場は昨日確認してあるが、混んでいる。人々が割り込みをするので買うのが大変だ。「到《ダオ》長春《チャンチュン》」と口で言い、書いた紙も見せた。すぐに通じて「15：30《サンディェンバン》」と言う。検札口5番だ。表示板には古いものが出ている。
15：30、検札口を入って行く人たちがいるので、切符を見せるとオーケーというので乗り込む。席は来るときもそうだったがとても狭い。
16：30には辺りは真っ暗になる。王艶麗にお礼のメールを送った。すぐに返信が来た。
「どういたしまして。気をつけてお帰りください」
17：30、長春凱旋客運站（長春長距離バス駅）に着く。タクシー50元。ぼられているのは分かったが、それで帰る。18：30に寮に到着した。

2011／12／30（金）

〈文学史・合同授業〉

作文で質問があった「もののあはれ」について説明した。

「百人一首について一首を選び、感想を書きなさい。文学史の作家作品の中からひとつ選び感想を書きなさい」の形で出すと具体的に言った。情報はもうみんなに伝わっているらしく、それ以上の質問はなかった。

そして今日は会話の実技テストがあるらしいので、早く終わった。

2011／12／31（土）

「今日約束しましたよね」と朱春婷。

「はい、しました」

9：30、楊暁暁と3人で中東へ買い物に行く。11：30、肉じゃがを作る。13：30、陳智利、張玲玲、郭姍姍、羅雪なども交えて八人で昼食。その後、囲碁、坊主めくり、姫めくり、トランプ七並べ、婆抜きをする。

2012／01／01（日）

今日は日本では新年だ。日本へのメールを送ろうとしたら、メール登録ができないので、張巍に来てもらう。ところが12：00に停電となり、作業ができなくなる。それで二人で江山（大学近くの商店街）へ行く。美容院で髪を切り、四川料理のレストランで魚料理を食べる。酢の味でなかなかおいしい。

張巍と別れて部屋に戻り、メールの返事をする。王艶麗、楊暁暁、関老師《かんせんせい》、王彤、斉爽、李芳春、李娜など。新年の挨拶である。

昼寝をして起きてもまだ、停電は直っていない。それで外へ出てみる。東北師範大学の方が明るいので行くことにする。スーパーの中の本屋に入ると日本語科3年生の男子から声をかけられる。『日本概況』という日本語の教科書があったので、それを買う。それから、その連中を誘って京野香園（東北師範大学にあるレストラン）の2階でビールを飲む。

停電でみなどうしているか聞いてみると、長春の庶民の買い物街・黒水路《こくすいろ》へ出かけたり、食べてからカラオケへ行ったりしているらしい。
18：00には回復していたが、ビールを飲んで遅くなり、20：00に職員寮へ戻った。

2012／01／02（月）
10：30、張巍来る。メールアドレスの取得は簡単にできる。日本での使い方を教えてもらう。張巍の料理を食べる。肉団子などを作ってくれる。14：00、張巍帰る。

2012／01／03（火）
14：00、斉爽来る。何事かと思ったが、長白山のキノコをお母さんが送って来た、それを届けに来たのだった。水で膨らました後、そのままでもいいが鶏肉と一緒に炒めるといいと言う。勉強は図書館でしている。ルームメイトは誰も勉強していないという。

2012／01／04（水）
〈文学史　補講〉
――期末試験の日程変更――
文学史の試験は1月13日（金）に変更になった。
次回の文学史の補講（1月7日）は行わない。
――新年に停電がありました――

そのときに東北師範大学の本屋に行って、『日本概況』の教科書を買いました。ここに簡単な文学史も書いてありますね。張悦の顔が上がる。

王彤が、「私たちの日本概況の授業には教科書はありません」と言う。

担当の関老師は教科書を使わないで授業をやるようだ。

――百人一首は一つを選びます。どれを選んだのか分かるようにしてください――

郭姍姍はもう下書きしてあるようだ。作者名や訳は書かなくてもいいと付け加える。

――教室のカーテンは取り払ってある。暗い教室へ移動する――

USBから取り出してスクリーンに映し、一つ一つ解説をする。簡単に説明した内容は「文学史小テスト2」「中古~中世前半の文学」「中世後半~近世の文学」「百人一首」「百人一首秀歌」「伊勢物語・秀段」「兼好の思い妻」「西行」「保元平治の乱」……来年の大河ドラマには西行、清盛、義経、弁慶、常盤御前、静御前などが必ず出てくるよ、と話した。

「文学史総論古代」「文学史練習問題」は読みを中心にじっくりやった。特にNO．3源氏物語はじっくりやった。もうみんな勉強してあることが分かった。ついでに解説した。

「藤壺への愛が閉ざされたとき、なぜほかの女性へ向かうエネルギーとなっていくのか？」

「紫上への源氏の愛は信用できるのか？　身代わりへの愛というのは」

今でも起こりうる。最愛の人を失ってあきらめなければいけないときはある。死んでしまったときなど。それでも人間は生きていく。『源氏物語』は嫌いな人がいるかもしれないがそれでも世界に誇る文学である。

朱春婷が「ええーっ」と「それはない」と言っているような声を発する。

結婚は現在でも必ずしも幸福ではない。だから離婚がある。

「そうだ」と張兵。

その人たちの苦しみはどうしたら救われるのか、源氏を読むと救われる。『蜻蛉日記』は本当の話である。『更級日記』も。枕草子の実際の現実は暗かった。しかし、清少納言は明るい話題、楽しい話題を見つけて書いた。すばらしい女性である。

――自習させ、質問を受けた――

(柳金金)「百人一首、作家名、訳は必要か」

(周文儀)「源氏物語、解説は必要か」

(朱春婷)「試験範囲、近世までか」

(郭姍姍)「百人一首、書き方はこれでいいか」

(李娜)「百人一首の書き方」

(王彤)「中世から近世への歴史の流れは覚えなければならないか」

――すべてを終えた。次回の補講はなくてもいいか――

「なくてよい」とみんなが言う。

1月7日(土)の補講は行わない。来学期、若い先生と二人でやる。文学史を担当するのか、精読を担当するのか、今は分からない。作文はもうない。

「会話は?」

「あります」と、みんな。

2012/01/07(土)

〈朱春婷、郭姍姍　15:00、来寮〉

朱春婷は『枕草子』について書くようだ。

百人一首は紀友則「久方の〜」の歌を選んだ。無常をいうのは中世からと言っておく。

郭姍姍は『源氏物語』。

「真実を書きたかった」の説明をする。藤壺とのことは読者以外は誰も知らない。深層のこと。現在でもある。最初に好きだった人と結ばれずに終わる。あるいはその人が交通事故で死ぬなど。郭姍姍の選んだ百人一首は藤原興風「たれをかも〜友ならなくに」。彼女の下書きは友情について書いてある。

2012/01/11(水)

〈21:50、4年生尹詩浛から電話があった〉

「明日、私たち寮(同室)の三人は先生と最後のお別れをしたいです。午前9時に行きたいですが、いいですか?」

「いいです。うれしいですね」

やはり、愛情というものは伝わるものである。尹詩浛には何度もこちらから電話をし、目を掛けてきた。丁紅とは最初から会いたかったが、会えなかった。最近、4年になって、彼女は暇になった。尹詩浛はわがままで自由で勝手な女の子だ。そう思ってきた。しかし、あるとき、非常にまじめだということに気がついた。

それはおととし、旅行からの帰りに、尹詩浛と大学の構内でばったり会った。旅行カバンを持っていたので「先生どこへ行ったの？」と聞いて欲しくて「先生に何か聞くことはない？」と冗談で聞いた。ところが彼女の質問は「問題がありますか」だった。試験の勉強で質問があるという意味だ。

少しがっかりしたが、彼女はまじめだった。その頃は理解できなかった。

2012／01／12（木）

〈9：20、丁紅、尹詩浛、李婷　来る〉

ブドウ、バナナ、オレンジなどを手みやげに持ってきた。コーヒーをいれた。彼らが持ってきたブドウを食べた。

「昨日は4年生のクラスでご飯を食べに行ったの？」

「はい、15人でした」

「どこへ？」

「江山（大学の近くの商店街）の『旺旺《ワンワン》』です」

「何を食べたの？」

「牛肉、鶏肉などいろいろ。ビールも飲みました」

コーヒーをいれ、写真を撮った。写真はQQメールで丁紅に送る。

冬休みはそれぞれ故郷で過ごす。丁紅は今晩21：00頃の夜行列車で帰る。丁紅の住む龍井市《りゅうせい》（延吉の近くにある町、第五章地図参照）は貧しい町である。

尹詩浛は今日16：00バスで帰る。彼女の故郷は長春西方の双遼市《そうりょう》（第五章地図参照）である。内モンゴルに近く、4時間かかる。李婷は13日、母のいる山東省濰坊《ウェイファン》（第一章地図参照）へ行く。父と母は彼女が11歳の時に離婚している。荷物は郵便局から送ったそうだ。

就職は冬休みが終わってから、丁紅は広州で、母の知り合いが広州にいる。丁紅は朝鮮族出身である。韓国人旅行客に朝鮮語でガイドをする。尹詩浛は深圳に母の知り合いがいるのでそこか、あるいは青島で職を探す。李婷も青島で。

「青島へ行きたいという人が多いね」

運転免許証を、尹詩浛は冬休みに取るという。

1級の結果について彼女たちは、またもや自信がないと言う。

「尹詩浛はその勉強のために授業を休んでいたんだろ？」

少し、いやみを言う。

「君たちで一番寝坊な人を当てようか？」

「はい」

「尹詩浛、李婷、丁紅の順」

「えーっ」と言って尹詩浛は李婷の顔を見る。

「なぜかと言うと教室に入るのが、李婷の方が早い。それとも歩くのが速いだけ?」

「そうです」と尹詩浛。

尹詩浛は掃除もできない。料理も作れない。洗濯も苦手。典型的な90后(ジューリンホウ)。丁紅と李婷は料理ができるという。

恋人のこと。丁紅は昨年で別れた。李婷は10月から付き合う男がいる。尹詩浛は特定の男はいない、友だちだという。丁紅は「ウソ、ウソ」と言う。

名刺を三人に渡した。裏に日本の住所を書いた。うれしそうだった。

日本の正月の過ごし方を話した。正月は温泉へ行く。混浴の話をした。尹詩浛は恥ずかしそうに顔を赤くしていた。露天風呂の話をした。海を見ながら、入浴する。夜の星を見ながら、入浴する。感心していた。

最後に思い切って聞いた。「どうして薛爽と喧嘩したの?」

尹詩浛が、「私たちにも分かりません」。

丁紅は「今は何ともありません」。

もう一つ。「誰が寮外に住んでいるの」

「先生はどうしてそれを知っていますか」と丁紅。どうやら王美梅などの三人だけらしい。今日の3人はずーっと寮で生活した。アパートを借りて住むなどはしていない。

尹詩浛が、「先生、そろそろ、お暇《いとま》しなければなりません」。

「君たちが来てくれたので、よいお別れができました。ありがとう」

尹詩洽の目に涙が光った。

「尹詩洽さん泣かないで」可愛かった。抱きしめたかった。

李婷は目頭を拭いた。丁紅は気丈に泣かなかった。

2012／01／13（金）

〈文学史試験会場で〉

張悦が「200字ぐらいですか？ 400字ぐらいですか？」と質問する。「ら」にアクセントがある。

「200～300。400～600」と書いて教える。

朱春婷、馬媛は、「漢字でいいですか？」。

「いい（ジェスチャーで言う）」

（王紅香）「……」のみこみが悪い。

今回は発声しなかった。発声すると聞き取れない子がまた質問したりして混乱するから。黙って2度巡回した。

第五章　1級合格

中国・東北地方図
ロシア
黒河
内蒙古自治区
黒
龍
江
北安
同江
チチハル
黒龍江省
嫩
佳木斯
江
江
ハルビン
松
花
白城
査干湖
松原
楡樹
ロシア
長怜
農安
徳恵
吉林
蛟河
長春
黄松甸
敦化
汪清
双遼
松花湖
延吉
琿春
吉林省
龍井
図們
防川
松
花
江
長白山
図
們
江
臨江
瀋陽
桓仁
集安
鴨
遼寧省
緑
丹東
江
北朝鮮
大連

2012/02/26（日）

〈21：30、朱春婷に電話する〉

「いつ帰ってきたの？」

「一昨日、帰ってきました」

「そんなに早く！　早く勉強したかったの？」

（笑いながら）「ええ、まあ」

「明日の時間割どうなっているの？」

「1限、精読　2限、日本語　3限、空白　4限、中医薬」

「渡したい物があるんだけど、楊暁暁と一緒に来てくれる？」

「いいですよ」

「いつ来られる？」

「8：00」

「え、そんなに早く！　13：30はどう？」

「楊暁暁と相談してみます」

（中国語で話す声が聞こえる、すぐ後）「いいです」

2012/02/27（月）

〈13：30、朱春婷、楊暁暁来る〉

彼女らの話。
安徽省の陳英莉、張玲玲がまだ戻って来ていない。列車の故障が原因。張兵は山海関を回ってようやく到着した。
孫迪が5キロ痩せた。朱は英4不合格。楊は日語1級合格。他に陳智利、韓健、孫辰が合格。朴洪洋が1級不合格。王艶麗が日語2級合格。他は知らない
おみやげに鉛筆と栞《しおり》をあげる。

〈14：50、張巍来る〉

インターネットをつなげてくれる。数字を1か所入れてなかっただけ。

日本からのおみやげ、栞、鉛筆の他、オレンジをあげる。張巍は本当に頼りになる。


〈21：30、張悦と話す〉

「こんばんは」

張悦の声は明るい。

「いつ帰ってきたの？」

「昨日です」

「ゆっくりしていたね。ずうっと黄松甸《ホァソンディェン》にいたの？」

「時々蛟河《ジャオホォ》に行きました」

「そう？　蛟河に連れてってもらったから、町の様子が、目に浮かぶよ。何が楽しかった？」

「やっぱり、友だちと会って楽しかったです」

「今、李芳春さんから聞いたけど、1級に合格したんだって？」

「はい」

「よかったねぇ。すごいじゃない」

「ありがとうございます」

「何点だったの？」

「105点でした」

「うーん、ぎりぎりだったね。でもよかった。じゃあ、李さんに代わって」

「はい」

「李芳春です」

「今、張悦さんにも聞いたんだけど、君は何点だったの？」

「132点でした」

「うーん、高かったね、何が良かったの？」

「語彙です」

「そう？　あのさぁ、君たちの詳しい話を聞きたいんだけど、明日の午前中、授業ないでしょう？　張悦さん、金琳香さんと三人で来られる？」

「先生の寮へですか？」

「うん」

「いいですよ。何時がいいですか？」

「10：00はどう？　朝ゆっくりして」

「いいです。じゃぁ先生、お休みなさい」

張悦と話す前に、李芳春に電話していた。

「いつ帰ってきたの？」

「24日に帰ってきました」

「休み中は何をしていたの？」

「インターネットをしていました」

「ところで、１級の結果はどうだったの？」

「合格しました」

「すごいね。やったね。合格すると思っていたけど」

「ありがとうございます」

「あと、合格した人は誰か知ってる？」

「張悦さん、金琳香さん、陳智利さん、孫辰さん、韓健さん。私の知っているのは、それだけです」

「今、張悦さんって言った？　張悦さんも合格したの？」

「はい」

「張悦さんはそこにいる？　張悦さんと代わって？」

李芳春が何か中国語でしゃべっているのが聞こえる。張悦が出る。

「はい、先生」で、最初に戻る。

今学期はいいことがありそう。成田空港で買った竹の栞《しおり》は張悦と李芳春、金琳香の三人にあげよう。

それで、もうなくなってしまうけれど。


〈22：17、陳智利と話す〉

「いつ帰って来たの？」

「昨日帰ってきました」

「大変だった？」

「はい」

「今は元気？」

「はいもう元気です」

「1級合格おめでとう」

「ありがとう」

「英語4級も合格したんだって？」

「ええ、ぎりぎりだったけど」

「何点だったの？」

「426点」

「何点から合格なの？」

「425点」

「じゃぁ、本当にぎりぎりなんだね。でも二つ一緒に合格する人はいない」

「います」

「そう？　私が知らないだけか？　詳しい話をしに来ないか？」

「いつ？」

「水曜日の13：30。空いてるでしょう？」

「はい」

「韓健くんと孫辰さんも誘ってみてください」

「分かりました」

2012／02／28（火）

〈10：30、09生　掃雪《サオシュエ》（雪かき）〉

楊菲菲、張麗、斉爽に気づかれる。黒い服を着ている後ろ姿は誰かと思って、前へ行ってみる。それは呉紅華。張玲玲と話す。

「いつ帰って来た？」

「昨日」

「大変だった？」

「大変だった」

張悦はこちらを見ていた。笑みを浮かべていた。こちらから手を振った。彼女も手を振った。隣の張双に教えている。張双が手を振る。こちらも手を振り返す。

呉立圓から声をかけられる。

「いつ帰った？」

「土曜日」

隣の羅雪は金曜日。

「ダイエットしてる？」と言ってしまい、「この話題いけないいんだっけ？」と羅雪の方を見る。

「ダイエットは健康にもいいというよ」

「はい、でも私は健康です」と羅雪。

隣にいた陳佳佳と話をする。彼女は長春市内に自宅がある。

「いつから来てる」

「日曜日から」

「クラスメイトといるのは楽しい？」

「はい」

周文儀の姿も見かける。彼女はこちらを見ないので話しかけられない。李芳春、金琳香、王紅香、林宝玉、柳金金、崔麗花、呉姣など、32人で除雪作業。

〈13：30～15：30、日本語会話〉

今日の授業の前置きで「元気をもらう」という言い方が、日本ではやっていると話す。

王彤「私たちは先生から元気をもらっています」

テキストは『新日本語の中級』。実技テストは「どれだけ長く話せるか」「レベルの高い話ができるか」

創作会話を練習する。

実際に少しやってみる。「いつ帰ってきましたか？」「元気ですか？」など。

日本を紹介したい。今、はやっているドラマは？　みんなの知っているアニメは日本でも放映されていた。『平家物語』は『江』ほど人気がない。新聞の切り抜きから日本で中国のことがどう報道されているかを伝えたい。

近況報告と創作会話を書く。

2012／02／29（水）
〈10：00、教研室（教員研究室）へ行き、王弘揚の答案を確認する〉
王弘揚はどうして自分が「優」ではないのか、と疑念を持っている。
先学期私が採点した答案用紙は金顯老師《せんせい》の机の引き出しの中にあった。それで王弘揚の答案を点検した。作文の点が10点に行かなかったので90点は取れなかった。90点を越えないと優にならない。王弘揚の他に、呉紅華、張爽、王艶麗もそうだった。作文以外で満点の80点を取り、作文で10点以上取った学生は、10人。張悦、張麗、金琳香、金紅瑩、于名月、呉立圓、朱春婷、陳智利、周文儀。彼らの成績は優。

作文以外で80点取れなかったが、作文がよかったので、90点を超えたのが、張兵92、楊暁暁94、陳佳佳91、范艶紅《はんえんこう》91、王彤97、郭姗姗90、羅雪91の7人。彼らの成績も優。

〈13：30、陳智利、韓健、孫辰来る三人の点数を聞く〉

陳智利は今度日曜日に張玲玲を連れて、春巻きを作りに来る。9：00に買い出しに行く。これは楽しみだ。

17週だったのは先学期だけ。春節に引っかかるから。今学期はまた、18週授業が行われる。そう陳智利は説明した。

2012／03／01（木）

〈10：15～12：10、張悦、李芳春、金琳香　来る〉

張悦はしっかり、こちらを見て話すようになった。明らかに私に対する信頼感が増している。

帰り道、張悦を真ん中にして帰って行くのが窓から見える。途中で小走りになる。例によって張悦は二人の腕を組む。帰って行く姿がはずんでいた。よかった。

「先生、お昼になりました」

李芳春が気がついて言った。そのくらい話が弾んだ。昨日は、ちょっと退屈したのに。

「今日は誰が、学生証を忘れたの？」

「全員です」

「入るのに厳しいからね」

「そこでスリッパに履き替えてね」

昔、李芳春が張双と来たとき、「そのままでいい」と言ったことがあった。それで、部屋別会話のときも李芳春、張双、周文儀、張悦の4人は履き替えなかった。そんなことをしたのは彼女たちのグループだけだ。それで、今日は履き替えさせた。そして、一人ひとり、書斎の401へ呼んで、点数を聞いた。これは昨日と同じ。不合格だった英語の点数も聞いた。できる順番はすべて、李芳春、金琳香、張悦の順で、日語（132、123、105）、英語（421、414、403）である。

応接室の402に戻って3人で話をした。最初は堅い雰囲気。部屋に飾った暖簾《のれん》の話をする。お土産を渡す。これで盛り上がった。みんな喜んだ。特別のおみやげも渡す。

「去年、旅行に連れて行ってもらったりしてお世話になったからね」

それから英語、日語の話をした。

「君たちと逆に日語は落ちたけど、英語4級に合格した人がいるんだね」

「日語を合格する方がいいと思います」と金琳香。李芳春もそうだといって理由を言ったけど何を言ったかは忘れた。こういうとき張悦はあまり率先して言わない。これが彼女の癖である。意見がないわけではない。張双の英語の点が高いと言ったが、李芳春はうなずかなかった。

得点の高いものの順で英語試験の点数は、斉爽450、孫辰447、張双444、陳智利426である。張麗、陳佳佳、周文儀、林宝玉も合格しているが、点数は分からない。国際日本語1級の点数の高い順番は楊暁暁154、李芳春132、金琳香123、陳智利120、韓健114、孫辰109、張悦105の順である。張玲玲が惜しくて97点。次回はきっと、合格するだろう。張悦は張玲玲と仲良しなのでこの点は知っていた。

李芳春が「陳智利さんは何点だったんですか?」と盛んに聞いてきたので、教えてしまった。内緒だけどと言えばよかった。

「点数が低かったので『もう一度受け直す』と言っているよ。韓健も」

韓健の点数は張悦も知っているようだった。

「09生は優秀だ。夏、合格しそうな人の数は08生より多い。張玲玲、王艶麗、朱春婷、楊菲菲、陳佳佳、陳英莉、張双、周文儀、張兵など」

張悦に向かって「外見も大事」という話をした。「自分を磨く」「心を磨く」とも言った。「だから、文学も好きになってね」と言った。張悦も李芳春も笑った。きっと今学期は文学史の授業をよく聞いてくれるだろう。

「金琳香さんは冬休みはどんな暮らしをしていたの?」

「夜中の1時30分まで起きていて朝は昼頃起きてくるという暮らしです」

彼女らしい。国際日本語1級の試験の時もチョコレートを食べながら受験したそうだ。当日は3時間前に試験会場に着いた。張悦、李芳春、金琳香はみんな一緒にタクシーで行ったそうだ。

「張悦さんは朝が得意だよね」と言うと、李芳春が、

「私も朝早く起きるようになりました。張悦さんといつも朝早くから教室で勉強していました」

張悦が「08のグォさんは？」と言う。

「グォフェイ？　グォリエンフォン？」

「グォリエンフォンさんはどうなりましたか？」

「その人のことですよ」彼女のことを詳しく話す。

遅刻して受験した。不合格だった。「1級に合格したら」という条件で採用してくれる会社があった。

李芳春が、

「私たちはその人と一緒に同じ教室で勉強していたんです。しかし、金琳香さんの勉強は全然違っています。彼女はドラマを見てその台詞《せりふ》や単語を覚えるという方法です」

張悦は冬休み中も朝7：00に起きて、中学生に勉強を教えた。母の妹の子供だそうだ。黄松旬《ホァソンディェン》にも中高の学校があるらしい。そこに通っているという。張悦はそこから、蛟河に行ったわけだから、従兄弟の中で一番、頭がいいのだろう。

かつて「七年後の私」という作文の中で彼女は従姉とルームシェアをしながら、長春の大企業で働くと言っていた。みんなが上海へ行くとか大連へ行くとか言っているのに、現実的に考えている。

「私の従兄弟の中にはもう働いている者も多いから、いろいろ話を聞いているからです」

補講で来た時、彼女はそう言った。しかし、今は日本企業に勤めることも視野に入っている。李芳春が、

「張悦さんは1級を取ったので進路の道が広がってきたんです」と言うと、張悦が、

「1級をもう一度受けたらいいかどうか、先生はどう思いますか?」

彼女は今日、それを一番聞きたかったようだ。

黄松甸は寒いところだそうだ。昨年旅行したのでよく分かる。そこから東へ敦化《とんか》、延吉へと高度を下げていく。また西へ吉林、長春へと下っていく。だから黄松甸は一番、標高の高いところにある。

李芳春はこの冬はダイエットをしなかったそうだ。彼女のダイエットは山登りなんだそうだ。

李芳春の作文に出てくる喫茶店というのは、房角石《ファンジャオシー》のことだった。張悦も行ったことがあると言った。カフェオレが15元（195円）したそうだ。東京都コーヒーの名刺を見せた。李芳春はそれを写した。彼女はコーヒーが好きらしい。ミルクや砂糖を入れないで飲む。

張悦はピンクのダウンを着ている。これは2010年11月、張双も一緒に、紅旗街《ホンチジェ》へ買い物に行った時と同じ物だ。かわいくて彼女によく似合う。とにかく彼女は3人の中で一番視線をこちらに向けていた。それが、うれしい。

お土産をあげた。あげるとき例によって、張悦は金琳香に譲った。彼女は必ずそうする。金琳香は猫の栞を選んだ。だから、張悦と李芳春は『源氏物語』になった。「これは他の人の分はない、内緒だよ」と繰り返した。張悦には昨年10月の時のようなとげとげしさはない。昨年7月のようなよそよそしさもない。あのころはどうしてそうだったのか、今でも分からない。

しかしもう一つのおみやげの鉛筆は彼女が真っ先に選んだ。合格鉛筆。ピンク地に桜の模様のあるもの。これが一番人気がある。金琳香もそれを選んだ。李芳春は最初、緑のでんでん太鼓だったのに

やはり赤の桜にした。先日、朱春婷もこれを選んだ。

「先生はどう思いますか?」

彼女の一番の質問はこれだ。

「1級をもう一度受けるのがいい」

彼女の結論もそれだ。

「陳智利や韓健もそうする」

李芳春の結論はJテストを受ける。孫辰と同じ。これのいいところは点数に応じて証明書が必ず出る。700点が1級と同程度。900点で通訳ということだ。しかし、企業によく知られているのは国際能力試験1級の方だという。

金琳香は最初悩んでいたが、受けないことにした。会話の実践練習をする。

「どうやってするの?」

「先生のところに通う」と李芳春がワキからいう。

「それはうれしいけど」

張悦はこういう質問もした。

「2級を持たないで1級を受けるのはどうですか?」

多分、王紅香のことを念頭に置いているのだろう。李芳春の大連の友だちは3級を落ち、2級を二度受けて二度落ちた。今度1級を受けて落ちると証明書がない。

ある4年生の話をしてあげよう。面接の時、証明書の提示を求められたこと。「ありますか」と言われたこと。2級を受けて高得点を取れれば、1級も12月に合格できるだろう。

「李芳春さんは大学院へ行くんじゃなかったの？」

金琳香が「大学院へ行ってもそれを生かせない。就職体験がない」。

すると李芳春が、

「私は、北京や上海には行きたくない。青島、威海へ行って働きたい」

「大連は？」

「大連は給料が安い」と金琳香。

2012／03／02（金）

〈王紅香の迷い〉

「私が1級を受けることについて、先生はどう思いますか」

「2級の方がいいと思う」と答えた。がっかりしていた。

「今日の午後、もう一度話をしよう」ということになった。「張悦さんと一緒に来てもいいですよ」

と付け加えた。

助言はするけど決めるのは彼女だ。元気よく励みを持って勉強できるのが一番いい。しかし、覚悟がいる。


〈文学史・授業態度〉

張悦は先学期とは違う。こちらの話を聞いている。「最後に感想を書かせる」と言ったのがいいのかもしれない。

〈張双の質問〉

朝日新聞の記事について分からないことの質問。

「日が当たらないところに税金は使うべきだ」と厚生労働省の村木事務官が勝訴して言ったという。国からの賠償金は自分の懐に入れるのではなく「日の当たらないところへ寄付してください」と彼女が言ったという記事は日本でも読んだ。日本のニュースを読んでおいてよかった。「日の当たらないところ」とは何のことかという質問。

〈文学史授業〉

悪人＝ヒーロー：「バラエティに出ているお笑い芸人は悪人だよね。彼らは本当のことを言うから面白い」

これに反応があるのは、柳金金、楊暁暁。変だという感じの反応は朱春婷、陳智利。

作文では、勧善懲悪的なことは書くな！ 道徳的なことは書くな！ と強調した。さぁどう書いてきたか。

〈14：00～15：30、王紅香、張悦　来る〉

401室の書斎に王紅香だけを呼んで、点数を聞く。全体の点数が76点だそうだ。聴解が弱かったというので聞くと24点だと言う。後は分からないというが、仮に半分に割っても26点ずつだから、他もそんなに強いわけではない。

交代で張悦も呼んで、一級合格者の成績を人物名は隠して張悦に見せた。

「この表を見てどう思う?」

「一番低い」

「そうだけど、私が気づいたことがある。君は一番得点しやすい、語彙で得点を取っていない」

402室の応接間で三者で話す。

「先生はどう思いますか」と張悦。

「私は2級をもう一度受けるのがいいと思う」

張悦が、「私もそう思います。私たち李芳春、周文儀の3人は、皆、同じ考えです。彼女は基礎がまだ弱い」

今日、張悦は真正面に座っている。こんなに間近に真正面から彼女を見るのは初めてだ。教室ではないので眼鏡を外している。髪の毛は先学期と同じ。褐色に染め、先端にパーマをかけている。眉毛のすぐ近くまで髪の毛をかぶせている。日本の女の子の髪型とよく似ている。

彼女の顔は、今まで、いろいろに見えた。今日、気がついたのは、顔が痩せていて、顎のあたりが角張って見えたことだ。目は弱い二重まぶた。これは前から気がついている。今日もピンクのダウンを着ている。下は濃い色のジーパン。少し模様が入っている。このジーパンもよく目にするものだ。

おしゃれである。

目と目を見合わせて話す。彼女は私の考えを王紅香に伝える。そして、下からのぞき込むように王紅香を見上げる。優しい、心のこもった横顔だ。王紅香はなかなか答えない。

「彼女は今、考えています」と張悦。

「この間は金さんが考えて悩んでいたね」

金琳香は一級の再受験はしないことにした。金、李、張それぞれ、違う道を歩む。

王紅香が考えている間、張悦と二人で話した。これは幸せなことだ。

「毛沢東の論文に『一歩後退二歩前進』というのがある」

王紅香が2級を受けるのは一歩後退だが二歩前進できると、そういう意味で言った。昨日王彤にも言った。今日、張悦に言った。しかし、王彤も張悦もこの言葉を知らなかった。

「似た言い方が中国にある」

これが張悦の反応だった。また、毛沢東については「『3年勉強しても劉少奇にはかなわない』と言った」という逸話を話してくれた。

彼女は昔、「好きな名前」で鄧小平を挙げた。口には出さないが、張悦は毛沢東が嫌いで、劉少奇や鄧小平が好きなのかな、と思った。

張悦は歴史に詳しいような気がする。今日の授業（明治維新）の感想にはこんなことを書いてきた。

「1868年に、巴西（ブラジル）で巴拉圭（パラグァイ）との戦争が起こりました。その逆に、日本では、明治維新が始まりました。その後、巴西（ブラジル）はもっと貧乏になって、日本はだんだん、世界の領域で太陽のように輝いてきました。民衆の生活が豊かになれば、国家は安定です。教育のレベルが高くなれば、国家は先進国になります。律令（法律）が完善（完全）になれば、部署（国家の機構）は緊密になり（しっかりし）ます。輿論を許されたら（議論を盛んにしたら）、思想は活発です。それらは全部、明治維新に離されない（切っても切れない）のです。だから改革は必要なんです」

今読むと、涙が出るほど、感激する。張悦はこんな女の子なんだ。革新的で鄧小平や劉少奇が好きで、服装や髪型のセンスがよくて、舞踊が好きな子。

今日は四角い顔をしている。それは、普段は髪の毛で、頬を狭く見せているのに、今日は髪の毛が横に開いていて、頬がすっかり見えるせいだろう。私に話す顔は、きわめてまじめだ。そして王紅香に優しく決断を促している。

張悦は「堅持する力」と紙に書いてそれが大変だったことを話した。

「私は国慶節が終わってから1級の勉強を始めました。2か月しか勉強する時間がなかった。今度は4か月ある。今度は金さんのような勉強の仕方で、聴力アップを図りながら、単語を覚えようと思う。でもつい日本語の勉強ではなくてストーリーを楽しんでしまいます」

「1級に届かなかった人で90点台の人って知ってる？　張玲玲が97点なのは知ってるけど……」

「（言いにくそうに、笑いながら）周文儀さんもそうです」

「そうか、じゃぁ彼女もきっと次は1級をパスするね」

「陳英莉さん、張兵くんなども……」

王紅香はなかなか決断できない。それだけ1級への思い入れが強いのだろう。

「1級を受けないことによって、勉強の情熱が失われることの方が、怖い」

「紅香にとって1級は恋人のようなものなんだね」

張悦はそれを聞いて笑った。

彼女が悩んでいる間、張悦と話した。張悦が言う。

「1級の勉強は国慶節が終わってから、勉強し始めた。その間、精神は不安定だった」

「そういう風に見えた。張悦さんは大丈夫かなあと思っていた。だから、『合格した』と聞いたとき、うれしかった」と言ったが、当時、国慶節後の私の心は寂しかった。

授業で作文を読む他は、張悦との接触は全くなくなったから。作文はいっぱい間違えていて、私は丁寧に直してあげたけれども、張悦の態度はあっさりしたものだった。

王紅香の顔をのぞき込んでいる張悦を見て、

「張悦さんは学校の先生に向いているのかなぁと思うことがある」と言うと、

「小学校時代の先生からもそう言われた」

しかし、「会社に入った方が、視野が広がるし、決断力が早くなる」、そんなことを彼女は言った。

「大学の先生になるのはどうなの?」

「大学院を出なければならない。大学院を出たときは26歳になっている（そう言って下を向いた）。企業に入るのにもメリットがない（この間、金琳香も『大学院を出ても就職体験がない』と言った）」

「就職は最初、『長春で』と考えていたけれど、今は、大連か山東省を考えている。山東省より南に行くことはない（これは、この間、李芳春が言ったのとそっくり）」

「張悦さんの一族も、もともとは山東省の人なの？」

「はい、父の父は山東省濰紡（第一章地図参照）の人。母の父も山東省の出身です」

「闖関東《チュアングアンドン》（主に山東地方の人が山海関を越えて東北地方に住みつくこと）で東北地方に来たんだね」

「はい。そうです。山東省には親戚がいます」

「去年、夏、山東省を旅行したけど、東北にはない樹木が植えられていてとてもきれいだった。闖関東のころは貧しかったけれど、今はとても豊かだ」

　悩んだ末、やはり、「1級を受ける」と王紅香は言った。進路は彼女本人が決めることだ。人に言われてするよりも、自分で決めてした方が、後悔がない。責任も取れる。時間はかかったけれど、紅香は納得した。

「聴解を心配しているけれど、文法と単語を勉強する方が手っ取り早い、それで50点とれれば、読解26点、聴解24点でも合格できる」と言って励ました。

　話が終わると張悦は「それではこれで」と言ってすぐ席を立った。二人の帰っていく姿を窓から見た。二人とも背筋をピンと伸ばしてきれいな歩き姿だ。身長はほぼ同じ、足の細さも同じくらい。張悦は今日は腕を組まず、左手を紅香の体に沿って下に伸ばしている。この何気ない仕草が張悦の魅力だ。

〈21：00頃、上海で就職実習をしている4年生の薛爽から電話が来た〉

日本系企業、不動産会社に就職した。厳しいと言って泣いていた。しかし、よく聞いてみると、仕事をもう任されていてよくやっている。

「お客さんからも『歌い上戸などという言葉をよく知っているね』とほめられた。同僚はお金のために働いている。自分はいい仕事をするために仕事をしている」などと言う。

マネージャーからは「髪の毛をいじるな」「態度が大きい」など厳しく指導されている。

「それを後輩たちに話してやってくれ」と頼んだ。

基本給は2560元（33280円）。6月30日からは3200元（41600円）。それに2万元（26万円）の仕事をしたら、8％のコミッション（歩合給）がもらえる。

朝は7：30から、夜は19：00、20：00になることもある。インターネットで探した会社。上海の気温は7℃から9℃。

2012／03／04（日）

〈9：10、江山（大学近くの商店街）へ行く〉

張玲玲の得点を聞く。聴解30点（試験会場に雑音有り。この会場で受けた09生は彼女だけ）、語彙31点、読解36点、合計97点。

「聴解ではなくて語彙が悪かったね。読解は良くできた方だ」

「読解は得意です」

「今度は大丈夫そうだね」

辰星超市（江山にあるスーパー）でニラ、卵、江山超市（江山スーパー）で春雨（太いもの）を買って帰る。寮の階段で新しい日本人教師に会う。

「美男子だと聞いていたけどそうではない」と張玲玲。

「それは内緒」

〈10：00、春巻きを作り始める〉

その前に、日本のお土産を張玲玲にあげる。張玲玲はやはり、赤桜を選ぶ。

大根、ニラ、春雨、羊肉、卵、桜エビ、豆腐、もやしを細かく刻んで餡《あん》を作る。

陳智利が「まな板の大きいのあるといいんですが」と言う。

物置となっているA403室にいろいろある。受付にいるおばさんに「使ってもいいか」と聞くと、

「私には分からない。月曜日にもう一つの入り口の管理人・孫老師《スンラオシ》に聞いてくれ」ということだった。

張玲玲も陳智利も二人姉弟で下に弟がいる。彼女たちは家族の料理を作るが、弟はインターネットなどをして遊んでいる。張玲玲の弟は時々茶碗を洗ったりしてくれるそうだ。

小麦粉を溶《と》き、平底の鍋で春巻きの皮を作る。鍋が小さくて、平らではないので難しい。

「先生は見ないでください」と陳智利。

「失敗作を見られるとイヤなんだね」

402室でテレビを見たり、お茶を飲んだり、日本から買ってきた暖簾を飾り直したり、浄水器で

水を作ったりして待つ。

春巻きの失敗作を二つ酢に漬けて食べる。酢味にすると何でもおいしい。

〈14：00、春巻きをあきらめて餃子を作る〉

401室で日記を書いていると、張玲玲が「先生」と言って大きな餃子を持ってくる。

「餃子を作ることにしたんだね」

陳智利が「先生は休んでいてください」と言う。

その言葉に甘えて402に来る。実は401で待っているとき疲れて眠くなった。

〈15：00、餃子を食べる。残りの小麦粉の皮で餡（餃子の中身）を包み終わったのが17：00〉

残った餃子は冷凍庫に入れた。火曜日11：00に孫迪、郭姍姍、呉立圓、羅雪を呼んできて七人で、食べることにする。日本の鉛筆を四人にあげよう。赤の桜ではないものを。

餡はパックに入れて冷蔵庫に入れた。饅頭《マントウ》を食堂で買ってきてそれに挟んで食べる（山西省）。あるいはご飯のおかずでもいい（安徽省）。

山西省では米を食べない。朝と夜は包子《パオズ》、餅《ビン》、饅頭《マントウ》。昼は面条《ミエンティアオ》を食べる。

「寂しいね」と言うと安徽省出身の張玲玲も寂しいという。やはり、ご飯を食べないと寂しい。

「そうですかぁ？」と山西省出身の陳智利は不思議そうに言う。

２０１２／03／06（火）

〈13：30、会話授業　２５０１教室〉

陳英莉が「鉄観音」のお土産を持ってきてくれた。

4限目、張悦は後ろに席を取る。李芳春、金琳香、周文儀、張玲玲、張悦、張双、陳佳佳と並ぶ。

新聞記事の聞き取り。李芳春に当てる。素早く聞き取った。

彼女は「観光客が押し寄せた」と答えた。

次に金琳香、正確に聞き取っている。次は張悦に突然当てた。彼女もまあまあそつなく回答した。

「いつですか？　どこですか？」

「春節、横浜中華街」と張悦。

後半、もう一つの新聞記事を聞き取らせた。カフカの詩。

「前を向いて歩くことはできません／つまずくことならできます／もっとできるのはつまずいたまま横になっていることです」

枡野浩一の詩「くじけな／こころゆくまでくじけな／せかいのまんなかで／くじけな」この感想を創作会話で書かせた。やはり、金琳香がいい。

張悦は現実的なのでこんな創作会話を作ってきた。映画『南極大陸』について私との会話。

「先生は歴史をよくご存じですね」

「好きだからね。張さんは一番印象的だったのは何ですか？」

「そうですね、やはり子供たちが南極に行く研究者たちに小銭を寄付するところです。寄付した子供たちは科学や学問に知識欲が出てくる。この子供たちが成長して日本を世界一流の国にします」

「ええ、日本人はどんな時でも一生懸命、がんばります」

「はい、そんな精神はどんな国にも、どんな人にも大切です」

「地震に遭った後もすぐ立ち直りました」

「はい、私たち学生もそうです。失敗あっての成功です。どんな困難にあっても、信念が必要です。失敗しても前向きに続けます。時が経ったあるとき、自分が強くなっているのに気づきます」

「はい、だから、自信を持って、がんばりなさい」

「はい、分かりました。どうもありがとうございました。では、先生、失礼いたします」

「ええ、さようなら」

　これを読んで学生時代、中国の影響の強かった時のことを思い出した。とても道徳的で歯が浮くような言葉が多かったと思う。日中国交回復が目の前の時代である。

「アジアの兄弟よ同胞よ／アジアに光をかかげよう／冷たい嵐に負けないで／太陽の情熱を燃やそうよ……／東京北京を結び／世界をつなぐ／遮る者何であろうと／しっかりと手を取り合おう／友情の印は／東京北京」

　張悦の言葉遣いを聞いているとそのころの歌がよみがえってくる。要するにこういう言葉遣いは中国人の習慣になっているのだろう。

２０１２／03／07（水）

〈13：50、掃雪（手作業による除雪）〉

今日は一緒にやった。張悦、周文儀、王紅香は遅れて来た。張悦は昨日と同じ、薄い青のコートを着ている。李芳春、金琳香、陳佳佳は来なかった。

帰り道、王艶麗が一人でいるので、

「王艶麗さん、あした来る？」

「はい」

「誰と来る？」

「朴洪洋さんと」

「授業はいつ空いてる？」

「午前中」

「じゃあ、10：00でどう？」

「分かりました」

朴洪洋、陳英莉が合流して話しながら帰る。

「陳英莉さん、今日は楊菲菲さん、いなかったね」

「彼女はコンピューターの授業です」

「楊暁暁さんもそうか」

（前を歩いていた孫迪、朱春婷、陳智利が声を合わせて）「はい」（と大きな声でそろえて言ってから、笑う）

韓健へ、「新しい先生を案内してあげましたか」。

「はい、大学の中と東北師範大学を案内しました」

「餃子を食べましたか」

「牛丼を食べました」

最後に記念写真を撮った。張悦は今までにないよい笑顔だ。朱春婷、呉姣の笑顔もいい。張玲玲は年下の羅雪に抱きつくような格好をしているので、羅雪の方が年下なのにどっちがお姉さんだか分からない。

2012／03／08（木）
〈10：00、王艶麗と朴洪洋　来る～12：30〉
点数を聞く。洪洋はひどい。読解は19点以下。しかし、彼女に2級を受けろとは言わなかった。相談されなかったから。艶麗の2級の読解はすごい。満点だった。2人にお土産を渡す。艶麗は赤桜。洪洋は青桜。

2012／03／09（金）
〈8：00、文学史〉
「欧風政策（鹿鳴館建設）への反動・国粋主義が流行となる。文学では紅露の時代。
尾崎紅葉、幸田露伴が人気を二分した。明治20年代の主流」→泉鏡花・樋口一葉は次回。幸田露伴

『五重塔』の主人公「のっそり十兵衛」の「のっそり」について意味を確認。

「のっそり」だけれど仕事は確か、そう言う人物を露伴は描いた。尾崎紅葉『金色夜叉』鴫沢家の書生、間貫一と鴫沢の娘宮は許嫁だった。しかし、財閥の御曹司富山唯継が宮を恋するようになった。財閥と縁結びになった方がいいと考えた鴫沢の両親は貫一と宮の縁談を破談にし、貫一を洋行させ宮を唯継と結婚させる。貫一と宮の別れの場面が有名。教科書の文章をみんなで音読する。↓感想を書く。参観に来ていた金頴《きんえい》老師より「すばらしい授業です。とくに別れの場面の文章が良かったです。来週も聴講させてください」

張悦がまた意外な感想を書いてきた。

「『金色夜叉』を聞いた後、人間の愛情について考えさせられました。人間の愛情とは、二人が好きになって、いろいろな困難に遭って、最後、幸せとか、別れとかの結果になります。この女の主人公は、自分の愛情より親に恩返しをしたいんです。彼女はお金が欲しいのではなく、ただ親情を重視したんだと思います。

もし、私だったら、どんな道を選んだでしょうか?　大体彼女と同じだと思います。なぜかと言えば、自分のわがままで親を傷つけることはやっぱりできません。これからも、もっともっと親情を大切にします」

古い孝行の考えのように思う。張悦のようにおしゃれな子がこのように考えていることが不思議に思える。以前の作文にも「親情が一番大切だ」と書いてきたことがある。

現在の中国でも、「女性が自分の気持ちを表してはいけないのか?」

「宮はいったいどっちの男が好きだったのか？」

宮ははっきりとは言わなかった。言えなかった。そして親孝行の道を選んだ。

「婦人の解放」というテーマが起こってくる。

「私なら親に逆らっても貫一と一緒になる」と書いたのは羅雪、李娜。


〈16：00、張双来る〉

お土産に青桜。かわいそうだけど赤の桜を出さなかった。朝日新聞記事への彼女の質問と私の説明。その後、面白い話を聞いた。

「私は寮で一人で勉強する。張悦、李芳春、周文儀は教室で勉強するので室内は静かだ。土日は高中の友人と会う。みな三年制の大学を出ているので、もう働いている。私は一人ですることが多い。慎重で疑い深い。従兄弟がほとんど男なので、小さい頃から男と遊ぶことが多かった。中学から寮生活。女の子は細心。男はおおらか。長岭（張双の出身の町、吉林省松原市に属している。第五章地図参照）のあたりは、昔は水があって水田や養殖業を営む人がいたが今は、土地は乾燥して水田や池はない。農家はトウモロコシを作る。米は買って食べる。今日は仁徳（大学の近くの商店街）でコンピューターの授業があった。掃雪の時もコンピューターの授業があったが、クラスの役員（青年委員）なので掃雪に参加した。朝日新聞はQQにコピーして貼り付け、浴池（大学の中にある浴場）の隣の印刷屋でQQから印刷する。USBも電子辞書も持っていない。1級の申し込みは3月9日昼に行い、電子写真は明日、撮って送る。みんなもそうすると思う」

なるほど。これで張双が一人でいる理由が分かった。帰りがけ、401室でNHKラジオをお気に入りに入れてくれた。QQメールのいろいろな送り方を教えてくれた。彼女の番号は、家族友人用のQQ番号が別にあってふだんはそちらを使う。なるほど。みんなこうしているのか？

〈金顥老師からメールが来ていた〉

「谷川先生　こんにちは。今日はどうもお世話になりました。ご授業を聞かせていただいて本当にありがとうございました。

谷川先生の授業を聞いてから、なぜか元気が出ました。文学はいいものですね。時代を背景に言葉で飾る世界です。この世界から日本の文化も見ることができます。ですから文学の授業は確かに有意義です。今文学に興味を持つ子が多くないようですが、谷川先生は教壇を舞台に熱意あふれる授業をやってくださって心から尊敬いたします。

文学の知識を勉強しましたが、束ねて高い棚に上げておいたままで、恥ずかしく思います。ですから、これからこの知識を生かして授業に利用できるように努力しようと思います。まだまだ勉強不足ですので、谷川先生に習うべきだと思いまして。どうかご指導のほどよろしくお願いいたします。

金顥」

返信した。

「金顥先生　授業の感想ありがとうございます。

学生の感想に『私も宮のように親に従う』とあったのに、びっくりしました。『二人の愛』よりも

『親への愛』が上位にあるみたいですね。日本にはこの間で苦しむ人間の心を描いた作品が数多くありますから、これから、どう思いますかね？　いろいろ考えたり、感じたりして文学を好きになって、いい論文を書けるようになって欲しいです。谷川」

やはり、張悦は親を振り捨てるような本当の恋をまだしていないんだな、と思う。そして多くの中国人も。親や兄弟、友人たちから祝福されるような恋を望んでいる。中国人だけじゃないか。ロシア人もイタリア人も実は日本人もみんな同じか？

２０１２／03／11（日）
〈今日は昨年、東日本大震災が起こった３・11の日〉
３・11のラジオニュースを聞いた。１万５８５４人の死者。３１５４人の行方不明者。37万棟が被災。五人に一人が仕事なし。仮設住宅に16万人が住む。宮古で39メートル、南三陸町で33メートルの津波。

２０１２／03／13（火）
〈08：50、ＱＱ空間で発見〉
私の空間を張悦が訪れている。３月９日に。王紅香は３月10日。
〈12：30、李娜からＴＥＬ〉

「18：00に食事をしましょう。ちょっと相談したいこともあって」

〈会話　第2グループ〉

張悦は新しいコートを着てきた。白の暖かそうなもの。眼鏡が大きいので顔が小さく見えるのかもしれない。今日はニコニコしている。今学期は良い。1級を取った余裕かもしれない。しかし、彼女に実践会話を当てたが答えは出てこなかった。張麗の創作会話を読み上げた。みんな笑う。

〈18：00〜21：00、地王飯店（東北師範大学駅の向こうにあるレストラン）で〉

李娜と夕食。7年つきあった恋人がいる。卒業したら結婚する。就職したい。劉倩《りゅうせい》老師は認めてくれた。先生にも話したかった。

彼女も朝鮮民族。延吉の近くの汪清（第五章地図参照）という町の出身。ここは朝鮮民族の祖先が生まれたという伝説の残る町。去年秋、柳金金が教えてくれた。朝鮮民族の数え方で彼女は26歳。満年齢では24歳だ。1987年の生まれだという。李娜は日本での学習を日本語の単位として認めてあげて今の4年のクラスに編入させるのが順当だったと思うので4年と同じ行動を取ってもいいだろう。

2012／03／14（水）

〈12：23、張巍〉

明日、15：30に約束。「インクのこと、ワードに写真を貼り付けること、パワーポイント」のことを教えてもらう。
〈張悦の作文〉
いたずらっぽい。いたずらをして笑う少女（ちょっと差別がある）の会話。いたずらを言ってばれると逃げるという悪い子。張悦にはそういうところがある。でも面白い。文章を直したい。

2012／03／15（木）
〈15：30、張巍来る〉
ワードの写真の貼り付け。インクの補充、両方をやってくれた。

2012／03／16（金）
〈8：00、文学史〉
張悦は今日は顔を上げず、下を向いて授業を聞いていた。周文儀はよそ見している。李芳春、陳佳佳は下を見て授業を受ける。金琳香、張双は時々顔を上げる。
顔を上げて聞く、あるいは反応のある学生は、朱春婷、陳智利、楊暁暁、張玲玲、陳英莉、金琳香、柳金金、孫辰、李娜、羅雪、郭姍姍、張兵、王彤、張麗、王艶麗。反応はないが聴き取れているように思われるのが呉立圓、崔麗花、林宝玉、楊菲菲、張爽、朴洪洋。ちょっと危なっかしいのが、韓健、斉爽、呉姣、張巍、馬媛、金紅瑩、王紅香、孫迪、趙宇、孔祥龍。

紅露の時代。別名「紅露逍鷗の時代」。紅露は小説家として活躍し、逍鷗は評論家として活躍した。逍鷗の論争に「没理想論争」がある。鷗外はドイツ留学をし、ドイツ三部作を残している。その一つに『舞姫』がある。鷗外と主人公は重なる。秀才有能。しかしそれだけで満足しない。もっと深く物事を見ている。今の自分に満足していない。主体的な自己を持とうとしている。恋愛も自己の力で勝ち取ろうとしている。（ファウストと似ている。鷗外はファウストを訳している）しかし敗れる。悲劇的な結果になる。近代日本が目指していた典型がここにある。近代的自我の確立をめざす苦闘。

「豊太郎は優柔不断、女々しい」

そういう批判はずーっとある。貫一の方が格好いい。貫一のように破れた方が格好いい。高利貸しにでも何にでもなって見返してやると言った貫一が男らしい。豊太郎は卑怯者だ。エリスを捨て自分だけの栄光を求めた。それを相沢のせいにしている。男の風上にも置けない。こういう非難が絶えない。

〈20：00、張悦とQQで会話〉

張悦がQQをオンラインにしている。かなり長い間。

思い切ってアクセスしてみた。

「張悦さん、こんばんは」

「先生こんばんは」

「今、忙しい？　何してるの？」

「衣服」

「コンピューターで衣服を買うの?」

「はい」

このあと考えていると、彼女から、

「先生は何をしているの?」

「夕ご飯を食べて、これから何をしようかなと思ってるところ」

また考えていると、

「先生の中国語の勉強はどうですか?」

「an と ang、zh と ch の区別が難しい」

「はい」

「君は教えるのが上手だよね、週末に教えに来てくれないか」

「今週は忙しい」

「それは残念」

「今はちょっと時間がある。そんなに難しいことではない」

「簡単にできるようになるってこと?」

「an は安全の an というふうに覚える」

「ふんふん」

「はい(得意そうな絵文字付き)」

何か言おうとしていると、向こうから、

「先生、私の発音何か、問題ありますか?」

「発音も少し。作文も少し」

「はい」

「この間のアフリカ人のことば『あなたばかり白いですか』だったね」

「はい」

「あれは『じゃあ、あなたは白いんですか』という意味じゃないか」

「はい」

「『ほら、見て、前方の人はとても黒いですね』は『見て、見て、前の人、真っ黒じゃない?』とすると学生らしくなる」

「はい」

「ドラマの台詞を書き写すといいかな」

「先生が変えると日本語らしくなる」

「私が直したのも正しい日本語だから、しっかり復習してね」

「自分では変えられない」

「あまり気にすると何も言えないし、書けなくなっちゃうから、気にしないでどんどん表現するといいね。そのうちに直る」

「ある日必ずできると信じます」

「たくさん話して楽しかったね。終わりにしようか、この辺で」

「はい、先生、お疲れ様でした」

「あなたも疲れたでしょう。おやすみ」

「では、どうも、ありがとう（手を振る兎の手の絵文字付き）」

第六章　おかしい様子

ハルビン・読書する少女

2012／03／27（火）

〈15：30、会話　第2班〉

張悦グループを前に座らせた。前から2番目。だからとてもいい。

「みんな元気ですか」

周文儀へ、「今日は午前中何をしましたか」。

「張悦さんと銀行でお金を振り込みました」

「銀行ってどこですか？」

「東北師範大学です」と張悦。

張悦に「が」と「は」の違いを答えさせた。李芳春も金琳香も答えられない。

「に」と「で」の違いは王彤が答えた。

「春が来た」の歌はこちらのクラスの方が声が出ている。張悦の声が聞こえた。いい声だ。

就職面接の創作作文を書かせた。張悦を呼んで直した。呼んだときは不服そうな顔をした。しかし、直してあげているときは、自分の間違いに笑う。こういうときの張悦はいい。

2012／03／28（水）

〈7：30、朱春婷にTEL〉

彼女は5分前にもう食堂前に来て待っている。図書館前を彼女の方へ歩いて行くと、来客らしい男性二人に道を聞かれたが、よく聴き取れなかった。

「あの人たちに『ユエンジーションダオ』って聞かれたんだけど、何て言ったんだろうね」

「『大学院生研究室へ行きたい』と言ったんですよ」

「研究生到《イェンジウションダオ》か？　なるほど……。休みになっても中国の大学生はどこへも行かないよね」

もうすぐ、清明節の休みが来る。私は大連で教育実習をしている08生を訪ねる予定だ。

「北京のお金持ちの大学生はよく遊びに出かけます」

「楊暁暁はいつ君のところへ行くの？」

「日曜日です。帰りは楊暁暁さんが決めます」

切符は中東でも買える、と聞いたので中東へ行く。

（タクシーの中で）「今年は去年と比べて忙しいの？」

「勉強が忙しい」

「共産党に入るとお金がかかると聞いたけど……」

「私たちはまだ正式ではないのでお金は払いません」

ああそうか、候補というやつか。朱春婷に他大学の四年生、男子から、日曜日に、二軒、長い電話があったそうだ。

「4年になると忙しい。3年の時はよかったという電話でした」

中国銀行は機械が壊れていたので窓口で2000元、下ろす。今カードにいくら入っているか聞く。3万5446・74元入っているという。パスポートを持ってくれれば通帳を作ってくれるという。

「先生が大連から帰ったらまたここへ来ましょう」

中東市場の中を歩きながら、奨学金（助学金）のことを聞いた。助学金（年間３０００元）をもらっている人は、張巍、張双、孫迪、馬媛、王艶麗、楊菲菲など。５０００元の奨学金を受けているのは王彤、陳智利。６５０元の奨学金もその二人。

「私は2等賞ですよ」

「いくら？」

「４００元」

また「貸款」という制度（授業料５０６０元の貸与。後で返却する）があり、柳金金がそれをもらっている。中東市場の切符売り場は一番南側にあった。パスポートがないと買えないという。寮へ戻りパスポートを持って東北師範大学へ行く。東北師範大学で陳英莉と張麗に会う。

「東北師範大学で買い物をしました」と彼女らは言う。

東北師範の切符売り場は長蛇の列。みんな清明節に帰郷したり旅行したりするので、その切符を求めようとしている学生たちだ。それで今日の切符購入はとりやめにした。

明日朝、7：30、食堂待ち合わせ、それから買いに行くことにする。

〈13：30、柳金金、林宝玉　来る〉

点数を聞いた。二人とも「これからは単語を覚えよう」ということになる。

じゃんけんをして勝った柳金金が青桜を選ぶ。林宝玉が赤桜。この二人はよくこちらのことを聞いてくるので困る。

「先生は日本へ帰ったら何をしますか?」

「授業から帰ったら何をしていますか」

「文章を書きます。……日記を書いています」

林宝玉が突っ込んでくる。

「私たちのことも書くんですか」

話を逸らして「『今日は棗《なつめ》を食べた』などさりげないことを書く」などと話す。

中国語練習で少し盛り上がったが、ちょっと今日はダメ。疲れている。

柳金金の父と母は今ソウルにいる。もう2年間もいる。会いたいとは思わない。

「私はソウルに行かない。中国がいい。従姉が威海《ウェイハイ》(第一章地図参照)にいる。威海で働きたい。この間、父と母がソウルから帰って来たので会いに行った」

「お土産は?」

「ない」

「さびしくない?」

「TELが来ます。父からも母からも」

「何歳?」

「父は57歳。母は52歳。図們《ともん》(延吉近くの市。第五章地図参照)には叔母がいる」

何かとても寂しくて暗い。

「将来結婚をしない。今日午前中は、バラエティを見ていた。本は『明暗』を読んでいるが分からない」

林宝玉は普通の子で、

「家は養豚業、養牛業、育てて売る。そう広い牧場ではない。30歳ぐらいで結婚する。大連で働きたい。とにかく1級合格を目指す。午前中はドラマを見ていた。小説は『羅生門』など短編が好きだ」

という。

2012／03／29（木）

〈7：30、食堂待ち合わせ。大連旅行の切符購入〉

朱春婷は楊暁暁と一緒にいる。3／31（土）の午後の授業（中医薬）をさぼって二人で松原へ行く。帰りは4日（水）。私の「大連行」切符は3／30（金）夜、22：00過ぎ。夜行寝台列車。20：30、寮を出発。21：30、長春駅着でよい。帰りは4月3日（火）夜のやはり22：00過ぎ。帰りが大連駅発なのでこんどは安心。初めての大連旅行は、帰りが「周水子」（大連空港駅）発だったので大変だった。行きは三段ベッドの真ん中。帰りは一番下。私は普通の中国人のしている旅行をする。

終わって東北師範大学食堂で朝食。朱春婷と私は肉まん、ゆで卵、おかゆ。楊暁暁はダイエットしているらしく、麺。その後、二人は東北師範大学のスーパーへ買い物に行く。

私は帰って、床掃除など人を迎える準備をする。きれいで気持ちよくなる。昨日、柳金金たちを迎えるとき掃除しなかった。これがいけなかった。やはりきちんとしていないと歯車が狂う。昨日は悪いことをした。その結果話がかみ合わなかったり、盛り上がらなかったりした。

２０１２／03／30（金）

〈８：00、文学史〉

張悦は後ろの席、でも今日はよく聞いている。前回は下を向いていた。

藤村『初恋』の意味を説明した。藤村の事実を話した。藤村８歳の頃のこと。20歳の経験。輔子の死。あふれるように詩ができた。『初恋』その他。『文学界』に発表。１８９６年。１８９７年『若菜集』にまとめられた。ここまで前半。

後半、北村透谷『厭世詩家と女性』について。１８９７年『女学雑誌』に発表。『女学雑誌』は女性の地位向上などを目指した雑誌。編集長巌本善治は明治女学校の校長。その縁で、北村透谷や藤村が教鞭を執った。

『厭世詩家と女性』は当時の青年に圧倒的な支持を得た。その影響を最も受けたのが島崎藤村。透谷は自殺。１８９４年。藤村も輔子に失恋して放浪の旅に出る。養家を捨て、キリスト教を捨て、仏門に入り、自殺も図った。しかし、藤村は生き続けた。71歳で死ぬまで文学史上に残る大作を書いた。

次回は『破戒』について話す予定。

２０１２／03／31（土）
〈早朝、大連到着。６：10、日航ホテル着〉
「今チェックインすると３００元必要」と言われる。荷物を預けて朝食をとりに外出する。近所を歩く。明日はもっと安いホテルにしてある。そのホテルのチェック。

〈8：00、チェックイン〉

お湯を沸かし、免費（無料）のコーヒーを飲んでパンを食べる。インターネットをつなぐ。

〈12：05、大連で就職実習している4年生の郭巍《かくぎ》に電話する〉

「日航ホテルの一階ロビーで会おう。誰が来る？」

「魏智微《ぎちび》さんと行きます」

〈バスタブに浸かる〉

日本以来のこと。明日からは安宿だから今日だけのこと。ゆっくりと浸かり、それから、朝から剃っていないひげを剃る。凸レンズの鏡をのぞきながら、気持ちよく剃る。それからまた湯に浸かる。それからシャンプーする。沐浴液を使う。ボディーローションを塗る。バスローブを羽織る。それから新しい下着とワイシャツを着る。

昨日の長春の夜、今朝の大連、意外と寒かった。長袖、長タイツをしっかり着る。

〈07卒業生の胡蝶《こちょう》に電話〉

明日14：00にラマダホテル一階で会うことにする。胡蝶以外の07生は皆、来られないらしい。仕方がない。

〈16：00～21：00、大連で就職実習をしている郭巍、魏智微と会食〉

天津街を歩く。一人78元の店を見つけて入る。しゃぶしゃぶの店。食べ放題。ケーキや果物も食べる。ビールやジュースを飲む。17：30開始で到着したのは16：30だったので18：00までコーヒーを飲んで話した。

魏智微のつとめている会社は大学から紹介されたもので、大勢が履歴書を送った。最初に王迎《おうげい》に面接要請があった。故郷と遠いので王迎は断った。次に自分に来た。私はここに就職したいと以前から考えていた。Accentureというイギリスの会社で07生も二人就職している。16人のグループで仕事をする。魏智微は7月に1級を取った。英語4級も持っている（郭巍も同じ）。

「どうして君が選ばれたのか？」

「真面目だから」

「どんな仕事をしているのか」

「ＢＰＯ（業務委託）の会社」

郭巍が、「大連の日本系企業は、ほとんど業務委託の会社です」と言う。

魏智微は「薬の副作用を調べ、新しい薬の開発をしている。これは企業秘密です」そして、

「12月中に決定し、1月12日から仕事をしている。給料は時給9元（１１７円）。完全週休２日制。平日は残業する。勤務態形は日本と同じ。日本のように5月の連休があります。今年は４月28日から

5月6日までが5月の連休。北京に行こうかと考えています」

面接には電話面接、インターネット面接、直接会っての面接と三種類の面接があるという。Accenture の求人が来たそのころ、魏智微は大連でアルバイトをしていたので直接会って面接ができた。そのほかにも大勢が Accenture に履歴書を送った。Accenture は世界に500社ある。大連では数碼《シューマ》広場にある。住んでいるところは東軟信息技術学院。知らない人と4人でルームシェアをしている。先生の部屋と同じくらいの大きさ（二つ合わせた部屋）で4人が暮らしている。

郭巍は3月12日から17日間、日本語教師をしていたが辞めて今の仕事をしている。七賢嶺《チーシェンリン》というところに今の会社はあり、給料は時給で45元（585円）。北京へ行きたいが親は実家が近い大連がいいという。北京は物価に比較して給料が安い。北京で友人とルームシェアをしたときの部屋には窓がなかった。苦しかった。

郭巍が今、住んでいるところは台山村《タイシャンツン》というところである。ルームシェアは中国では普通だ。魏智微も郭巍もしている。

「就職できた理由は何か？　1級や英4級は大切だと思うか？」

「運ではないか？　張瑋《ちょうい》さんを見てそう思う」と郭巍。

郭巍は張瑋が北京の大きな会社に就職できたのは、1級の資格ではなく、彼女の強運のおかげであると考えている。

「張瑋が1級を取ったと聞いて私もびっくりした」

それから食べ放題の店へ入って存分に食べた。食べ終わってから、大連の夜景を見て、そしてバスで帰る二人を見送った。

2012／04／01（日）

〈12：00、チェックアウト〉

今日の宿、三江商務酒店へ行く。押金（デポジット）は400元。1215の角部屋《かど》。

13：00出発、街を散歩する。同興街から天津街、民康街を歩き、ふと気づいて新華書店に入る。美術という単語を辞書で引いて店員に聞く。2階。しかし、二年前の方が充実していた。あまりいい画集はない。曾浩《そうこう》の絵は前ほどいいと思わない。

友好賓館のレストランへ行ってみた。2階へ行けと女子店員がいう。無愛想な感じがした。後で来ると言って出た。

ラマダホテルに着いて胡蝶に電話した。

「2階のロビーのソファーにいる」

胡蝶は赤い服を着て来た。ラマダホテル2階のラウンジでコーヒーを頼み17：00までいた。いろいろ面白い話が聞けた。

胡蝶は魏智微のことを知っていた。そして昨日、魏智微が言っていた07の二人とは張紅艶と王静だということが分かった。ということは昨年、楊璐璐がよくないと言っていた会社、それは魏智微の一番希望していた会社だということになる。胡蝶も面接に行ったという。胡蝶は「いい会社だ」という。

「どういうところがいいの？」

「会社が大きい」

「毎日残業がある」

「私の会社は前は残業があった。でも今はない。小さな会社だ」

王静は6月に張紅艶の推薦でAccentureに入った。胡蝶は3年と4年の12月に1級は受けたが、それ以外は受けていない。胡蝶に恋人がいるらしい。王静にも恋人がいるらしい。彼女が今日来られなかったのはそのせいらしい。

胡蝶は今、転居を考えている。昨日は大家さんにそう言った。会社にはバスを二本乗り継いで行くが一本でいけるところ。今は百合山庄に住んでいるが、海事大学のあたりに転居したいという。会社は10~20人の小さな会社で「斯博瑞《スーボールイ》」といい、大連北西部、前程街にある。中国人だけである。中国語で会話しているが、日本からの問い合わせに日本語のメールで答える仕事。顧客サービスの仕事をしている。給料は2500元。

楊璐璐は今、瀋陽の不動産会社(マンションの賃貸の斡旋)に勤めていて、歩合給なので月3000元の時もある。閑なときは会社でトランプをしているという。

張磊は一番給料がよくて、5000元、時には6000元の給料を稼ぐ。北京の地価は1㎡3万元。大連は1㎡1万元(長春は6000元と聞いたことがある)。

Accentureで張紅艶のもらっている給料は2800元と聞いた。建物も大きい。英語を大切にしている。張紅艶は3年の7月に1級を取り、英語の4級も持っている。

王静は4年の7月に1級を取った。しかし、就職を決めたのは6月だから1級があったから入れたわけではない。彼女が英語4級を持っているかどうかは分からない。

ルームシェアをしている。今は女3人だが、その前は男が一人と女が二人だった。それは何ともない。その男は料理がよくできた。他人と交流できるのは楽しい。情報交換できる。転職もいい。キャリアがアップしていく。転職をしたい。日本語を忘れたくないので日本に関わる仕事をしたい（ルームシェアと言っても、建物が一緒なだけで、必ずしも部屋に同居しているわけではない。炊事場を共同で使うので、その時に交流できるらしい。日本の概念とは違うようだ）。

2012/04/02（月）

〈12：00、外出〉

電子辞書の電池が切れたので、どこで買えるかフロントで聞く。「修竹市場がいい」というので其処へ行く。

電池は簡単に買えたが、中を歩くと地下2階に食堂があり、焼き魚定食があった。日本の料理とほとんど変わらない。労働者風の男たちと一緒に食べた。それから外に出るとケーキ屋があってコーヒーも飲めそうなので入る。紅茶しかなくて紅茶を飲む。店員にボールペンを借りて昨日、一昨日のメモを整理する。それから、雨の中、民主広場から人民路まで歩く。

天津街を戻ると宿に着いた。部屋に入ると今までのカードキーでは入れない。フロントへ行くと「退房《トゥイファン》（チェックアウトしますか）？」と言われた。

「また泊まる」というと、200元の押金（デポジット）をさらに支払わされた。

２０１２／04／03（火）
〈20：15、大連駅着〉
ホテルからとても近い。もしかすると周水子（大連飛行場駅）まで行かないといけないかなと思って、ともかく早めに行ってみることにした。早めにホテルをチェックアウトして歩いて行った。トイレは待合室で済ました。待っている間にすることがあった。今回持って行った前回のガイドブックをくまなく見た。よく分かった。レストランのこと。マッサージ店の所在地など。そして郭巍たちの働いているところ。大連という町がよく分かった。民主広場が飲み屋などの中心地だ。今回はそちらに宿を取って本当によかった。

２０１２／04／04（水）
〈先週の創作会話を読む。明日の課題を見つける〉
ゆっくりやる。教科書は必ずやる。旅行の話をする。仕事のこと。ＢＰＯのこと。ルームシェアのこと。転職のこと。Accentureのことを話してみようかな？　新華書店で東野圭吾の本を熱心に読んでいて、私に質問して来た少女のことを話してみようかな？　討論をしてみようかな？

２０１２／04／05（木）
〈会話　第１グループ〉

金紅瑩、呉紅華、曹雪はまだ故郷にいる。王彤、楊菲菲、孔祥龍はこちらの授業に出席。

馬媛は、「昨日は清明節だったので普段の3倍稼いだ。144元（1872円）。普段は時給8元（104円）。6時間働く。今日16：00オーケーです」。

孫迪（陳智利が代わって言う）は、「4月5日午後～11日（水）大学の就職訓練で今川街（長春市内）の教育ホテルで就職訓練を受けます」。

李娜は欠席しているが誰も何も言わない。大連就職事情を話す。質問は孫辰「生活」、陳智利、王彤「給料」。


〈会話　第2グループ〉

張悦たち（張双、李芳春、周文儀）が休んだ。

「まだ帰っていない」と陳英莉。

昨日の夜、電気が点いていた。だからこれはウソではないか。しかし、4人で何をしているのか？

こんなことは今までになかった。

王紅香が、「昨日戻りました。26日から故郷に帰っていました。宿題はどうすればいいですか？」。

「今回は宿題がありません」

「昨日大学に帰りました」と呉姣。金琳香、陳佳佳は遅れて入ってくる。

大連就職事情について話す。質問は張玲玲、林宝玉、柳金金。創作会話の訂正。張玲玲と張麗が主に答える。張悦がいないと張り合いがない。

〈15：30、馬媛、宋士毓来訪〉

馬媛が、「私は自立した人間になりたい。アルバイトは私にとって大事」と言う。

「分かった。疲れて授業中居眠りしているから、注意した」

2級は98点で合格したという。単語を45点とがんばった。

「誰か、帰って来た人はいる？」

「金紅瑩さんは帰りました」と宋士毓。

「他に、誰か知ってる？」

「李芳春さん、張双さん、崔麗花さんなどもまだ帰っていません」

「張悦さんも？」

「はい」

「周文儀さんも？」

「帰りました」

「授業には出たの？」

「はい」

張悦たちはサボったわけではない。故郷に行って帰らないだけ。少し許す気持ちになった。

しかし、授業に対して情熱がない。会話や精読や文学史に対して。1級や英語4級やテストなど、資格試験に対しては熱心だけれど。これは日本の大学生と同じ。とっても寂しいことだ。しかし、仕方がない。恨んだり、怒ったりできない。しかし、自分の存在の低さを知ってがっかりする。08生も実はそうだった。

不思議なことに劉佳恵だけが私に深く関わるようになった。彼女の感謝の言葉はオーバーだがうれしい。「My dear teacher（親愛なる先生）」と言ってくれる。

補習をしよう。金紅瑩、李芳春、張双、崔麗花、張悦、周文儀、曹雪、呉紅華、張巍。二つか三つに分けてもいい。これはいい考えだ。文学史の時間に予告してもいいだろう。教科書を持ってくること。

「時々、みんなの会話がとてつもなく下手に聞こえる時があるから」

２０１２／04／06（金）

〈８：00、文学史　２４０１教室〉

張悦（白いふあふあコート）、周文儀出席。張双、李芳春欠席。

「『１級を取れれば、就職できるわけではなかった』という大連で聞いた話を昨日はした」と言って張悦を振り向かせた。張悦がだんだん離れて行ったが、彼女が悪いことをしたので、少し反省する心がわき、今日は顔を上げて聞いていた。でももともと性悪だから「笑ったり」隣の周文儀と話したり、きょろきょろしたりする。こういうわがままで奔放なところ、実は昔から、嫌いではない。

朱春婷が怒った。「いけません」藤村が「こま子」と事件を起こした話をしたときだ。彼女はまっすぐな女の子だ。いつもこのように反応する。陳智利は何か思っているが口に出さない。張麗もそうだろう。

呉紅華、曹雪は、今日は後ろに席を取る。文学史は難しいからだろう。

柳金金はまっすぐな目でこちらを見ている。『破戒』の話をしているとき。

休み時間に質問があった。張玲玲は、「藤村は透谷のどこに惹かれたのか?」。

陳智利は「問題集の質問」孫辰「『こま子』は『新生』のヒロイン名か?」。

前半は藤村名作の背景。小諸義塾を辞して『破戒』執筆に掛かる。藤村は三人の子供と妻冬子を亡くす。「こま子」事件を起こしパリへ逃亡。戦争が起こり、帰国。『新生』執筆。再婚。相手は加藤静子。婦人雑誌「処女地」同人。24歳年下。藤村の前妻の子、男四人、女一人がそれぞれ成長。ようやく幸せを得る。第二次大戦前、『夜明け前』完成。大戦中死去。71歳。

「ああ、こんな自分でもどうかして生きたい」

恥でも何でも正直にさらして生きる、これが藤村の生き方であり、名作を生んだ。自然主義文学『破戒』説明。

2012/04/07(土)

〈午前中、西安外事学院のF先生に辞退のメールを送った。西安へは行かないことにする〉

ワード文書にして添付した。覚悟を決めた。

「もう辞める」

内定が取れただけで自己満足。これで吉林中医薬大学の学生に全力投球できる。来年6月、論文答弁会を聞きに来よう。それとも大連に会いに来よう。それでもうよい。大連は来る価値がある。

2012/04/10（火）

〈12：30～13：00、張巍　来寮〉

中国の漢字（簡体字）を入れられるように、テレビを見られるように、パソコンをいじってくれた。

〈15：30～17：20、会話　第2グループ〉

07生、張磊の話を紹介する。

「彼はいくらもらっていたと思う？」

張悦から「1万元」のような反応もあった。

「6000元。それでも辞めた。どうして？」

前半は慣用句、擬態語、擬音語「コケコッコー」とか「ホーホケキョ」とか教えて結構、盛り上がる。前半の授業の終わり頃、天候が急変し雷が鳴る。

「中国で雷を初めて経験しました」

「今の時期はとても珍しいです」と林宝玉。

「いつもはいつ鳴るの？」

「夏です」

休憩時間に窓の近くまで行って外を見る。張双なども見に来る。

〈会話2　終了後、2楼（第2校舎）出口〉

張双などが「雨が大きくなりました」と言うので「『雨がひどくなりました』と言ったほうがいい」とみんなに話しているところへ、宋士毓がやって来て「雨が大きくなりました」と大きな声でいうので近くにいた李芳春など皆がどっと笑う。

宋士毓はコートを手に持っている。

「このコートを頭から、被っていけば帰れるよ」

「このコートは大切なコートです」と宋士毓。

張悦が初めて見るコートを着ている。紺色で肩に庇《ひさし》が付いているもの。

「これはコンピューターで買ったの？」

「いいえ、中東で買いました」

「いつ？」

「先月です」

「これが（肩の庇を指さす）なかなかおしゃれだね」

「買ってみたら、この大学に大勢着ている人がいるんです」

と言って恥ずかしそうに笑う。こういうところがいい。彼女は私を拒絶しているわけではない。

李芳春と話す。彼女は「携帯の番号が変わりました」と言う。携帯を渡して彼女の新しい番号を登録させる。ついでに話す。隣に崔麗花がいる。

「いつ帰ったの？」

「土曜日です」

「君は悪い子だね。先生の授業を2回も休んだ」

「大雪で帰れなかったんです」

「うそ」と崔麗花。李芳春は、

「木曜日に切符を買ったけど、駅員がその切符を返したんです」

大雪で列車が不通になったらしい。

「理由が分かればいい。でもせめてその理由を聞かれる前に言うべきだ」

李芳春は柔らかい笑顔で私の注意を聞いた。私もそれでよかった。

2012／04／12（木）

〈6：25、太極拳〉

目撃した者、朱春婷、張玲玲、朴洪洋、呉姣の部屋の者。近くにいたのは金紅瑩、宋士毓、楊菲菲、陳英莉。太極拳で後ろを見たとき遊んでいる張悦、林宝玉を目撃した。

その帰り。前を歩いていた張悦から「先生」と声がかかる。今日は一昨日と同じ、中東で買った肩庇のある青いコートを羽織っている。靴は茶のハイヒール。昨年、蛟河で履いていたのも茶だったが、それはローヒール。それとは違う。

太極拳はしないで遊んでいたのを見たので「太極拳は忘れた？」と聞く。隣にいる周文儀がいたずらっぽく言う。

「彼女は太極拳をしていません」

張悦は笑っている。ワルい女である。

「私は太極拳を覚えたよ」

「先生の記憶力はすごいです」と張悦。

「すごくはないけど」

「今日は停電しました。君たちは？」

張悦が、「私たちもそうです」。

周文儀は「コンピューターができない」。

「どうするの？」

「教室で勉強します」と周文儀。

「暗くないか？」と聞くと、張悦が、

「5階は明るいです」

「張悦さんは普通話（北京語）の何級の資格を持っているの？」

張悦は笑って、「2級です」。

「周文儀さんも？」

「はい」

「いつ取ったの？」

「去年の9月です」と張悦。

「どうして資格を取るの？」

「教師になるのに必要です」と周文儀。

「難しくないんでしょう」と言うと、張悦が、

「中国人にとって難しくないです」

「じゃぁね」と言って別れる。これだけで楽しい。


〈8：00〜11：25のこと。11：25から停電だという〉

停電になるまで、いろいろやる、洗濯。お湯沸かし。豚汁づくり。今朝の出来事の文章書き。

停電中は明日の授業準備。しゃべることをノートに書く。ワープロで打つよりこれの方がいい。板書の字を間違わない。自分の意図することがはっきりする。

2012／04／13（金）
〈文学史〉
今日の授業はうまくいかなかった。話すことが多すぎて整理ができていなかった。彼らの予想、それに対する対応がうまくいっていない。どこに感動させるか？
張悦は時々聞くが、完全には集中していない。羅雪はうなずいて聞く。後ろに座った呉姣たちが今日はおしゃべりをする。

〈13：15、学習委員の陳英莉からＴＥＬ〉

「（斉爽さんから）『今日の授業に欠席した人は誰ですか』と聞かれました」

「呉紅華、張巍、金紅瑩など六人。どうして？」

「（斉爽さんが）補導員（クラス担任）の先生に聞かれたそうです」

呉紅華は２回連続の欠席。李娜はこの間連絡したので今日は出席。馬媛も今日は出席。

２０１２／04／14（土）

〈20：00（夜８時）、朱春婷よりＴＥＬ〉

「バドミントンをしませんか」

「いつ？」

「今ですよ」

「今どこにいるの？」

「体育館の前にいます」

「じゃぁ、これから行く」

羅雪と郭姍姍もいる。

「今日は何をしていたの？」

「午前中は寝ていました。午後は洗濯とシャワー」と朱春婷。

「お姉さんは。太源（山西省）？」

「松原に帰って仕事をしています」

「楊暁暁が旅行に行ったとき彼女は床《ゆか》に寝たの？」

「ベッドが大きいので三人一緒に寝ました」

羅雪は最近、張玲玲と夜間走っているそうだ。今日は張玲玲が陳智利と出かけたのでバドミントンをしている。季節がよくなると、若い彼らはみんな夜、飛び出して活動する。

2012／04／17（火）

〈6：30、太極拳〉

後ろのサボり屋を観察する。すぐ前に李芳春。彼女はダイエットが成功してとてもほっそりしている、背が高いのでスタイルがいい。張双。彼女は愛想がいいので挨拶を送ってくる。張悦、周文儀。右側は崔麗花、王紅香、林宝玉、柳金金、陳佳佳、金琳香。この子たちは授業でも後ろに座る。王紅香は全く何もしない。このあいだ雪かきの時も何もしなかった。周文儀はちゃんとやる。柳金金もまあまあ。

終わってまた張悦が近づいてくる。今朝もあの、肩庇のある青いコートである。

「今日の会話の授業、前半の授業に出てもいいですか？」

「はい、いいけど、どうして？」

「マッサージの授業を受けたい。資格を取りたいんです。韓健くん、陳英莉さんがその資格をもっています」

「今日は前半の人たちが少ないのでちょうどいいです」

それから張悦は近くにいた柳金金たちに促す。林宝玉が代わって言う。

「今日の会話の授業を休ませていただけませんか？」

「普通話の授業があるんでしょう？　聞いています。16：30から出席してもいいです」

柳金金が、「できるだけ出席できるようにします」。

それから柳金金に話しかける（「王紅香さんでもいいんだけど」と断りながら）。

「美容院へ連れて行ってくれないか？」

「相手の言うことを通訳してほしい」

「それを書きとめておいて私に渡してくれないか」

「中国語の聞き取り練習をする」

「いつがいいですか？」と柳金金。

「君たちはいつがいいの？」

「土曜日はどうですか？」

「あいにく今週の土曜日は用事がある」

林宝玉が、「金曜日の12：30はどうですか？」。

「え、金曜日は授業がないんだっけ？」

「ええ、空いています」

「じゃぁ、そうしよう」

〈会話　第1グループ〉

張悦、周文儀、呉姣がこちらに出席。張悦はこちらの授業に周文儀と一緒に出る。当ててみるがこの二人はよくできる。韓健もよくできる。

最初に「もう寝ていないのか?」をくだけた言い方でいうと、どういえばいいか尋ねる。

張悦は「〜いない」を使いたくないという。なかなかいい。

「何か用事?」と聞かれて、用事がない時はどうくだけてこたえるか、聞くと、周文儀が、「用事なんかありませんよ」と答える。これもいい。

教科書をやる。この授業も楽しい。今日は結果的に副詞の使い方の勉強になった。

馬媛がなげやり。許さず。

相互添削。これはこの間から効果をあげている。

創作会話として次は「自分の心の中の会話」「悪い自分とよい自分の会話」「思索的哲学的会話」などの会話例文を作らせることにする。だんだんレベルを上げて行く。

〈会話第2グループ〉

孫辰、楊暁暁、朱春婷、陳智利がこちらに出席。欠席は張巍ほか。話題は省略し、教科書による授業。相互添削は3回やり、すべて終える。宿題をこちらではっきり言う。2枚。提出は金曜日。

「心中会話、心の中の葛藤や思索的問答」

２０１２／04／19（木）

〈６：30、太極拳〉

真ん中の一番後ろは林宝玉、その前は柳金金。柳金金の前、李芳春、張悦、王紅香の順。左側に張双、金琳香、周文儀。この近くに崔麗花や陳佳佳もいるはずだ。斉爽、金紅瑩、宋士毓、呉姣たちが一番前にいるようだ。呉紅華、曹雪はいるかどうか、分からない。張巍、李娜、韓健は免除されているらしい。

張悦は今日は白い長いトレーナーを着ている。昨日まで来ていた肩庇のある青いコート（腰は肌色のベルトで締めている）ではない。初めて見る。背比べをしたり、とにかく朝から活発で笑顔を振りまいている。帰りはいつものように周文儀と腕を組んで帰る。

２０１２／04／20（金）

〈８：10、文学史　休憩なしで９：50まで行う〉

張悦は今日は姿勢がいい。白のトレーナーを着て背筋を伸ばして聞いている。分かって聞いている。柳金金、朱春婷、張玲玲、王艶麗も顔を起こして聞いている。楊暁暁、陳智利、張麗、陳英莉、林宝玉、金琳香、李芳春、周文儀は下を向いて授業を聞く癖があるが、分かっているはずだ。

最後のところだけ急いだ。夏目漱石の『こころ』。

「先生は35年間苦しみ続けて生きた。誰にも（言えないので）理解されない淋しさを抱えて生きた。その時Kもこうして淋しい気持ちを抱えながら生きたのだと思った。苦しかった。その時明治天皇が死に、乃木大将が殉死した。乃木大将にとって、西南戦争で旗を奪われた罪を背負って生きた35年間の苦しみの方が、殉死した一瞬の苦しみよりは苦しかったに違いない。だから、私にとっては自殺による死は苦しみではない。我執に捉われることをこんなに苦しむのは時代遅れかもしれない。しかし、新しい時代は君が切り開いていってくれ」

現代はエゴイズムを肯定して生きている。だから先生の考えは確かに時代遅れの考えだ。しかし、現代の人も自殺はしないが、先生と同じ苦しみを抱えて生きている」

悪に苦しんだのが漱石、悪を告白したのが自然主義、悪を（あっても）見ないのが理想主義。

〈12：30、美容院へ。20元〉

〈房角石（江山にある喫茶店）へ入る。32元〉

柳金金が、「どうしてKは人を愛して『苦しい』んですか？」と聞く。

「それはね、『恋が罪悪』だからです」

「……」

「荀子という人を知っていますね」

「名前を知っているだけです」と林宝玉。

「性悪だという、『耳目の欲あり』という」

「……」

「恋をするのは欲である。これを抑制しなければ人間は成長しない」

「……」

「Kは恋を『抑制』しようとしているから苦しむ」

林宝玉が、「先生は初恋はいつですか」。

「人はたくさん好きになったが、苦しい恋をしたのは大学1年のときかなあ」

林宝玉、柳金金そろって、「どうして苦しいんですか?」。

「それは、胸の中に秘めているからだと思うよ」

「どうして『好きだ』って言わないんですか?」と林宝玉。

「それは相手からもし『嫌いだ』と言われたら嫌だからだよ」

「勇気がない」

「自分が好きな人から『何とも思っていない』そう言われても傷つく。そういう可能性があるときは言えない。もし、言われたら死んでもいい」笑う。「そういう恋が『苦しい恋』というんだよ」

私の質問。

「寮で生活していて淋しいことはありませんか?」

林宝玉が、「具体的にすることがあるので淋しくありません」。

「淋しさがないのではなく、忙しさに紛らせて忘れているだけでしょう? 根本のところには淋しさがあるんじゃありませんか」

「淋しさもあるけど、楽しさもある」

「同時にそこにいるときはない。淋しさの中にいるとき、あなたはどうしますか？」

「どうしてそんなことを考えるんですか？　思想家とか文学者は」と柳金金が笑って言う。

「普段は何かをしているときは考えません。考えるときに考えるだけです。面白いでしょう？　人間は謎だらけです」

笑っている。

「現代の人はすることがありません。だから、いつも淋しいんだそうです」

「……」

「あなた方の子供はもっと自由になっているかもしれません。その子供たちが理解できないことを言ったり、したりするかもしれません」

林宝玉が、「『勝手にしろ』といいます」。

「ほんとに勝手にしちゃいます。何もしなくても生きて行けるから勝手にしちゃうんです」

二人とも笑う。漱石の影響の強い会話だった。

〈学内超市（大学内にあるスーパー）、22・8元〉

柳金金の好きなお菓子と飲み物。林宝玉の好きなお菓子と飲み物を買う。

〈17：30、陳英莉が作文を持ってくる〉

「陳英莉さんは中国語の発音がきれいだそうですね、張麗さんが言っていました。今度教えに来てくれませんか？　日曜日はどうですか？」

（陳英莉）「ちょうどいいです。私も先生に相談したいことがあります」

「じゃぁ、日曜日の10：00でいいですか。張麗さん、楊菲菲さんの３人で来てください」

「分かりました」

２０１２／04／22（日）

〈10：08、楊菲菲へＴＥＬ〉

「陳英莉さんは近くにいますか？」

「はい、います。（代わる）陳英莉です。今から行きます」

陳英莉はパインアップル、張麗はイモ菓子、楊菲菲はかっぱえびせんと杏《あんず》菓子を手みやげに持ってくる。

相談は留学のことだった。昨日、陳英莉と張麗は他大学へ行き、大学院の授業を聞いた。政治の授業で理科の人には難しいだろうと思ったという。

陳英莉は日本への留学を考えている。

「陳英莉さんの家はお金がありそうだ。お母さんが学校の先生だから」

（陳英莉）「いいえ、給料は２０００元以下です」

「お父さんはエンジニア」

「給料は3000元以下。そして、妹も大学へ行っています」

「思ったときに行かないといけなくなる。今は日本政府がお金を出そうとしているのでチャンスである」

「怖い」

「それは人が怖いからである。中国にいても同じ」

「中国では怖くても、みんな中国人だという安心感がある」

「日本へ行けば必ず友達ができる。中国人のネットワークがある」

「試験科目は何ですか」と張麗。

「英語と作文、面接だろう」

陳英莉が、「地震は大丈夫ですか?」。

「建物が倒れて死ぬことはない。津波対策が取られている。原子力発電所は停止している。実は全く安心なところというのは世界中のどこにもない。一般にいけないとされている無知、無謀が人間を行動的にする。ここで死んでもいいかな、しかたがないかなと思っていると思いきった行動ができる。安全のために注意を払うけれど、興味のためには、ある程度のものを犠牲にしてもいいというような覚悟があれば何でもできる」

「先生の中国語はどうですか」と張麗。

「陳英莉さんが来たから教えてもらうことにしましょう」

確かに陳英莉の発音はきれいで真似しやすい。声は低く、太くて落ち着いている。

2012/04/24（火）

〈6：30、太極拳〉

一番早くから来ているのは、朴洪洋、王艶麗、楊暁暁、孫迪、陳智利。朱春婷はいない。

朴洪洋は今日も、16：30の授業に出るという。理由は明かさなかった。

柳金金、林宝玉、王紅香が一緒に歩いてくる。

最後に張悦グループが来る。張悦は去年の国慶節と同じ格好。紺のブレザーにチェックのシャツ。茶色の靴。

着いてすぐ、張悦が先頭に立って近くに来る。

「今日の授業、私たち四人、15：30に少し遅れてもいいですか」

にこにこしている。

「四人っていうのはあやしい」

「（張悦は笑ったまま）……」

李芳春も「16：30から、授業を休んでもいいですか」。

「じゃぁ、13：30の授業に出たらどうですか」

自然に2列に並ぶ。一番遅れて金琳香が来る。左側、馬媛、金琳香、李芳春、周文儀、張悦、張双の順。右側、陳佳佳、林宝玉、柳金金、王紅香、崔麗花の順だが、王紅香は鞄を肩に掛け、列から離れて張悦の近くに立って話している。

太極拳が終わるとまた李芳春が来て「16：30に遅れて出席してもいいですか」と張悦と同じことを言う。午後、何かがあるのだろう。


〈13：30、会話1〉

臨時に会話2（後半の授業）に出席したいと朴洪洋が言う。胃病のため、大学の紹介で、臨河街《リンホォジェ》（第二章地図参照）の漢方医に通っている。クラスメイトで知っているのは王艶麗だけ。昨年吉林大学病院へ行ったが、治らなかった。今年は治ると思う。この間から後半の授業に出ている。早くから朱春婷がいる。前の方に座っている。楊暁暁、孫迪、陳智利も今日は前に座る。斉爽もしっかりしている。

呉紅華、金紅瑩は後半、寝てしまう。同じグループでは斉爽だけが眠らない。馬媛は前期同様、自習をしている。久しぶりに李娜が出席したが、あまり、調子は良くない。休みすぎて、落ち着かない。


〈15：30、会話2〉

張悦、周文儀、張双、王紅香が16：30頃参加。李芳春は少し遅れただけ。朴洪洋も少し遅れて入る。趙宇も少し遅れて入ってくる。

授業の最後に言う。

「急な授業の変更は困る。準備がある。理由を知らせずに欠席や変更も困る。『金紅瑩』さんの変更は認めている。そういう理由ではない場合、できるだけ元の授業に出席してほしい。けじめが必要だろう」

張悦たちが遅れてきて後ろに座ったのも良くない。張双はひとつ前の席に座り、発言が積極的だった。李芳春も柳金金や張麗もよい。

2012／04／26（木）

〈17：30、学内超市（大学内のスーパー）〉

ペットボトルの大きいサイズの水を二つとお菓子を買う。その帰り周文儀と会う。労働節の予定を聞く。彼女と張悦は帰る。明日帰り、5月1日に戻る。

「土曜日の授業は？」

「先生、内緒」

「私の授業に出ればよい」

矛盾していることは分かっている。

李芳春と張双は帰らない。明日は早く行き、みんなの予定を聞いてまわろう。

周文儀とちょっと話しただけで気分がいい。張悦の予定が分かったことも大きい。

2012／04／27（金）

〈8：00～、文学史〉

教室では王紅香、林宝玉、柳金金の三人が勉強している。

「故郷には帰らないの?」

「帰らないで勉強します」と王紅香。

「何の勉強をしてるの?」

「先生に言われたように2級を受けることにしました」

「高い点で合格するように頑張ろうね」

朴洪洋も来て勉強している。

休み時間に張悦たちのところへ行く。李芳春に「東京珈琲へ行ったか」と聞く。

「……」

「名刺をあげたでしょう?」

「……」

張悦が分かって何か言う。すると李芳春は、

「高いので行ってません」

金頴老師が席をはずしているときに「いつも長い休みにどこかへ出かけていましたが、今回はどこへも行きません」。こう言った時、張悦は顔を起こして聞いていた。呉姣もにこにこして聞いていた。

「今は長春の季節がいいので、この近辺を散歩してみたいと思っています」

〈14:00、陳英莉に中国語を教えてもらう〉

一人で来た。発音を動画で録画した。

陳英莉からクラスの情報を聞いた。

呉姣は故郷に帰った。曹雪、斉爽も帰った。馬媛はアルバイト。朱春婷は帰った。陳佳佳、金琳香も帰った。帰る学生はだいたい、吉林省内に実家のある学生である。

彼女は学習係をしている。その内容を聞いた。教材のコピー。先生の用事。奨学金。

「奨学金はもらっているの？」

「以前、もらっていた（今はもらっていない）」

「2年生のはじめ、少し、乱れていた感じがしたが、何かあったの？」

「コンピューターに接続していた」

「今は」

「コンピューターを故郷に置いてきた。ＭＰ５だけ」

「携帯も壊れてそのまま？」

「はい」

「携帯がないと困るんじゃないの？」

「古い携帯を持っています。必要な時だけ充電します」

「お金が貯まったら何を買う？」

「母にネックレスを買います」

「どこで働きたい？」

「上海、青島」

「留学は？」

「父が反対しています。それに何を研究するか、決められません」

「従姉はどこにいるんだっけ？」

「杭州と天津にいます。母の姉の子供です」

2012／04／28（土）

〈12：30、陳智利に電話〉

「今、軽軌の中です」

へえ、軽軌で市内まで遊びに行ったのか？

「誰かと一緒？」

「張玲玲さんと一緒です」

「分かった。帰ったら、夜、電話して」


〈17：40頃、陳智利から電話〉

「明日も天気がいいよね。散歩に行きたいんだが、一緒に行かない？　どこか行きたいところ、ある？」

「じゃぁ、浄月潭公園へ行ってみたいです」

「それじゃ、そうしよう。今の季節に行ったことがないのでちょうどいい。早く行く？　何時に、何処？」

「9：00、食堂前」


〈21：35、陳智利〉

「さっきは人がいたので、長く話せなかった。明日はほかに誰が行く？」

「朱春婷さん」

「朱春婷は帰ったと思っていました。彼女はいたの？」

「三人で行きます」

朱春婷が来ると楽しくなる。

「朱春婷は行ったことがあるのかな？」

「あるそうです」

「昼ご飯はどうする？」

「パンを買って行きます」

「じゃぁ、東北師範大学にでも寄って買って行こうか？」

「はい」

「ところで今日は何だったの？」

「普通話（北京語）の試験です」

「あぁ、そうだったの。じゃ、今日行った人は大勢いたんだね」

楊暁暁、孫辰もそのはずである。

「君たちにとって普通話は難しくないんでしょ」

「先生が勉強しているのは普通話です」

「私はみんなが話してる会話が聞きとりたくてね。明日よろしくね」

「9：00、食堂前」

〈22：24　学生寮の窓の明かりを見る。3年になってから、寒い1階から3階へ移動している〉
どの部屋にも明かりがついている。なんだみんないるじゃないか、と思う。呉姣の部屋も誰かがいる。誰だろう？　宋士毓の部屋も誰かがいる。宋士毓が帰らないで頑張っているのかな？　昨年の08よりもみんな頑張っている。頼もしい。なんだ張悦と周文儀だけなんじゃないか、そう思う。

2012／04／29（日）

〈9：00～17：00、浄月潭公園〉

〈反日感情〉

「あなた方の周囲の人は日本が嫌いですか？」

「はい、なぜ日本語を勉強しているのか、とよく聞かれます」

「私たちが日本語で話しているので、みんな振り返ります」と朱春婷。

二人の女子学生から声をかけられる。

「日本語を勉強しています」

「どこの大学?」

「人文学院です」

しばらく先でその二人を含んで6人ぐらいの女子学生がベンチで休んでいてまた声をかけられる。

「人文学院のS先生を知っています」

「S先生に教わっています」

うれしそうに言う子もいる。


〈陳智利の恋人〉

「同級生ですよ」と朱春婷。

それでも陳智利は告白しなかった。鹿園を見た後、言った。

「今思いついた、張兵くんでしょう」

朱春婷はVサインを出した。

「どうして分かりましたか?」と陳智利。

「作文に結婚のことを書いてきた。男子はあまりこういうことは書かない」

陳智利が、「正直な人だ」。

〈三人でした会話〉

ＱＱでのやりとりを解説してもらう。

「高すぎる」、これは本学図書館にできた映画館の入場料が高すぎる、という意味である。

朱春婷が、

「先週私は、王彤、張双と三人で映画館で表彰式に参加した。今度できた映画館はこんなふうに講堂にもなる」

「そこで上映される、映画の値段が高い。長春大学はたった5元である」などとＱＱ群で言い合っている。

「先生は怪談が好きですか？」

「殺しは好きではない、綺麗なのは好き。韓健はホラー映画が好きだそうだ」

「異常」と朱春婷。

〈浄月潭からの帰り〉

軽軌を降りて朱春婷が陳智利が急に元気になったのでうるさいと言っているらしい。陳智利は車酔いがひどいので、車中ではおとなしい。陳智利が、

「朱春婷さんは悪い人でしょう」と同意を求めて来る。

「『悪は魅力的である』これが私の文学史のテーマです。『善はつまらない』、どうして？」

「常識的、平凡」と朱春婷。

なんだ、ちゃんと分かっているじゃないか！

仁徳のあたりで話したこと。昨日、普通話考試を受けた人は？

「孫辰、張玲玲、楊暁暁、林宝玉、柳金金」

食堂の近くに来て別れるときに、

「今日は張兵君を呼べばよかったかなあ」

陳智利が、「それはつまらない」。

朱春婷は何も言わなかった。なぜつまらないか分からないが納得する。


〈21：15、一番良かった会話〉

「悪について『悪』が分からなければ文学は分からない」

「実際の悪人とは『悪』について話せない。私は心が安定している人がいい。しかし、平凡な人は嫌い。いつも常識を言う人は嫌い。悩んでいる人は好き。日頃善人な人で『悪いことを考える人』『言う人』そういう人と話すのが楽しい。人間は『りんご』を食べて神から人間になった。その時からだれでも完璧ではない。アポロンであろうとするが。ディオニソスである。完璧な人になろうと努力するが乱れることも好きである」

明日もう一度二人を呼んで話してもいいと思った。

「日本の写真を見たことがない」と言うから。

2012／05／05（土）
〈起きてすぐ文学史の採点をした。15：00くらいまでかかった〉
張悦の悪いのにショック。彼女はだんだん悪くなる。本性が出てくる。

〈『格闘少女』（ファイティングガール）NO．2を観る〉
NO．1は以前見てあった。だんだん良くなる。

2012／05／06（日）
〈『格闘少女』（ファイティングガール）NO．3を観る〉
2001年フジテレビで放映。深田恭子主演。ユンソナと二人で服装店を開く。パスポートで来てユンソナは営業しようとする、そういう内容。のんびりした時代だった。恭子の演ずる女の子は出身中学のプールに夜間忍び込んで泳ぐ。これなども今では考えられない。11年も前の話。

2012／05／07（月）
〈9：30『格闘少女』NO．4〉
フリーマーケットで売ろうとするが、客が来ない。たまりかねて沙耶子（深田恭子）が立ち上がり「これ1500円」と広げて見せる。隣にいた若い二人の少女が店に来て品物を見る。気に入ったものがあるらしく、それを手にする。亜美（ユンソナ）が「1000円」続けて「800円」と値を下げて行く。「８００円」という亜美に沙耶子はさすがに腹を立て「私の作品はそんなに価値の低いものじゃない」と言って、どうしても一着売ろうとする亜美と喧嘩になる。そこへ沙耶子の中学時代の友人が通りかかり、向こうで同じ品物を安く売っていると教えてくれる。二人はそこへ行き、売主をみてびっくり。それは店にはじめてきて沙耶子のオリジナルＴシャツを２０００円で買って行った女の客だった。彼女は沙耶子の作品をコピーして安く売っていたのだった。

亜美「あなたは卑怯です。ウソつかないでください」

女「それが何か」

亜美「これは沙耶子が苦労して作ったものです。あなたのオリジナルじゃないでしょう！」

女「いいかげんにやめてよ。いいものを真似したっていいでしょ。それがいやだったら特許でも取っとけば！？」

沙耶子と女の間で格闘となり、その結果、沙耶子たちは壊した製品の弁償をさせられてしまう。帰り途。

亜美「私たちもいいものをどんどんコピーして売りましょ！」

沙耶子「何、言ってるの。あなたも怒っていたでしょ！」

亜美「……」

沙耶子「私が怒ったのは人が作ったものを、あいつが平気でコピーしたから」

亜美「韓国ではそんなの普通のことよ」

〈張巍に頼んで格闘少女NO．4をコピーしてもらうことにした〉

〈台詞《せりふ》をプリントアウトした〉

「アニョン（沙耶子の服装店）に初めて女性客が来て沙耶子のオリジナルTシャツを1枚2千円で買って行く場面」、明日の授業でこれをやろう。日本人のように発音してみよう。

2012／05／08（火）

〈6：30、太極拳〉

張麗が一番前に一人でいる。離れて朴洪洋、王艶麗。王紅香、林宝玉、柳金金もういる。柳金金は鞄を持っている。太極拳の後、教室で勉強するという。楊暁暁もいた。張玲玲、郭姍姍、呉立圓、羅雪、孫迪、朱春婷、陳智利もいたと思う。

呉姣、張爽、趙宇、孫辰は私より後から来る。張悦、張双、李芳春、周文儀、陳佳佳、金琳香、金紅瑩、宋士毓、斉爽はギリギリに来る。曹雪、呉紅華は欠席。男子は孔祥龍が欠席。そのため全員残されて、王彤が補導員教師（クラス担任）から指導を受ける。

英語科はもっと欠席が多い。去年の日本語科3年生はもっとひどかった。しかし、放置できないものを補導員は感じたのであろう。

楊菲菲は、彼女たちの部屋では一番早い。陳英莉はよそいきのようなロングスカートを穿いて靴も高靴を履いて遅刻してくる。馬媛は最後近くに来る。張巍、李娜は免除。

張悦はいつもと変わらない。今日も白の長そでトレーナーだ。全く白ではなくて何か字が書いてあるのを着ている。途中で王紅香が太極拳を止めて張悦のところに話しに来る。張悦のすぐ後ろが張双、林宝玉、柳金金、張兵の順。右側が韓健、馬媛、周文儀、王紅香の順。終わっても全員残っている。隣の英語科も同じ。英語科の二人の女の子がかなり長く補導員（クラス担任）の指導を受けている。その後、日本語科は王彤が代表して説教を受けた。帰りは王彤と帰る。

「注意を受けたの？」

「欠席が多い。呉紅華さん、曹雪さんの二人……」


〈会話1〉

授業の順序は、
1、教科書「本日の予定　教科書『第18課会話2』は各自で自習、読んで暗唱しておく」
2、ドラマ「格闘少女」を見る。女が沙耶子の店を訪れ、2千円の買い物をするところから最後まで。10分くらいだが、張悦は途中、見ていない時がある。
3、音読。解釈。やはり、ここは陳智利が冴える。沙耶子と亜美の価値観の相違。
4、もう一度、ドラマ、読んだところだけを観る。朱春婷「ハルビンへ帰る友達を見送りたい」と言って早退する。
5、休憩。
休憩時間中、張悦はずーっとうつ伏している。張悦を起こして、授業を開始。

読み合わせ。全員で3回読む。最初は読むだけ。2度目、間を取ったり、解釈を入れたりして読む。

3度目、動作を入れて読む…Tシャツに見入って（客）「これいいねぇ」沙耶子の肩を叩いて（亜美）「この人が作ったの」お金を渡して（亜美）「はいッ」両手を挙げて（沙耶子）「元気出たー」沙耶子を見送ってから（亜美）「日本人って変ね」。


〈授業の終わりに張悦、周文儀、王紅香呼ぶ〉

「どうしてこの授業に出ることにしたの？」

張悦と周文儀が、「本学医師紹介の病院へこれから行く」

「どこか具合が悪いの？」

「お腹の調子が悪い」と張悦。

「三人一緒というのが何か怪しいが……でもいい、結果が分かったら教えなさい」


〈会話2、こちらの授業の方がいつもうまくいく〉

林宝玉が上手。

「何言ってるの？」

王彤の笑い方が上手。

（張玲玲）「亜美、眼怖いよ」

（趙宇）「沙耶子こそ」を何度もやらせて上手になる。

（柳金金）「元気出たー」で両手を挙げる。それを採用する。

2012／05／09（水）

〈太極拳〉

朴洪洋、張麗、王艶麗、王彤がかたまって話している。それと離れて朱春婷、陳智利がいる。王紅香、林宝玉、柳金金も早い。張悦、周文儀も今日はもう来ている。そこへ行く。

「今日の午前10：00か午後13：30、時間はありますか」

（張悦、笑って、周文儀の方を見ながら）「今日は大学へ行きます」

「明日は？」

「明日は午前も午後も授業があります」

「金曜日でもいいの？」

「金曜日の午後」

「午後何時？」

「13：30」

「授業はないんだっけ？」

「ありません」と周文儀。

「張悦さんと話をしたい。（周文儀へ）一緒に来てもいいよ。張悦さんに用事がある」

張悦がうなずく。

左列（後ろから）：孫迪、楊暁暁、張兵、柳金金、林宝玉、張双、李芳春、金琳香、陳佳佳。右列

（後ろから）：韓健、張悦、周文儀、王紅香、馬媛。

右列の一番前には呉姣、朴洪洋、王艶麗、張麗が続いているだろう。張爽、趙宇、孫辰たちも続いているだろう。楊菲菲、陳英莉もこの辺。左側の前には張玲玲、郭姍姍、呉立圓、羅雪がいるかもしれない。その後に宋士毓、金紅瑩、朱春婷、陳智利。曹雪、呉紅華、斉爽はいたのだろうか？　崔麗花、孔祥龍は欠席。

張悦は薄いサマーセーターの下に白い肌着を身に着けている。その下に黒いブラジャーの紐が透けて見える。とてもセクシーな格好だ。

バスケットコートを出て、張悦は後ろを一度振り向いて、それから周文儀の右手を左手でくんで百《ひゃく》草《そう》公園の方へ歩く。良かった、すぐ後ろにいなくて。彼女にはこのようにキョロキョロする癖がある。いたずらっぽく、子供っぽい。日本の高校生っぽい。

張双が合流して張悦の右側を歩く。そういえばこの3人の格好はよそいきっぽい。食堂へ行こうとしたが、右に直角に曲がり図書館前に進む。陳英莉、楊菲菲、張麗と出くわす。もうみんな前を歩いていると思っていたのに意外だった。

「太極拳が上手になりましたね」と陳英莉。

「いえまだまだ」

短い会話で終わらせる。図書館前から百草公園の方へ向かう。向こうから林宝玉と柳金金が歩いてくる。林宝玉が、

「一緒にご飯を食べませんか」

「ありがとう、おなかいっぱいです」

張悦、周文儀、張双の三人は軽軌の方へ歩いて行く。それを見届けてから、図書館の階段の下の道を通って寮に戻った。「大学へ行く」と言っていた。

「そうか、吉林大学の中をぶらぶらするのかな」

「授業を受けるわけじゃないだろうな」

昨日、馬媛が最後の1年なので楽しみたいと言っていた。張悦たちもそれをしているのかな、そう思った。3月、新学期が始まった時と何という落差だろう。その辺を聞いてみたい。

「何かいいことをしているんでしょう?」

「真面目に大学に行ってるんではないでしょう?」

とにかく張悦への取材が必要だ。

「先生が知りたいのは本当のこと」

「勉強しなくなったので注意もしたいが、それ以上に君たちがやろうとしていることは何か、それを知りたい」

金曜日13:30に約束した。これができたので安心する。今週は良い週になりそうだ。

2012/05/10(木)

〈6:30、太極拳〉

今日も張悦は来ている。周文儀と一緒にいる。

「昨日はどの大学に行ったの？」

　周文儀は張悦に言えと促す。

「農業大学へ行きました」と張悦。

「野菜などを売っているそうだね」

「はい、でも江山《こうざん》（大学近くの商店街）の方がいいと思います」

「張悦さんは野菜を買うより、衣服を買う方が似合っていると思いますけど……」

　張悦は笑うが、「どうしてですか」などと言わないで笑っている。一日中いる価値があるとは思えない。何よりも軽軌の方へ歩いて行くのを見たから、「農業大学は軽軌に乗って行くの？」これがはっきりすれば、すべてはよくなるかもしれない。授業に欠席すること。出席しても集中できないこと。試験があっても準備をして来ないこと。これらの全てが解決するだろう。一度へこませる。そうすれば、すべてがはっきりするだろう。しかし、馬媛のように反撃して来ないか？　それも心配だ。

　呉紅華が「おはようございます」近くに斉爽、曹雪もいる。

「久しぶりだね」

　林宝玉と柳金金も挨拶をしてくれる。楊暁暁、孫迪は今日も後ろの男子に交じって行う。

　今日、最後に来たのは、陳佳佳と金琳香。帰りも早い。それを李芳春が追いかけて行く。今日は張悦を見失った。太極拳の時から分からない。しかし、今日も昨日と同じ、薄茶のカーディガンを羽織っていた。

2012／05／11（金）

〈7：40、文学史〉

来た順に答案を返す。70点をほめる。

「よく勉強してきたね」

その子は大学院へ行こうとしている。大学院の試験科目には文学史がある。だから、難しくとも日本語科の授業には「文学史」の科目がある。大学の教師になるには大学院を出ないといけない。

理想主義、白樺派の作家たちを挙げる。そして高村光太郎。光太郎が耽美派から理想主義へ転じたのはある女性との出会いから。その人の名前を長沼智恵子という。

人との出会いから、次々と歌が生まれるという例は今までにもあったね。

「はい」

「誰ですか」

「与謝野晶子」

「北原白秋」

「島崎藤村」

緊張したものがほっとしたときにも小説や歌ができる……夏目漱石、石川啄木、北原白秋童謡。

楊暁暁の「島崎藤村が姪と密通したのは理解できない。太宰治について『死ぬなら一人で死ねよ』と思った」や、張玲玲の「『こころ』は図書館で読んだ。先生と書生は同性愛かと思った」など、なかなか面白い。

「二人の感想はなかなかいい。私が教えなかったようなことにも触れてよく読んでいる。自分が感じたことを言う。それがいい」

（金顥老師《せんせい》）「自分が学んだ文学史は『何年に何があった』というものだが谷川先生のは、内容が深い。島崎藤村の『初恋』がいい。初恋をしてから何年か経ってわき出るというのがよく分かる」


〈12：45〉

12：40、張悦に電話したが通じない。周文儀にも通じない。

張悦が王紅香と一緒に来る。周文儀が来ないので意外だったし、話の方向が少し、狂った。

401室で張悦と面談する。エクセルの表（文学史の成績）を見せる。理由を彼女はこんな風に説明した。

「指示を間違えた」

「それにしてもよくないがどうしてなのだろう？」

「最近、体の具合が悪い」

「どうしたの？」

「中学からの病気である」

「どういう」

「元気が出ない。力が入らない」

「それでこの間、病院へ行ったんだね？」

「はい」

「どうしてるの」

「中医薬を飲んでいる」

「外見からはそう見えないけどね」

「それから祖母の具合が悪い」

「どうしたの?」

「父の母は骨折で入院。母の母も入院。清明節も労働節もそのため帰った」

「母の母はおいくつ?」

「82歳」

「どういう病気?」

「老年病。二人とも今は退院している。その後、病院へ通ったりしている」

「寮の食事は家のと違ってバランスがよくない」

王紅香と一緒でもいいというので402へ行って三人で話す。昨日買ったお菓子をあげようとしたが「いらない」お茶も「いらない」。「ご飯を食べたばかりだから」という。

「どうしたら具合はよくなるのか」

「米と野菜を食べるのがいいと医者は言う」

「食堂の料理はおいしくない」

「寮で料理は作れない」

「野菜はこんなにあるよ」

「ここで料理を作ってみる?」

「悩みがある」

「それはどんな悩みか」

「中国では入学、就職、未来のことでみんな悩む」

「給料が低いという悩みを書いていたね」

「親に仕送りできない」

「どのくらいの給料があればいいの?　大連だったら」

「3000元」

「長春で100元で暮らしている人がいる」

「300元という人もいる。その人の給料は1500元」

「そこのマンションは2000元だそうだ」

「私の弟は山東省にいる。給料は2500元らしい。詳しくは知らないが……」

「その弟さんはどの人の子供?」

「父の兄の子供」

「あとどうしたらいいと思う?」

「楽しいことをする」

「どんなことをして楽しむの?」

「ドラマを観る」

「韓国ドラマ？」

「今はアメリカのドラマと日本のドラマ」

「例えば？」

「吸血鬼日記」

「日本のは？」

「今、思い出せない」

王紅香も張悦、周文儀と3人で病院へ行った。周文儀の病気は一番軽いという。王紅香にも聞く。

「勉強の様子は」

「聴力がよくない」

「聴力《チンリ》」と発音して張悦に「聴力《ティンリ》」と直される。

「楽しみながら勉強しよう」とアドバイスする。張悦が通訳する。ドラマはあまり見ないらしい。

「ドラマでなくても日本語の聞こえるものなら何でもいい」

張悦が優しく通訳する。王紅香は固い表情のままだ。また張悦と話す。

「1級は受験するの？」

「いまそれで後悔しています」

「聴解と読解が大切だと思ってやってきました。しかし、単語が覚えられません。英語4級を優先させます」

「4月は教室で、時々勉強しましたが、5月からは教室へ、毎日行って勉強します」

今日は張悦が授業中に王紅香のところへ行ってなにやら話していた。私が近くへ行ったので少し止めたが、また話して、しばらくしてから、張悦はもとの周文儀の隣の席に戻った。ずーっと「寮に一緒に行ってほしい」と話していたのではないか。

王紅香は親戚の人が来るか何かで時間がないと言ったらしい。それで張悦は彼女に合わせて12：30と言い始めた。火曜日に予定した13：30ではなく。13：30頃から王紅香は帰ると言い始める。張悦は少しあわてる。

意地悪く「君だけまだいたらどうだ」というが、彼女は帰らないといけないかのように言う。

「明日のコンピューターの授業とは何か」

「計算機↓上機操作（コンピューターを使った計算）」と張悦は書く。

「大学でやるのか?」

「違う」

「仁徳の『奇想』?」と聞くと、「そうだ」と言う。五、六人で参加すると言う。彼女は12：30にしてほしい理由を「明日コンピューターの授業があるから（その準備で）」と言った。もしかすると周文儀が来なかったのはそのせいなのかもしれない。張悦は困って王紅香に頼んだ。

「一人でくればいいのに」、そう思って「来週は?」と聞いてみた。

「来週のことは分からない」。これが張悦の返事だ。

週末、会話のグループを決めないといけない。

「王紅香さんはどうする？」

「呉姣さんたちとやります」

「張悦さんは？」

「まだ決めていません」

本当に王紅香はもう行かなければならない雰囲気になる。

「今日はこれまでにしよう」

「先生、さよなら」

帰りの彼女たちの動きを4階の窓から見た。二人は図書館の方へ向かった。仁徳《にんとく》の方へ行くのかな？　と思っていると左へ曲がった。軽軌に乗る雰囲気である。そうだ今度、張悦と王紅香にカレーを作ってあげよう。それとも、周文儀を呼ぶ？


〈張双に携帯メールを送った〉

「張双、できるだけ早く電話ください」

（19：10張双）「先生、張双です」

「今、どこですか？」

（張双）「田舎に帰っています」

「そう、今日の授業にいなかったので……」

（張双）「すみません、今週の水曜日から帰っています」

る。

「そう、重大なことがあったの?」

(張双)「はい」彼女の家は農家で、人手が足りないことがある。私はそれを彼女に聞いて知ってい

「分かった。会話のグループどうするの?」

(張双)「寮の人とチームを作ります」

「今度は三人だからね。誰と組むか? 今日中に寮の人に電話しておいてね。陳英莉さんが私に日曜日に報告することになっているから」

そうか、これで分かった。張悦がまだ決まっていないと言っているわけが。張双が帰っちゃっているから決まらないいんだ。張悦はすごい言語不足。

今日授業で長沼智恵子について紹介した。彼女は無口。太平絵画会研究所で油絵を習っている時も、書き終えると、無駄話をしないでさっさと帰っていったという。とても小さな声で話すし、とっつきにくい。話すときは田村俊子が通訳して話すような具合だった。しかし、絵画は非常にまじめ、行動は意志的。光太郎に対しても智恵子の方から好きになった。光太郎の友人、柳啓助(洋画家)の妻、柳八重(日本女子大学校国文学部第一期生)の友人に光太郎との出会いを斡旋してもらう。いざというときはそういう積極性のある女性だった。

張悦は芯が強いと思う。決して無口ではない。しかし、とっつきにくい。

「私は私(我是就我)」という信念を持っている。

〈20：10、崔麗花に携帯メール〉

「崔麗花、できるだけ早く電話ください」

（崔麗花）「先生！」

「崔さん、今時間はいいですか？」

「ちょっと……」

「じゃぁ、後で電話ください」

「あっ、今ならいいです」

「あのね、明日は時間がありますか？」

「夜は用事があります」

「昼間は」

「空いています」

「あのね、彫刻公園というのがあるでしょう」

「彫刻公園？」

「彫刻《ディアオクォ》」

「あ、分かりました」

「そこへ行ってみたいんです。あなたたちの部屋の人で連れてってくれませんか」

「はい、聞いてみます」

「先生」

「はい」

「用事のある人がいます。それから明日は雨だそうです。来週の土曜日はどうですか」

「来週土曜日でもいいですが、水曜日はどうですか？　10：00過ぎに……。また聞いてみてください」

また少し待つ。

「水曜日、みんな大丈夫です」

「じゃぁ、授業が終わって用意ができたら、私に電話してください。職員寮の下へ降りて行きます」

これで、去年の国慶節旅行に案内してくれた、崔麗花の骨折りへのお礼としよう。崔麗花は「私が案内します」と言ってくれていたから、張悦に頼まれて一人で案内するつもりだったかもしれない。

同室の二人はおとなしくあまり話をしないが、美術が好きだと聞いているので喜んでくれるだろう。

第七章　思わぬ収穫

長春・雕塑公園

２０１２／05／13（日）

〈6：00頃、起床〉

〈炊事、洗濯〉

〈『格闘少女（ファイティングガール）』脚本２の中国語会話〉

ピンイン（中国語の発音記号）を書いているうちに思い出した。中国では、小学校でピンインだけで学ぶ。これはだれから聞いたのだろう。王弘揚かもしれない。

〈17：00、陳英莉がグループ表を持ってくる〉

斉爽、李娜が抜けている。李芳春は張悦と組み、二役をやる。周文儀、張双は張立海と組む。朴洪洋、王艶麗は曹雪と組み、後半クラスで演技する。

〈陳英莉が注意した発音〉

Zhàn zhāng この中で zhāng は大体よい。要するに an の口ができていない。Ｎを発音する時鼻母音化してしまう。ｊｕやｑｕを発音する時ｊとｑは口を閉じる。

２０１２／05／14（月）

〈12：20、瀋陽にいる卒業生楊璐璐にＱＱ〉

給料は３０００元。これより高い時もある。親にお金をあげた。金暢さんもそのくらいもらっている。無錫は物価が高いけど……。金暢、王静、胡蝶の電話やQQを教えてもらった。彼女らにも聞いて3年生を元気づける情報を得よう。

〈『格闘少女』（ファイティングガール）脚本2の中国語台本を完成させる〉

やっと、中国語の勉強方法が分かった。脚本の中国語をピンインにしていく。辞書の発音で言ってみる。QQで彼らが言っている言葉も意味を調べる。何を言っているのか、研究する。「覚得 juéde～と思う、感じる」これはQQによく出てくる。

2012/05/15（火）

〈6：30、太極拳〉

今日は珍しく、みんな前の方で演技をする。それから3列で演技するのも珍しい。周文儀が左の一番前、次が李芳春、王紅香、金紅瑩、張悦、宋士毓、楊菲菲、陳英莉（フードで頭まで覆っている）、金琳香、文成育、張兵の順。真ん中の列は一番前が朱春婷、楊暁暁、范艶紅、孫辰、陳佳佳、柳金金、私、韓健の順。右側は一番前が呉姣、朴洪洋、郭姍姍、羅雪、趙宇、林宝玉（彼女が私に話しかける「芝居のせりふはもう覚えました」、私が答える「アクセントやしぐさが大切です」）、馬媛（彼女は最初からかなり大きな声でしゃべり続けていたが文成育に何か言われて黙る。文成育は病気で留年したが、もともと08生なので兄貴分である）、王弘揚（終わってから私の近くに来て、今日の実技発表を後半の授業にしてくれという。「後半が多くて困っているが、今日はいい」）、孔祥龍（孔祥龍の前回の欠席は友人の結婚式に参加したため。田舎なので長時間かかったという。「芝居のせりふはもう覚えました」と彼は言う）の順。曹雪、呉紅華、斉爽、張麗、張巍、張双、張玲玲、呉立圓、孫迪、陳智利、高宇辰、崔麗花、李娜の姿は確認できなかった。

〈会話1　以下の順番で演技　動画撮影をする〉

1、張爽、范艶紅、孫辰　2、郭姍姍、羅雪、呉立圓　3、呉紅華、金紅瑩、于名月　4、（于名月）、王暁琳、斉爽　5、姜洪丹、陳智利、王旭　6、楊暁暁　孫迪　朱春婷　7、張兵、韓健、王玉雷

以上の発表順番にする。沙耶子役の子を前に出させてジャンケンで決める。于名月は李娜の代わり…ダブルキャスト。陳智利がとても上手、それにつられて姜洪丹も王旭も上手。声の小さい人はアクセントがはっきりしないが陳智利はよい。王暁琳、斉爽、于名月もいい。于名月はよく練習してあって、仕草もいいがアクセントがよくない。呉紅華はよく覚えてあるが、仕草がついて来ない。楊暁暁は恥ずかしがっていてアクセントも悪い。姜洪丹と楊暁暁が後ろを向いて演技をした。

王玉雷が行き詰ると観客席を見る。すると呉紅華や于名月がプロンプターとなる。それがほほえましい。

范艶紅が授業終了後来て、就職訓練で木曜から来週水曜日まで大学を離れるという。今までにも、王彤、張双、孫迪が行った。

〈会話2〉

出席を取る。張双、李芳春は「欠席」と張悦が返事をする。張巍も欠席。

「グループはどうするの?」

陳英莉が、「〈周文儀、張双、張立海〉の当初グループの張双さんの代わりに張悦さんが入ります」。

「君たちのグループは」

「張巍さんの代わりに張立海くんが入ります」

「なるほど、分かった」

会話1同様、沙耶子役の学生を前に出させて、じゃんけんで順番を決めた。こういう勝負事は張悦は好きだ。グループが多いので最初に二人ずつ、ジャンケンさせて勝ったグループと負けたグループに分けて順番を決める。張悦は最初勝ったが、勝ったグループでは一番負けて、順番は6番となる。

1、張玲玲、張麗、趙宇　2、王彤、文成育、孔祥龍　3、陳佳佳、宋士毓、金琳香　4、殷月、崔麗花、高宇辰　5、呉姣、汪永嬌、王紅香　6、張悦、周文儀、張立海　7、陳英莉、楊菲菲、張立海　8、王弘揚、郭洋洋、馬媛　9、梁洪麗、柳金金、林宝玉　10、朴洪洋、王艶麗、曹雪

1、張玲玲たちはトップバッターのせいか、ちょっとせりふが出てこなかったりしてチグハグ。趙宇がずーっと観客に背を向けて話したのも良くない。しかしどうしても背を向けてしまう。

2、王彤の演技がうまく、爆笑。

3、陳佳佳、宋士毓、金琳香たちは笑いすぎ。

4、殷月、崔麗花、高宇辰たちは上手。

5、呉姣、汪永嬌、王紅香たちは王紅香の暗記がいまいち。汪永嬌は一生懸命でいい。
6、周文儀が熱のこもった演技をする。張悦も自然体で、アクセント仕草ともいい。
7、陳英莉、楊菲菲もいいが、亜美役の楊菲菲に元気があった方がいい。
8、郭洋洋はよくやった。彼女は留年した08生。スピーチで泣いたりしたが、ここまで頑張っている。
9、柳金金も仕草が上手。林宝玉は謎の女の雰囲気がよく出ている。
10、朴洪洋、王艶麗、曹雪はせりふが入っていない。王艶麗のお札を見る仕草、日本ではしない。
後半は次回のせりふの注意。張悦は机にうつ伏したまま。

「張悦さん大丈夫ですか?」と声をかけるが首を横に振るだけ。

〈総括　欠席…張双、李芳春、張巍、李娜〉
意欲が一番大切だ。暗記不足は意欲の問題。蓄積の問題。取り組みの問題。もっと役になりきらなければ。文章を書くときもそれと同じ。相手をだますくらいの気持ちで書かないといけない。

〈階段～食堂までの帰り道、陳英莉、楊菲菲と話す〉

「張巍さんと次回もチームを組むとき、前半のクラスに来てもいいですよ。彼女は17：30から授業があるらしいから」

「はい、分かりました」

「張悦さんはどうしたんだろうね」

「女の子には具合の悪くなるときがありますから」

「それだったのなら、安心です」

「張双さんはどうしたんだろうね。彼女は日曜日に電話をくれて、その時は『周文儀さんと張立海さんとやります』とわざわざ言ってくれたんだけどね」

「病気なんじゃないでしょうか」

「李芳春さんもどうしたんだろう?」

「何か急用ができたのかもしれません」


〈21：30頃、08生劉佳恵よりメール…出張中の江蘇省「張家港市」のホテルから〉

彼女は今、南京の衣料品会社でインターン中。

前半の会話は、帽子に関する用語についての質問、輸入に関するメール文の解釈。

「『コンテナ混送可能につき価格検討中（後日）』の意味はなんですか?」というような。

「業界では強い人が分からない言語を使う」

「こういう人は強い人でかっこいい人で悪い人」などと調子づいておしゃべりを展開する。彼女も、

「私もちょっと悪女のところがある」などと乗ってくるので楽しい。

2012／05／16（水）

〈10：00～14：30、高宇辰、殷月、崔麗花と一緒に彫刻（雕塑《ディアオスー》）公園（第二章地図参照）へ行く、その後〉

衛星広場（第二章地図参照）の面対面で麺を食べる。崔麗花は先週と先々週の17：45～18：00放送室から日本文化について放送した。だから朝の太極拳は今学期免除。こうしてプライベートで話しているといろんなことが分かってくる。

同室の英語科の学生は長春市の人。土日も親が働いているので帰らないという。殷月は家が農家だが、手伝いをするのは弟だけ。自分は農家を継がないから、手伝いをしないのだ、という。帰ってから崔麗花からメールが届いた。

「先生のおかげで綺麗な公園で美しい彫刻とおいしい麺が食べられました。ありがとうございました」というもの。この子は今日気づいたが、耳にピアスをしている。

それぞれの身長を聞いた。殷月159センチ。大きく見えるのは靴のせい。高宇辰164・3と細かく答える。崔麗花は「秘密だ」と言っていたが最終的に教えてくれた。162センチ。小学校時代は高かったが、そこで成長が止まった、という。中国・東北地方の女の子は、一般的に皆、背が高い。

2012／05／17（木）

〈一昨日の会話1、会話2の整理をする〉

張悦は実技テストについては実に見事にこなしていることが分かった。去年の作文や会話と同じ。張悦だけでなく、疲れて寝ている者が何人かいた。汪永嬌、宋士毓、馬媛、林宝玉、柳金金。そして高宇辰は後半の時間、黙って姿を消している。

２０１２／05／20（日）

〈18：00、陳英莉を呼ぶ〉

「昨日もうグループはできていた」と陳英莉。

張巍の絡みで陳英莉、趙宇たちを会話１にする。趙宇が二役で会話１に来るので、張爽たちも１に来る。13：30～を五つのグループ、15：30～を四つのグループとする。金紅瑩が二役をする。張悦たちは誰が二役をするかまだ決まっていない。

「週末はどう過ごしたの？」と陳英莉に聞く。

「昨日は世界旅行の日なので楊菲菲、韓健、王玉雷の四人で浄月潭《じょうげつたん》公園へ行きました」

「いくらだった？」

「15元でした」

「どのくらいまでいたの？」

「11：30から17：00までいました」

「他に誰が行ったか知ってる？」

「李芳春さん柳金金さんが朝鮮族の一行で、やはり浄月潭へ行っていました」

２０１２／05／22（火）

〈13：30～、会話1〉

前回カメラで撮影した動画は、容量が大きすぎて教室では映せなかった。張巍がやってもだめ。

発表…1、張麗、張玲玲、陳英莉、楊菲菲、趙宇、張巍（張玲玲と張巍、セリフが入っていない）
2、金紅瑩、斉爽、于名月、王暁琳　3、陳智利、朱春婷、孫迪、楊暁暁、姜洪丹、王旭　4、王彤、文成育、孫辰、張爽、趙宇、孔祥龍（文成育、セリフ練習不十分）　5、張兵、韓健、呉立圓、郭姍姍、羅雪、孔祥龍
教科書問題演習では陳英莉、于名月、朱春婷がいい。セリフの発音を直したのは于名月、郭姍姍。

〈15：30～、会話2〉
発表（事前に一度練習させた）…1、王艶麗、朴洪洋、殷月、高宇辰、曹雪、崔麗花（朴洪洋がセリフが入っていない）　2、張悦、張立海、張双、周文儀、李芳春（張双、周文儀、李芳春がセリフが入っていない）　3、王弘揚、郭洋洋、陳佳佳、宋士毓、馬媛、金琳香　4、柳金金、韓健、林宝玉、汪永嬌、呉姣、崔麗花
前回の録画、張立海にいじらせたがダメ。ついでにNO.4も見られなくなり、あせった。NO.4の別の部分を張悦などが興味深くみているので、しばらく見せた。しかし、王弘揚、馬媛が寝ているので、起こして次のセリフの練習をさせた。郭洋洋は自分の番になってもどこか分からない。宋士毓が教えている。金琳香もそんな感じ。陳佳佳が教える。今日は張悦の態度がいい。
教科書の問題演習では崔麗花、王艶麗、張双、李芳春がいい。セリフの発音を直したのは朴洪洋、

張双、馬媛、汪永嬌。

2012／05／23（水）
〈太極拳は中止、昨夜の雨のため〉
〈8：20～10：30、郵送の支度開始〉
〈10：30～12：00、東北師範大学郵便局から日本自宅へ郵送2箱〉
冬物衣類と読み終わった書籍、250元＋353・8元＝603・8元（7849円）
韓健、張兵、薬学管理の男子学生3人が手伝ってくれた。
〈16：30、美容院へ行く。柳金金と行った店。美容師の名前を聞いた〉
これからも一人で大丈夫。
〈20：30、張巍〉
明日、9：00来寮。
〈張立海からQQメール〉

「カバンもらいたい」

不用になった旅行用カバンを欲しい人にあげるといってあった。

彼は明日12：00取りに来る。

2012／05／24（木）
〈7：00～8：20〉
張巍から電話があり、今日は来られない。明日、文学史のあと寄るとのこと。

〈12：00、張立海来る〉

カバンをあげる。体育委員の張立海から得た情報。

「運動会は6月3日（日）になった。出場者。1500メートル、楊菲菲。800メートル、曹雪、文成育。400メートルリレー、曹雪、張麗、林宝玉、張玲玲。100メートルリレー、林宝玉、張麗、梁洪麗、宋士毓。200メートルリレー、張立海、張兵、林宝玉、張麗。三段跳び、孔祥龍。高跳び、張立海。女子では林宝玉と張麗がリレーの3種目に出場する予定。5月27日（日）に文成育と二人でフリーマーケットを行う」

〈21：30、張巍に電話した〉

「インクが切れた」

「明日は病院へ行く。病院が済んだら電話する」

２０１２／05／25（金）

〈８：00、文学史〉

今日はプリント無し。画面を見させ、全員で音読。その後、武者小路実篤、有島武郎、芥川龍之介について話す。明治から大正へ、大正から昭和へという過渡期を文学者たちはどうしたか。

明治から大正にかけては、明治憲法制定、日清・日露戦争、大逆事件、朝鮮併合。大正から昭和へ移る頃には、2次にわたる護憲運動、普通選挙の実施などの重要な出来事が起きた。文学的な事件としては、その頃、武者小路の「新しき村」の建設、有島の「農場解放」、芥川の自殺などがあった。

志賀直哉、谷崎潤一郎、永井荷風についてまた触れることができなかった。

楊暁暁、朱春婷、陳智利の３人が一番いい。

「悪人は好きですか」

「いいえ」

「善人と悪人とどっちが面白いですか」

「悪人に魅力を感ずることはありますか？」

「はい」

「『今昔物語』には悪人がたくさん登場します」

「芥川は悪人の魅力を知っていた人です」

2012／05／26（土）

〈10：20、王彤から電話あり〉

「作文を見てもらいたい」11：00に約束。

〈11：00～15：00、王彤の作文添削と雑談。雑談が興味深いものだった〉

最初の雑談。

将来のこと。「職業の目標＝外交官。人生の目標＝作家」などという。日本では小さい頃はともかく、大きくなるとあまり目標を気軽に言わなくなる。日本においては言葉は極めて大切。実行できないことを口にすると信用されなくなる。

中国人は気軽に物を言っているような気がする。「日本鬼子《グイツ》」とか「小日本」とか。

「あれはインターネットで流れているものをそのまま転載したものです（『これは谷川先生も見ている』と私は忠告しました）」

日本では人の書いたものでも転載すればその人の言となる。中国人は簡単に言い、簡単に訂正する。

「文成育は積極的になった、趙宇さんは変わった」と王彤。

「殷月さん、斉爽さん、姜洪丹さん、王旭さん、高宇辰さん、郭洋洋さんも去年より良くなってきている」とも言う。彼は先生みたいな感じだ。

「共産党に入った」と聞いているので、そのことを聞く。党に入ると大学に依頼してくる企業には真っ先に推薦される。

「中国で『重点積極分子』というのに自分はなった。最近、范艶紅、孫辰、楊菲菲もなった。なっている人はたくさんいる。自分が一番初めになった。しかし、予備党員にはなっている人は少ないし、自分もなっていない。いくつかの程序《チャンシー》（順序）がある。重点積極分子の次が予備党員、そして最後が共産党員。学習成績に不及《ブージー》（不合格）があってはならない。普通、班長、団支書、学習委員が予備党員に先になる。だから自分よりは斉爽、朱春婷、陳英莉が先になるだろう、と最近思っている。但し、斉爽は資格試験に合格していない。

英日コンテストは共青団委主催で行う。1～2年では金紅瑩がやっていた。09生の中から代議員を三人選んだ。王彤、張双、朱春婷の三人。会議に出て採決に加わる。発言するのは先生など。今年は共青九〇周年記念の年なので、三人はその記念式典に出席した。図書館の中の劇場（講堂）で行った。

文化使者に選ばれた。人文学院で三人。全大学で26人。自分の他は09、10の英語科の学生。水曜日夜、人文学院学生会主催の英語スピーチコンテストが行われ、最後に文化使者の自分が日本語で大学紹介を行う。その原稿の添削をお願いしたい」

雑談の後、彼の原稿を添削した。

〈19：30、王彤にＴＥＬ〉

王彤が来た。20：00から21：30まで時間をかけて、また直した。

「吉林省に立脚し、中国に放射し」などと書いてくる。直しようがない。言葉を羅列し、主語述語を考えない。もとの模範文があって、それを彼が翻訳したものだ。中国文の翻訳に無理がある。しかもさっきは水曜日と聞いていたものが、今日聞くと月曜日だという。

月曜日の観衆には09生は指名された人だけ、少数が出席するという。日本語の分からない人が大勢いるので安心だ、と彼は言う。

「キャンパスには文化がある。文化とは人文的色彩のことだ。学内の建築物には名前がつけられている。道路にも名前がつけられている。それぞれ中医薬に関係する名前だ。建築物も学内の道路もそれぞれ中医薬にゆかりある名前を与えられて私たちの大学に彩りを与えている」

というような説明の文章であった。


〈21：45、陳英莉とやっと電話が通じる〉

「グループと文学史の印刷、脚本4の印刷を頼みたい」

「今、王彤から聞きました」

「いつ来る？」

「明日、18：00頃」

「いつものように」

「はい、はい」

2012／05／27（日）

〈文学史の次回小テスト問題を作り始める〉

〈11：14、文成育から10級へQQメールがある「フリーマーケット」について〉

シャワーを浴びてからフリーマーケットへ出かける。

行っている間に陳英莉の真っ白いワンピースが売れる。中東市場で150元で買ったものだという。50元で売ろうとしたが、40元に値切られた。あと50元の衣服が10元で売れた。陳英莉の買ったものはセンスがいいから、売れるみたいだ。

張立海と楊菲菲が何か言い争っている。陳英莉に「二人は喧嘩しているの？」と聞く。「そうです」と陳英莉は言う。陳英莉も張立海と何か言い合っている。これも喧嘩なのだろう。

食堂でパンを買い。学内スーパーでアイスクリームとかっぱえびせん、サキイカ、バナナチップ、その隣の果物屋でバナナとリンゴを買って帰る。

〈16：35、王彤から電話〉

「大学院へ行くのに古典の本が欲しい。先生の本はいくらですか？」

「王彤くんならタダであげます。故郷のお土産をもらっているし」

〈22：50、悪について　悪が分からなければ文学は分からない〉

龍之介『羅生門』のテーマは何？……「悪」。

『今昔物語』には「仏」の道に背くさまざまな「悪」が描かれている。

人間は最初他人の悪に気づく。悪を憎む。次に小さい悪なら自分もしていることに気づく。さらに悪に大きいも小さいもないことに気づく。しかたのない必然的にしてしまう悪にも気づく。そしてそれを言い訳するちっぽけな人間。……『羅生門』で描いたのはまさにこれ。普通の人間はこれ。

あと、子供や単純な人間は自分のしている悪に気づかない。それに反して堂々と悪を行う人がいる。ドラマの中では堂々と悪をしてもいいという役割を与えられている。恐ろしいほどスケールが大きい。言い訳をせずに悪を行うから、小気味いい。世の中で成功している人は実はこういう人が多い。善人は周囲の意向を気にして生きるので大きなことはできない。だからドラマやアニメで見る悪人は悪人であればあるほど面白い。

そのスケールの大きい悪事を解決する刑事（とか探偵とか）も大体、普通の人（善人）と違っている。私はこういう人も昔悪人の経歴があったのではないか？　と疑っている。

２０１２／05／29（火）

〈会話１〉

呉紅華が出席。暗記の能力がある。于名月の発音がよくない。姜洪丹欠席。

〈会話２〉

張悦は少女役と女役。あまり、会話の多い役はやらない。受け持った役はきちんとこなしている。

セリフが出てこないことはない。

金琳香が休んだ。その理由は分からない。教科書を使った授業に張悦は意欲がない。教科書を持って来ない。下を向いて他のことをしている。張双も同じ。李芳春もそう。周文儀だけがまじめ。郭洋洋も劇が終わると、他のことをしている。

『格闘少女（ファイティングガール）』のその後と結末について話をした。

「やりがいのある仕事」について。

「みんなは大学を卒業したらすぐ結婚したいですか？」

「亜美さんが日本へきたのはそういう状況だった。夏休みに婚約者から逃げて、日本へ来た。婚約を解消してソウルへ帰る」

南京の08生劉佳恵の話をした。

「給料だけでなく、生活を楽しみたい」彼女はそう言っている。


〈終了後〉

崔麗花、殷月、高宇辰が最後に残ってプレゼントをくれる。

2012／05／30（水）
〈6：30、太極拳〉
呉立圓と話した。秘書学の授業は5月で終わった。試験が5月19日（土）にあった。発表は7月。

王彤が話に入ってくる。

「09生は運動会で100人太極拳に出る。記念のための参加です」

呉立圓はこれには出ないという。文成育が来る。会話の放映を彼がしてくれたのでお礼を言う。殷月に昨日私にくれたプレゼントのお礼を言う。

「どこで買ったの？」

「高宇辰さんがインターネットで買いました」

曹雪、呉紅華、斉爽、于名月、馬媛、王弘揚、郭洋洋、梁洪麗、高宇辰、孔祥龍らはいたかもしれないが、姿は見なかった。李芳春、金琳香は抱き合っていて何もしない。張双、周文儀、陳佳佳はよくやっている。張悦は今日も高い靴を履き、後ろにバッグを背負っておしゃれな恰好をしている。ちょっと体を動かすだけ。帰り、陳英莉から声がかかる。試験のこと。

「来週、試験ですか？」

「はい。08生の論文答弁があるので、試験をしてから、それに参加します。火曜日は会話の実技はなく、翌週します。テストのことはみんなに伝えてください」

「みんなの発音を直したい。于名月さんはどうして発音が直らないんですか」

一緒にいた張麗が、「多分間違えたまま覚えているからでしょう」。

「郭姍姍さんは？」

「方言があるからだと思います。高宇辰さんもそうです」

郭姍姍と同じ白城《バイチョアン》（長春の西北にある町。第五章地図参照）の趙宇もそうなのかなあ、と思った。

孔祥龍の楡樹《ユウシュウ》（長春の東北にある町。第五章地図参照）出身者に王紅香がいる。しかし、同じ楡樹でも呉立圓はいい。

楊菲菲は遠慮深く、自分にも方言があると思っているせいか、話には加わって来ない。

2012／06／01（金）

〈8：00〉

7：50頃、いつもより早く教室に行くと、張悦、周文儀、李芳春がもう来て座っている。それぞれが離れて座っている。あと汪永嬌も来ていて、隣の王暁琳と話している。張悦の隣には王紅香と張双が8：00頃来て座る。李芳春の隣には金琳香、陳佳佳が一番後から来て座る。柳金金、林宝玉は後ろの窓際に座る。張悦と王紅香が時間中ずーっとおしゃべりしている。

〈間の休み〉

斉爽が「電話番号が変わりました」と言いに来る。

「恋人と別れたの？」

「はい」

「いつ別れたの？」

「3月、彼は就職しました」

「うーん、そんな気がしました」

「先生はカンがいいです」

「うん、みんなのことよく見ているからね」

その後、孫辰と張麗が来て「来週、金曜日7：30～按摩（医療マッサージ）の試験がある」のだという。14人が試験を受けられないという。

「受けられない人は授業終了後来なさい」と言って後半の授業を行う。


〈終了後〉

来たのは以前、按摩（医療マッサージ）の授業に出ると言って会話の授業を変更した者たち。金紅瑩、張麗、趙宇、張悦、周文儀。それに于名月、張爽、范艶紅、孫辰、王艶麗、朴洪洋、王暁琳、張立海。残らなかったが曹雪。以上の14人。それで仕方なく、テストを一週間延期した。

〈11：44、寮で陳英莉に携帯メール。12：57、電話が来ないのでQQメールする〉

「試験は15日に延期。宿題は15日に提出。5日の会話の授業には脚本4のグループで出席」という内容で送った。

〈17：31、陳英莉から電話が来る〉

「4人グループを先生に報告しますか」

「そうしてくれ。日曜日でいい」

２０１２／06／03（日）

〈午前、９：00、体育場《グラウンド》へ行く。今日は09生には最後の運動会〉

バスケットコートで寮へ帰ろうとしている金紅瑩と会う。

入口で寮へ帰ろうとしている陳智利、楊暁暁、孫迪と会う。

体育場《グラウンド》に入る。林宝玉が１００メートル、幅跳び、４００メートルリレーに出場。同室の王紅香、柳金金が応援する。于名月が４００メートルに出場。同室の呉紅華がそれを応援する。呉紅華と立ち話。彼女は1年の時、学生会の活動をしていた。それを辞めたと聞いたので、

「どうして辞めたの？」

「個人的な事情です」

その他出場者……張麗（２００メートル、４００メートルリレー）、馬媛（４００メートルリレー）、宋士毓（４００メートルリレー）、曹雪（８００メートル）、文成育（８００メートル）、王暁琳（砲丸投げ）、孔祥龍（幅跳び）、張立海（三段跳び）

午前の欠席と思われる者……張巍、李娜、朴洪洋、呉姣

7：00に来て帰ったかもしれない者……張玲玲、張悦、李芳春、周文儀、金琳香、陳佳佳、梁洪麗

最初いたが帰ったらしい者……高宇辰　殷月　崔麗花

熱心に応援していた者……斉爽、朱春婷、王艶麗、楊菲菲、張双、王彤

スタンドで応援していた者……王弘揚、陳英莉、郭洋洋、張爽、范艶紅、趙宇、孫辰、呉立圓、郭

姍姍、羅雪、汪永嬌、韓健、張兵

〈午後〉
選手……1600メートルリレー　曹雪、汪永嬌、楊菲菲、張玲玲　200メートル決勝　張麗
100人の太極拳、09生は王艶麗、王弘揚、范艶紅、趙宇、孫辰、楊暁暁、陳智利、張立海、王彤、文成育、張兵、梁洪麗
観客……斉爽、朱春婷、張双、郭洋洋、王暁琳、張悦、李芳春、周文儀、郭姍姍、羅雪、王旭、姜洪丹、林宝玉、柳金金、陳佳佳、金琳香、金紅瑩、高宇辰、殷月、崔麗花、于名月、王玉雷

〈午後のある時〉
金紅瑩、王暁琳、張悦、金琳香、張双の順にスタンドに座っている。前の席に周文儀、王旭、姜洪丹、陳佳佳がいる。李芳春は一番前に一人で座っている。このメンバーで私に気づいて挨拶を送ってきたのは、姜洪丹、陳佳佳だけ。張麗の決勝を応援にグラウンドに下りて、終わってから戻ろうとすると、金紅瑩と張悦が帰るところに出会う。
午後の欠席者……呉姣、張巍、李娜、朴洪洋、陳英莉
〈15：00、雨が降って来たので閉会式もせずに解散〉

〈18：36、陳英莉から電話〉

「先生、すみません。グループはできています。今行ってもいいですか」

少し遅れてくる。

「学生証を忘れたので取りに行きました」

日本対オマーン戦をBS1で見ていたので、ドアは閉めていた。

「トントン」とドアを叩く音がする。

「今サッカーを見ているところ。音が大きいからドアを閉めていました」

「今日は太極拳をしていなかったね」

「私の大好きなCCTV2のアナウンサー芮成鋼《ルイチョアンガァン》の出版記念会が聯合書店（長春中心街にある大きな書店）であったのでそのサイン会に行きました」

「その後、16：00から東北師範大学で講演会もあったのですが、それには参加できませんでした」

「それは、良かったね。誰かと一緒に行ったの？」

「いいえ」

2012／06／05（火）
〈8：07、起床〉
夜中2：30頃眼がさめてから、眠れなくなった。本を読んだり、ヨーガをしたり、何をしてもダメなので、デバスを飲んだ。だから、目覚まし時計は切っておいた。

〈12：50、張巍がプリンターのインクを入れてくれた〉
家から食事を持って来てくれた。ありがたい。

〈于名月から電話〉

「用事がある、後半に出たい」との申し出。

「呉紅華さん、斉爽、金紅瑩さんも一緒に後の授業に出てください」

〈会話1　23名　欠席2名出席21名。脚本4リハーサル。教科書。職業観作文〉
〈会話2　30名　欠席2名出席28名。脚本4リハーサル。教科書。職業観作文〉
キャスト　亜美、女、沙耶子、警備員の順
張悦は小さな紙で何かを勉強。話を聞いていない。黙って消えたがリハの時から戻る。

〈帰り道、于名月、金紅瑩と帰る〉

「金曜日の按摩（医療マッサージ）の試験は何時に終わるの？」

「分かりません。始まりは7：30です」

「実技の試験なの？」

「筆記もあります」

「将来マッサージの仕事をするの？」

「いいえ」

「于名月さんは医者になりたかったんでしょう」

「はい、でもなれません。日本語の先生になるのもいいです。９日の論文答弁はどんなことをするんですか」

「最初、スピーチをし、その後、先生たちの質問に答える」

「傍聴してもいいですか」

「おとしはできた。去年はできなかった。本当は傍聴するといい」

「来年の私たちの論文答弁の日に先生は来ますか」

「日程が分かれば来られる。パーティーでみんなに会いたい」


〈寮に戻って〉

どっと疲れが出る。リハーサルでの発音指導は疲れる。
1、「女」のセリフの発音の注意
この「女」は悪女（世の中をのし上がっていく人、しかも美女。沙耶子との喧嘩は結局この女が勝ったことを銘記すべし）。悪女は、平凡で純粋な善人が持たない独特の論理で生きている、だから強い。そういう強さが発音にでなければいけない。

女「いいがかりはやめてよ、もし万が一そうだとしても、何が悪いの？　はやり（＝流行）ってそういうもんじゃん。まねされるのがイヤだったら、特許でも取っとけば」

亜美の言うことは「いいがかり」だというのだ。

「私のオリジナルじゃないからって何が悪い。特許を取らなかったあんたたちが間抜けなんだ」と切り返す。だから、何回もやり直したようにこのセリフが一番大事。何回も練習してここのアクセントや発音の調子をしっかりマスターしよう。「女」役以外の人もここの発音ができるように。大事なセリフです。

2、亜美のセリフの発音の注意
亜美のセリフが冷静すぎる。女に注意し諭しているわけだから、冷静でいいのだが、若い女の子で感情に素直な韓国人なわけだから、もっとストレートに怒りを表していい。しかし「女」の居直りの論理＝この世を生き抜くしたたかな論理の前に圧倒されていく、そういう心理を表現する。

3、沙耶子のセリフの発音の注意
オリジナルを盗まれた沙耶子の怒りは亜美以上で、しかもそれを抑えているから、セリフはゆっくりと、低く、凄味があった方がいい。普段の自分の声よりは低く、強く発音する。棒読みになっている人が多い。最後のセリフだけは、喧嘩をして感情を爆発させているセリフなので高く叫んで言う。

4、最後の場面のセリフ（警備員、沙耶子）と振り付けの注意
警備員は喧嘩をやめさせようとして必死なわけだから、早口で言うようにしよう。結果的に沙耶子に殴られてしまうという。そんな役。必死だけど空回りしてしまうという、道化師（ピエロ）的な役回り。殴られた後はそれでも職務に徹しようとして、女を後ろから抱えて喧嘩をやめさせる。

亜美は友人の沙耶子が暴走しているのでそれを止めようとして沙耶子を後ろから抱える。沙耶子は亜美に後ろから抱えられたまま、捨て台詞《ぜりふ》を言う。

「あんたが逆立ちしてでもできないようなものをガンガン作ってやるから」

これは低い調子ではなく、興奮した高い調子で言う。息もはずんでいるはずだ。

以前も言ったように、演技しよう。演技できなくてはいけない。自分たちで笑ってしまっては演技にならない。就職面接のとき、言い間違えて笑っては失礼でしょう。また、人生、少しウソをつかなければいけないときもあるでしょう。それが演技です。

2012/06/07(木)

〈文学史資料づくり〉

〈15:15陳英莉にメール。15:47、彼女から電話来る〉

「また、印刷を頼む」

「18:00頃でいいですか?」

「教室で勉強するんでしょ? 終わってからでいいです」


〈18:00、陳英莉〉

「何の勉強していたの?」

「1995~2009年までの1級の実際の問題をやっていました」

「何か変化ある?」

「聴解が難しくなっています」

「今は読解も難しくなっています。陳智利さんや韓健くんもできなかった。語彙・文法ができたので合格した」

「君は会話ができる。1級を持っていなくてもいい会社に入っている人がいる。君は留学したいの?」

「留学したいです」

「勇気が必要です。相談すれば周りの人はみんな反対します。死んでもいいつもりになれば何でもできます」

「そのつもりです」

すごい決意だ。これは本気だなと思った。

2012/06/08(金)

〈8:00~、文学史〉

堀辰雄『風立ちぬ』序章を読む。

「一瞬の……も失うまいとして……」

「これはラブシーンだよね。戦後になって、アメリカ映画などから、ラブシーンがもたらされる前に、こんな美しい描写があったんだよ」

何か、今日は落ち着きがない。

授業の後半、卒論発表会で帰校していた4年生に、就職実習の体験を話してもらった。

「聞きたくないものは出なくていいか」と陳英莉。

「授業として行うものだからね」

質疑応答。

「どこで働いていますか、どんな仕事をしていますか、どのようにしてその仕事を探しましたか？給料はいくらですか」

（楊智侠）「今は3500元。卒業すると5900元もらえる」

「3年生の今頃はどんなことをしていましたか」

（劉佳恵）「1級も英語4級も取っていたので楽だった。楽しんだ」

（柳爽）「1級を取ろうとしていて、そのプレッシャーがあった」

（楊智侠）「小説ばかり読んでいた」

「どうして今の場所を選びましたか？」

（劉佳恵）「南京に姉がいるから。柳爽さんは上海に恋人がいるから」

（楊智侠）「北京は本当は好きではない。黄砂が飛んでくる。南京や杭州など、きれいな街で働きたい」

全部終了した後、劉佳恵が話したいと言って一人で話した。中国語で。みんなが私の顔を見るので私のことも話しているらしい。あとで聞いてみるとこういうことらしい。

「先生はとても09の学生のことを心配している。それでこういう企画を持った。来学期、仕事をしに学校を離れる人もいるだろう。みんながしているからと言って、あせって行くことはない。自分の考えで行くべきである」

張玲玲が、「先生には悪いんですが、私も南京で働きたいと思っていますが、日本への感情が悪くて日本企業が少ないと聞いています。どうですか?」。

「少ないです」と劉佳惠。

2012/06/10(日)

〈7:30、食堂〉

朝食をとりに行く。陳佳佳と金紅瑩が来る。これから東北師範大学へ試験の手続きに行くという。8月に試験がある。大学院入学に関する試験である。英語など、東北師範大学が行う試験。

昨日、論文答弁を聞きに言った。二つの教室で行われたが、両教室とも見学した。程寧老師《ていねいせんせい》の指摘が厳しかった。陳佳佳は人前で話す癖をつけよう。笑ってしまわないように。金紅瑩は宿題を出すように。そういう人が不合格になっている、と注意した。

2012/06/12(火)

〈12:28、張巍〉

「今、北京に出張で来ている。会話は欠席させてください」

「分かった。陳英莉さんに連絡してください」

〈12：28、陳英莉〉

「張巍さんから連絡ありました」

「君たちは3限目に来る？　4限目に来る？」

「3限目に出席します」

「今日プリントを配ります。グループ討論のプリントです。実際はお別れ会です。写真をあげます。お菓子を食べましょう」

〈13：30、会話1　出席点呼、発表順ジャンケン、練習、発表、プリント配布、自習〉

自習中、朱春婷が、

「私と斉爽さんは任務があるので。いいですか」と言う。

〈15：30、会話2　出席点呼、発表順ジャンケン、練習、発表、プリント配布、解散〉

張悦がものすごい演技をした。李芳春も一番真面目にやった。今日はそれで、すごくうれしくいい気分だった。後の話も、久しぶりにこちらを見て聞いていた。王紅香も一番の力を出した。

〈17：30、朱春婷と中東市場へ行く〉

最初、仁徳の薬局へ行った。最近、夜、眠れないので。しかし、ここにはデバスのような精神安定剤はない。18：00を過ぎて、中東の入口はほとんどしまっていたが、スーパーの入口は空いていた。スーパーの奥の薬局で敖東《アオドン》という中医薬（漢方）の精神安定剤を買った。22元。

仁徳へ行く途中で、「先生、今度の日曜日、空いていますか」。

「うん、特別な用事はないけど、どうして？」

「クラス全員で先生とのお別れ会をしたいと思うんです」

まさに以心伝心。今日、お別れ会のことを口にしたばかりだった。全員で集まるのは大変だろうから、グループでお別れ会をしようと言ったばかりだった。斉爽と王彤と3人で相談したらしい。

「土曜日にテストが終わったばかりなので、リラックスするのにちょうどいい」

彼女はそう言った。故郷へ帰らない人が多い。

「英語の6級を取ってしまった人もいるが、できるだけ残ってほしいと、明日頼む。三つのやり方がある。決まったら先生にお知らせします」

「文学史の時間に08の先輩からも言われました」

「彼女は何て言ったの」

「『先生には恩がある』と言っていました」

「自分が恩があると言ったの？」

「自分も恩があるし、『09生も恩がある』と先輩として言ってくれました」

そうなんだな。うれしい会というのは必ず、そういう取り持ちがいて、できるもんなんだな、そう思った。話って大事だな、好奇心を持っていろいろ話している中から、いろいろ楽しいことも生まれてくるんだな。これは劉佳恵がしてくれた大きなアシストなんだ。

今日はとってもいい日だった。中東の帰り、１２０番のバスで帰った。雨が降ってきたが、朱春婷は私にしっかり腕を接して傘に入れてくれ、寮の玄関まで送ってくれた。

２０１２／06／16（土）
〈10生と食堂2階で話した後、陳智利と会う〉
「朱春婷さんから、明日のことで先生に電話があります」と陳智利。
携帯を見ると確かに、朱春婷から電話が来ている。張兵も陳智利と一緒にいる。二人の仲は本物だ。

〈朱春婷から電話〉

「明日９：50先生の寮へ迎えに行きます。体育館の2階へ行きます」

「行ったことがない」

「それで私がお連れします」

「みんなが英語の試験があるのに、しないで準備したのではないかと心配している」

「それで今日、午後準備しました」

「え、どんな準備」

「それは明日見てください」

2012/06/17(日)

〈9:55、朱春婷から電話〉

「私と王玉雷さんが寮の玄関で待っています」

〈体育館2階〉

入場するとみんな両側に並んでいる。拍手に迎えられる。08生のRが写真を撮っている。自分のカメラもRに渡す。昨日の午後から飾り付け17:30、英語6級の試験を終わった人も来て飾り付けをしたという。

最初、朱春婷が中国語でしゃべり、王彤が通訳する。

次に私がしゃべる。

「みんなが忙しいのにこんな素晴らしい会を開いてくれた。思い起こして見るとみんなが入学して半年後に私はここに来た。2年生の時から、会話や作文を教えた。私は好奇心が強いから、自分が知りたいことをみんなに聞き、楽しいことをみんなに教えた。だから、全然苦しいことがなかった。寮で話をしたり、旅行に行ったことなど面白かった。今日は本当にうれしくてもう死んでもいい。今日は一緒に楽しみましょう」

韓健(ギター演奏)、孔祥龍(二胡演奏)、張立海(マイケル・ジャクソンのステップ)、王彤(京劇の女形の声)、斉爽・于名月、孫辰・張玲玲、羅雪・朱春婷の3グループが歌を歌った。

ゲームは就職訓練に行った四人が紹介して行う。

「目隠しをして数字を覚えたら、あとは人と話して順番に並ぶ」

「目隠しをして人をおぶい、ボトルを倒さないでゴールまで歩く」

張悦は李芳春におぶってもらい、真っ先に行う。張立海が張爽をおぶう。

「目隠しをして水を汲んで来て、手前のおけに入れるゲーム」

張悦が破壊的行動を行う。張悦は非常に勝気だということがよく分かる。張玲玲が張立海にだまされて敵側の桶に水を入れてしまう。

再び丸くなって、斉爽がたどたどしいが一生懸命謝辞を述べる。それから贈り物として色紙の入ったきれいな箱をくれる。色紙には一人ひとりが謝意を記し、写真も貼ってある。先生方の色紙も入っている。

「こんな素晴らしいものをいただいて、私の宝物です。いずれこういう日が来ると思っていました。でも今はQQがありますね。いつでも話ができます。この間08生の卒業記念パーティーに出ました。来年も来たくなりました。来年来てもいいですか。だから、今日が最後じゃないですね。また会いましょう」

終わって片付けの時間、羅雪のカメラでそれぞれの写真。文成育のカメラで斉爽・于名月・朴洪洋・王艶麗、張麗・楊菲菲、王紅香らと写真を撮る。

朱春婷が「クラス担任のC先生が『晩御飯を一緒に食べたい』と言っています」

最後、張悦が、「水曜日にコンピューターの試験がある。それで火曜日金琳香さんたちのグループに加わりたい。7人になりますが、いいですか?」

「いいですよ」

李芳春が何かいいたそうな顔をしている。パンパンと風船を割る音がうるさいので廊下に出て話す。

「何？」

「時間が少なくなるので、私たちで食事を作って先生と一緒に食べたいんですが……」

「それはうれしいですね」

「先生はご飯を炊いてくれればいいです。私たちがカレーを作ります」

「ご飯は五人分しか炊けないけど」

「五人分でいいです。先生が前に1級に合格したら、カレーを作ってくれると言いました」

「そうでしたか、ごめんね。忘れていました。カレーのルーはありますよ。何時から作りますか？」

「11：30から作ります。私と朴さんはカレーが大好きです」

「張悦さんは料理が作れないんだよね」

「彼女は後片付けをします」、張悦、李芳春を突っつく。

李芳春たちと一緒に帰る。

「英語の試験のことを聞いてもいいかな」

「私には英語の縁がなかったんです」

「うん、最近、1級や2級の資格よりも情熱が一番だと思うようになりました」

〈12：05、朱春婷から電話が来る〉

「C先生が『どんな料理がいいか』と言っています」

「それじゃ、お魚料理ということで」

李芳春、張悦と食堂の前で別れる。彼女たちは食堂にお湯を取りに行く。お湯は食堂からめいめいのポットに無料でもらえる仕組みになっている。

2012／06／18（月）

〈19：00、張悦、張双と会う〉

江山スーパーで大米《ダーミー》（米）、ニンジン、ジャガイモ、ピーマン、玉ねぎ、缶ビール2本、水2リットルを買って帰るところで張悦、張双と会う。

「明日の食材を買ったところだ」

「私たちはもう買いました」と張悦。

「ええっ」

張双が電話する。そして、

「彼らがここに来ます」

陳佳佳と宋士毓が江山スーパーから買い物袋を下げて出てくる。私が、

「金香蘭がソーセージを入れると言っていたが、何を入れたらいいか分からないので買わなかった」

と言うと、
彼らは「ソーセージ」が分からないので辞書を引く。辞書は誰かがいつも持ち歩いている。

張悦が、

「私たちが野菜を洗って先生のところに連れていきます」

「連れて行く？」

「持っていく」

「（英語の勉強ばかりしていて）日本語を忘れちゃいました」

言い間違えて笑う張悦が可愛い。

「10：00に洗って持っていきます」

「すぐに作り始めた方がいいかもしれないね。ＵＳＢにこの間の写真をコピーしながら。周文儀の似顔絵を描いてあげるという約束をしちゃったし」

似顔絵が分からないのでまた辞書を引く。

「張悦さんは料理は作らないんだよね」

みんな不思議そうな顔をしている。張悦は黙って笑っている。

「そんなことはない」と言いたげだ。

「昨日、李芳春がいじめたんだよ」

買い物に来ていない、李芳春、金琳香、周文儀が作るのかもしれない。

「明日が楽しみです」と張双。

楽しくなってきた。裏口から大学へ入り、職員寮に向かう。女子寮の入口で呉紅華が男といるのを見る。試験前なのに試験前という雰囲気ではないのが面白い。

2012/06/19（火）

〈10：15〜13：15、カレー作り〉

カレー…作る人　金琳香、李芳春、張悦
フルーツの盛り合わせ…作る人　張悦
USBを持って来た人　宋士毓、李芳春
〈宋士毓、李芳春を401へ連れて行き、USBに写真・動画をコピーする〉

「『善徳女王』を見ているよ」

「私も見ました」と李芳春。

「コ・ヒョンジュンがいい」

「ミス韓国に選ばれた人です」

李芳春のMP5に入らないので彼女は中のいくつかを削除する。中には英語や日本語の聞き取り用教材が入っている。

「英語の勉強をしていたの？」

「3、4月は日本語の勉強。5、6月は英語の勉強をしていました」

宋士毓へ、「君はみんながしないことをよくやっているね。掃雪、太極拳」。

「健康にいいと思うんです」

〈USBへのコピーを終えて来客室の402へ行く〉

フルーツがきれいに盛り付けされている。

「張悦さんがしました」と誰かが言う。張悦はそれが終わると調理場へ行き、金琳香、李芳春のカレー作りを手伝う。

ご飯が炊けたのでボウルに移してかき混ぜていると、張双が「私がやります」と言ってやってくれる。陳佳佳も何かしている。一番のんびりしてゆったりしているのは周文儀。

「何もしていないね」と言ってからかう。実は似顔絵を描いてあげるという約束をしてあったのを忘れていた。彼女には悪いことを言った。

〈人物点描。みんなの前で発表、そのあとおしゃべり〉

張悦…私にとって謎の人。明るい時もあれば、暗い時もある。付き合いにくい感じもあるかもしれない（「そんなことはない」の声）。拉法山に登ったことと、蛟河という町を知ったのが貴重な思い出。

張双…一人で何かをするのが好きな人。男子に友だちが多い。みんなの世話をする人。

李芳春…リーダーになれる人。

金琳香…恥ずかしがり屋、でも日本語の発音がとてもいい。

周文儀…面白い人、そして、しっかりしている人。人が太極拳をしていなくても、いつもしっかりとやるような人。

宋士毓…やはり、太極拳や掃雪など人の嫌がることをするしっかり者。スキーに一緒に行った人。

「夏休みはどうするの？」

「アルバイトをします」と張悦。

「どこで？」

「長春で」

「寮には泊まれないんでしょう。どうするの？」

「姉（従姉）のところに泊ります」

「そうか、お姉さんは長春で働いているのか？」

「はい」

「君も就職は長春にするのか？」

「いえ、青島です」

きっぱりとした感じで悩みがなかった。金琳香も李芳春も張双も青島で働くという。

「青島には誰か知り合いがいるのか？」

張悦が、「弟（従弟）がいます」

「ああ、そうだったね」

〈終わって、金琳香、李芳春と一緒に教室へ向か

う〉
「1級を受けないことにしてよかった?」
「張悦がそれで悩んでいる」と金琳香が言う。

2012/06/21(木)
〈18:13、張玲玲、ご馳走作り〉
「明日、みんなは午前10:00頃がいいと言っています。それから、明日は端午節なので、みんなは先生にご馳走を作ってあげたいと言っています」

〈19:32、斉爽から電話〉

「よく眠るには、五味子《ウーウェイツ》がいいと母が言っています」

「それを5回分くらいでいいから買いたい」

「先生は、敖東《アオドン》は効果がないんでしょう? 今、何か買いたいんでしょう」

「じゃぁ、土曜日でもいい?」

「いいです」

「土曜日9:00、食堂前」

「約束しました」

斉爽はとても心配してくれている。親切にしてくれるとすぐ好きになる。

2012/06/22(金)

〈10:00、張玲玲グループ　来寮〉

7:30に江山(大学近くの商店街)の奥の市場で野菜などを買ったという。料理作りに12:30までかかった。東北の料理、かぼちゃ料理、鶏肉料理、冷菜は郭姍姍が作った。冬瓜《とうがん》のスープは張玲玲が作った。その間、401室でUSBに写真をコピーした。

羅雪がキュウリの差し入れに来る。羅雪がみんなが書いた色紙の写真を見たいというので、一緒に見た。張悦の写真は「多分部屋。自分で自分を撮影したものだろう」という。確かに左手でピース、右手は移っていない。色紙に貼るためにわざわざ撮影したのかもしれない。同じようなポーズは金紅莹、宋士毓、林宝玉にも見られる。表情は笑っていない。ツンとすました女の子っぽい写真だ。

ビールを飲んだ。郭姍姍と張玲玲は強い。郭姍姍の背は低い。

「何センチ?」

「153センチ」

「君より低い人がいるでしょ」

「います」

「誰?　于名月?」

彼女は笑って答えなかった。言うのはマナーに反するのだろう。

羅雪が、「孫迪さんは日本の語学学校へ行こうとしている」。

張玲玲が、「金紅瑩、王紅香さんは留学を考えている」。

羅雪は、「張立海くんは上海で働こうとしている」と教えてくれた。

終わってからトランプをした。昔もしたという。昔、朱春婷たちと九人でしたという。

最後にこれからの予定を話した。羅雪、陳智利、韓健、楊暁暁、王彤の五人で12日、夜行列車でまず、北京へ行くという。

「11日夕方、見送りに来てね」

「はい」と彼女たちは約束する。

「君たちはクラスの役員をしているの？」

「いいえ」

「張玲玲さんも何もしていないの？」

「はい、その頃は興味がありませんでした」

「羅雪さんも何もしていないの？」

「寮長です」

15：00解散。

２０１２／06／23（土）

〈9：00、斉爽と中東市場の薬局へ行く～11：30〉

五味子と睡眠薬を買う。

バスを待つ間、重要なことを聞く。

「斉爽さんは班長でしょ？　立候補したの？」

「はい」

「他にも立候補した人がいたの？」

「はい」

「誰？」

「そんな3年前のことは忘れました」

「今、思い出すと……」

「張立海」

「そして先生が君にした……」

「はい」

「他にクラスの役員って、どういう人がいるの？」

「体育委員……」

「張立海くんだよね」

「はい。学習委員」

「陳英莉さんだよね」

「はい、生活委員」

「張兵くん」

「文芸委員、呉紅華さん、他に中国には団というのがあります」

「知っています」

「組織委員を張悦さん」

「どんなことをするの?」

「活動がある時の準備をします」

「はい、聞いています」

「青年委員を張双さん。女子の生活委員や会計も兼ねています」

「朱春婷さんや高宇辰さんも団の役員です」

　バスに乗る。

「高宇辰さんの役職名は?」

「宣伝委員、活動があるとき、係はみんなで協力します」

「じゃあ、この間の私の送別会は張悦さんが会場の企画をしたの?」

「はい。張双さん、韓健、孔祥龍、文成育くんが飾り付けを手伝いました」

「『先生ありがとうございました』の字は誰が書いたの?」

「崔麗花さん」

「そうだと思っていました。高宇辰さんも手伝ったの?」

「用事があって、故郷に帰りました」

「そうですか。あの色紙はどこで買ったの?」

「江山で買いました」

「ああいうもののあることを初めて知りました。どういう人たちで買いに行ったの？」

「朱春婷さんと私と王彤くん韓健くん」

中東に着く。五味子《ウーウェイツ》を買う。

「一つかみで3ボトル分あります。10日分くらいあります。敖東《アオドン》と併用してもいいです」

西洋医薬の睡眠薬も買う。12日分。老人と肝臓の悪い人は半分3・75gと書いてある。帰りのバスを待つ間に彼女の別れ話を聞く。どうやら、斉爽の方で振ったようだ。

「別れてから、辛くなかった」

「1週間くらいで治りました」

「中国の人はみんなそうなの？」

「私の友だちは1年間苦しみました」

「あなたの彼氏の方はどうだったの？」

「苦しんだようです。時々、電話がかかってきました」

「それを断ち切るために電話番号を変えたんだね」

「はい」

斉爽はもう、あまり話したくなさそうだ。そんな顔をしていた。この顔は以前にも見たことがあった。その気持ちがよく分かった。だから、バスの中でも、食堂でもそれには触れなかった。食堂まで無言だった。構内で「今日は端午節の日ですよね」斉爽がそう言っただけだった。「少し、いいでしょ」そう言って食堂2階へ上った。

帰りのバス代は斉爽が出してくれた。そのお礼に、学食でコーヒーを飲んだ。旅行の話をした。

「私の両親は私を日本へ留学させようとしました。しかし、私の成績が悪かったので、日本へ行けませんでした」

「君の両親は進歩的だね。中国の人たちは排日的な人が多いと思っていましたが……」

「私の両親は進歩的です」

去年夏、延吉旅行の後、彼女の住む敦化へ移動した。ここは日本の奈良時代に渤海という国があって、その中心、東牟山《とうむさん》のあったところである。彼女の案内で史跡巡りをした。彼女の御両親は二人とも公務員をしている。祖父に当たる人は旧満州国政府に協力した人で、そのために戦後苦労したらしい。祖母は朝鮮人なので、彼女は朝鮮族ではないが、朝鮮の血が混ざっている。

旅行の話を続ける。

「両親は私の一人旅が大都市であれば心配しません。西蔵（チベット）や雲南へ行くのは心配します」

「日本はどんなに小さな都市でも住むのに便利で心配ありません」

「北海道はどうですか？」

「広くてきれいです。夏は涼しい。冬は中国からもスキーにたくさん来ます」

「雪がたくさん降りますか？」

「雪が多いのは日本海側です。先生の出生地の長野県北部も豪雪地帯です」

「海がきれいなのは沖縄です。日本には小さな島がたくさんあり、その周辺も海がきれいです」

「日本列島は山が多く、夏でも涼しいです。スイスを思わせるようなきれいな景色のところもたくさんありますよ」

11：30になった。斉爽は寮に帰った。食堂1階で昼食。桜の会（日本語会話クラブ）1年生から声がかかる。

「北京へ行かなかったんですか」

「はい、行けなかったんです」

「来週先生のところへ行きます」

「来週のいつかな？」

「前会長と相談します」

部屋に帰って五味子のお茶を作った。

14：13、今日の出来事を日記に書き終える。

2012／06／24（日）
〈9：00、食堂で朝食、図書館の周囲を散歩。学内スーパーで買い物をし、1教（第一教学楼・致知楼）へ向かう〉
〈10：30、途中の道で王艶麗と会う〉

「先生が2年間中国で暮らして一番不思議に思うことは何ですか」

「一番かどうか分からないが、中国学生の勉強の仕方……試験に集中するべき時、いろいろな活動がある。暗記中心の勉強」


〈14：05、自習していた陳智利と1教で会う〉

「Jテスト5月に受けました」

「どうだったの？」

「準6級に合格しました」

「準6級というのは？」

「6級で1級ぐらいです」

「今度、1級も受けるんでしょ？」

「はい、リラックスして受けます。——昨日、松原（長春の北方にある町）出身の2年生からQQが来ました」

「何て？」

「自分は来学期どうしたらいいか？」

「何と答えたの？」

「『自分の能力を判断して自分で決めなさい』と。08の人で3回落ちた人がいますよね」

「ええ」

「陳英莉さんはどこにいるんですか?」

「エエーッ、学校にいないの?」

「先生の授業にいましたか?」

「17日の送別会、19日の会話授業にはいませんでしたね」

「大学院へ行こうとしている。そのプレッシャーかな?」


〈15:29、朱春婷〉

「昨日は教室で周文儀さんと一緒でした。今日は一人です」

「1級合格を目指していますから、もっと大勢勉強しているかと思っていました」

「……」

「大学で何かイベントがあるんですか」

「鍼灸の世界会議があります」

「夜、文芸講演会があると言っていましたが、入ることができますか?」

「聞いてみます」

寮に帰ると電話があった。

「19:00から始まりますが、18:10入場です。王彤くんが仕事があるので、私が17:50、先生の寮へお迎えに行きます」

〈17：40、朱春婷〉

出席するのは学生会や文芸部の学生。文成育も王彤の写真を撮るからと参加する。「文芸会演《ウェンイーファイイェン》」という名前だが日本風にいうと文化祭典というべきもの。太極拳のような踊り、扇子を持ったものや、剣を持ったもの。曲芸のようなもの。朱春婷も時々素直に「ウオッ」というような驚きの声を上げる。越劇『穆桂英掛師』（北宋時代の女将軍「穆桂英」〔＝架空の人物〕の物語。朱春婷は『花木欄』という字を書いて消した。調べるとこれは豫劇。常香玉主演。常香玉の名は以前、文成育から聞いたことがある）。京劇の空中ショー。二人轉（日本の漫才のような感じのもの）。朝鮮民族の踊り。アメリカ人教師二人も参加した最後の合唱。

（終わって、王彤が電話をかけてくる）

「予想以上に良かった。先生はどうでしたか」

「大使として1日、御苦労さま。このようなショーは西安やハルビンで見たことがあるので、そう驚きはない。初めて『四象劇場』に入れて、大学の中で文化公演の観客になれて良かった。ここで卒業式が出来る君たちを想像した」

　朱春婷は12日、郭姗姗と一緒に帰るという。

2012／06／25（月）

〈陳英莉から電話「渡したいものがある」〉

「どこへ行っていたの」

「天津、それから故郷にも帰りました」

「どうしたの？」

「妹の大学受験がありました。点数が良くなかった。どうするか相談に乗りました」

「あなたのことは話したの？」

「いいえ」

「あなたにもプレッシャーがあったんでしょう」

「はい」

「故郷に帰るとそれはなくなるんですか」

「はい」

「それが不思議ですね。大学というところはプレッシャーの多いところなんですね」

「はい」

「私はやっと分かったような気がします」

「……」

「昨日、陳智利さんと話しました。彼女も『故郷へ帰りたい』というんです」

「……」

「彼女は『陳英莉さんに何かストレスがあるんだろう』と言っていました」

「……」

予定の行動だったらしい。これから、1級の勉強をするらしい。留学は、大体、心に決めている。

試験が終わったら、孫辰たちと同じ列車になるかもしれないという。張麗、張兵、張玲玲も一緒らしい。

以前張悦の言っていたことを思い出した。張悦はストレスで胃腸がおかしいと言っていた。陳英莉も眠れない。そして夢を見る。私もそうだ。この大学での寮生活というのは、目に見えないストレスがある。

「理解万歳ですから」、陳英莉はそう言った。

「お互いに分かり合うのが一番いい」

そういう意味だろう。それで彼女は寮に訪ねて来た。

2012/06/26（火）

〈溢れる思い――文学史の最後の授業に話す言葉をプリントにした。日本語を聞きとれない子供たちも書いた字なら分かるだろう〉

戦争中、戦後、現代の文学の展開。戦争中も戦後も社会が文学を取り込んだ時代だった。現代もマスコミが文学を取り込んでいる。しかし、大衆の支持する作品にはそれだけのわけがある。文学だけが独立して存在せず、映画化され、それで、感動して原作を読む。演劇化される。人々の感動がすべてである。もう歴史を語るのは止めよう。現代はどんな時代なのか。そして人々は何を求めているのか。

生老病死は人間の宿命である。その苦しみがある。中国の大学生には学習の苦しみがある。寮生活の目に見えないプレッシャーがある。わたしにもそれがよく分かる。夜、眠れなかったり、夢を見たりする。故郷に帰ればそういうことはない。(柳金金が気になる。彼女は両親が韓国へ行っているので故郷がない。彼女も韓国へ行く気がない)

本当の孤独の人はどうしたらいいのだろう。

文学は実はそういう人を慰める力を持つ。孤独で頼るもののない人を文学が支えていることが多い。親や故郷のある人は、ない人の心は分からない。世界には親のない人がいるし、故郷のない人もいる。どうやってその人はストレスや苦しみから解放されているのだろうか。

大きな病気にかかったことはないが、病人にしか分からない苦しみがあるという。健康な人には理解できないのだ。人間には生老病死の苦しみがあるから、いずれ自分にも振りかかるかもしれない。そんなとき親でもなく、故郷でもなく、あるいは恋人でもなく、自分を救ってくれるものは何なのか。それは文学なのだという実感を強くしている。

不思議なこと……ありました。みんなが時々大きな病気になることです。

〈13：30、文学史〉

なかなか、集まらない。意気込みが空回りする。孫辰が、

「10：00から13：00まで、切符を買うのに並びました。学生は20日前に予約できます。予約したものを今日買いました」

見ると、11日、22：17のK(快速列車)である。

「これに寝台が付いているかどうかは、今、分からない」

「社会人の切符は10日前、7月2日から購入できる」

「ホテルは駅前は高い。バスを使って駅から離れれば安い」

「先生はいつ、北京へ行きますか？」と范艶紅。

「北京まではどれぐらいで行けるんですか？」

「30分で行けます」

「そうですか。それでは13日の夜に着くように切符を買いましょう。14日の夜までに南京へ行きます」


〈15：30、楊暁暁、孫迪、朱春婷、陳智利、李娜が来た〉

スイカを食べた。みんなが何か喋っているので「何を話してるの？」。

『不的 búde』『不滴 búdi』などと言って笑っています。女性語で男性は使ってはいけません。孫辰さんのような（可愛い）人が使う語です」

李娜にコーヒーメーカー、ゴマすり、栓抜きをあげた。彼女は卒業したら、レストランを開きたいと言っていた。喜んでくれたので良かった。楊暁暁、陳智利は日本の古典の教科書を持っていった。孫迪は日本留学希望。朱春婷は終始無言で話にあまり、加わらなかった。帰りもみんなは寮の方向へ帰って行ったが、彼女一人は図書館の方へ歩いて行く。勉強かも。彼女は今度の1級の試験には自信があるとこの間、話していたが……。

「コンピューター2級の試験結果は張麗以外はみんな合格した」と楊暁暁。

２０１２／06／27（水）

〈６：07、起床、郵送荷物の整頓。８：30～９：30、郵便局〉

本はトランクに入れて郵便局まで運ぶことにした。その他に衣類、段ボール１箱。本、段ボール１箱。トランクに入れた本は郵便局の段ボール１箱に十分収まった。３箱で９００元。前回６００元、次、９００元として２４００元。日本円で３万１２００円ぐらいかかることになる。

〈13：30～17：30、張麗、張巍、楊菲菲、陳英莉〉

私の北京、南京、蘇州の旅行について。陳英莉は周荘《しゅうそう》がいいと言う。急遽行き先に加える。

私の睡眠の薬について。

陳英莉が、「中医薬の先生に診断してもらったらどうか」と言う。

「一緒に行ってくれるか」

「１級試験の終わった月曜日なら、朴洪洋が掛かっている病院に、彼女に連れて行ってもらったらどうか」

終わって、張巍、金曜日に新しいコンピューターに入れるＱＱのＤＶＤを持って来てくれるという。ヒューレットパッカードのプリンターについての意見を聞いた。古いものはインクが高いという。確かにその通りだ。このプリンターは置いて行こう。

２０１２／06／29（金）

〈８：00、会話・文学史〉

「来年来ると言っていますが『来年のことを言うと鬼が笑う』といいます。来年は来られないかも知れません。一回限りの出会いを大切にするという茶道の言葉を知っていますね」

「『一期一会』」

「はい『一期一会』です。今日も簡単に終わりますが心をこめて授業をします」

「こんなことを昔、私は言ったそうですね。誰かの相談に応えた時の言葉をみんなに言ったのでしょう。自分では忘れていましたが……『1、自分で決めること。2、決めたことには責任を持つこと。3、結果がうまくいかなくても他人のせいにしないこと。4、勇気を持って行うこと』」

「『贈る言葉』（打ち明け話）を書いてありますか？　それを提出して帰りましょう」

陳佳佳が後ろの宋士毓、張悦、張双、周文儀のをまとめて持ってくる。金琳香、李芳春は休んだが『言葉』はちゃんとしたものを書いて陳佳佳に預けてある。

王弘揚は打ち明け話で「先生が言えというから、忘れていたことを書きます。『先生は私のことを嫌いだ』と思っていました」と書いて来たが、そんなこだわりの気持ちは、もうすっかりない感じだ。

ほかの学生も特別のことは何も書いて来なかった。崔麗花がたくさん書いて来た。肝心の張悦は打ち明け話はなくて、李清照（12世紀宋代の女性詩人）の詩を書いて来た。ピンインだけ振ってあって、解説もコメントもない。あっさりしているところが張悦らしい。

〈11：30、食事作り。王弘揚、馬媛、孫辰。～12：40〉

王弘揚には紅茶入れ、馬媛には日本文学、孫辰にも日本文学をあげた。

「残りものには福がある」と言ってあげた。王弘揚は喜んでくれた。


〈孫辰、12：40～15：00。天津旅行の計画〉

コンピューターで切符の予約の仕方を教えてくれた。しかし、彼女に皆やってもらう。宿も彼女に取ってもらう。12日（木）はビジネス街で夕食を取る。13日は古文化街を見て回る。14：00まで。スケジュール決定。


〈王弘揚の「打ち明け話」《先生が言えというので忘れていたことを書きました》。油断していた。王弘揚はいつでも頼れると思っていた。知らないでいる時、彼女は苦しんでいた。苦しみを通り抜けた今、打ち明けて来た〉

「いつか知らないうちに私に対する態度が変わってしまいました」

「私が何か失礼なことをしましたか」

「それとも私のような人間はもともと嫌いなんですか」

「この作文の出題で何をどう書けばいいのか分かりません。だから困ってしまいました」

そっくり、これは自分に当てはまる。いつのまにか張悦に嫌われている。私はそう思っている。以前想像したように、張悦に好きな男が出来ただけかもしれない。
「つまらない男」と知ってしまっただけ。今は王紅香にものすごく慕われてしまって、日本へ絶対来ると言われてしまって困っている。多分、彼女は来られないと思うけれど。

2012／06／30（土）

〈張巍、来る。9：30～11：30〉

五味子《ウーウェイツ》と食べ物、それから、インクを持って来てくれた。QQインストール用のDVDは忘れた。

〈11：30～12：30、昼寝〉

本当に久しぶりに昼寝が出来た。

〈孫辰、来る。14：00～16：00。重要な情報も持って来る〉

天津行きチケットを購入して届けてくれた。11日（水）22：17、孫辰と同じ列車のチケットである。停車駅もパソコンで印刷してくれた。

先週26日（火）、登録切替のために全員、学生証を返却した。学生証がないため、みんな、今、チケットが買えない。昼休みに張兵、張双が集めた。そんなことがあったからだろう。その日、最後の文学史の授業はみんな集まって来なかった。

私のパソコンを使って天津で泊まるホテルも予約してくれた。予約番号CC20120630004878　支払い価格169元（2197円）。

2012/07/02（月）

朴洪洋と明日午後、臨河街《リンホォジェ》（第二章地図参照）の中医薬薬局へ行くことにする。230元かかるという。いい商売をしているのではないか、と思ったが、興味もあって行くことにする。

2012/07/03（火）

〈8：02、朴洪洋〉

「中医薬の先生は今日試験監督があります。明日午後行きましょう。先生、昨日の夜はよく眠れましたか」

臨河街の中医薬薬局の医師は、中医薬大学の教師も兼ねているらしい。

「昨日は睡眠薬を使わずに眠ってみました。2時間ぐらいずつ、何度も起きました」

2012/07/04（水）

〈13：30～14：30、図書館見学〉

王彤に案内してもらって初めて中に入った。5階の特別室にも入った。

日本から持ってきた『文芸春秋』『日本人の知らない日本語』日本の高校教科書などを寄贈する。

〈14：30～17：30、臨河街の薬局へ朴洪洋と〉

４２０元（５４６０円）かかる。診察代20元（２６０円）。薬代４００元（５２００円）。

〈朴洪洋に掛軸の暖簾をあげる〉

「中医薬を飲む時は他の薬は飲むな。酒や刺激物。においのするもの。魚、にんにくは食べるな。11日の昼までの分がある。熱い。冷めたら冷蔵庫に入れろ」と中医薬の医師は言っていると言う。

〈18：00、食堂で。思わぬ収穫〉

２階に行く。呉姣グループと会う。お粥を買っている。１階へ行く。王紅香がこちらを向いて誰かと話している。呉姣とまた会う。楊菲菲、陳英莉とも会う。ポットを持っている。呉姣が何か言って、陳英莉が通訳する。

「プリントをやっておけば90％できますか」

「授業でそう言ったね。授業で言った以上のことは言いません」

食事後、王紅香のところに立ち寄る。後ろ姿は張悦だった。

「２級試験はどうだったの？」

王紅香が、「聴解は難しかったけど、あとはまあまあでした」。

「１級の試験は、受けたんでしょ？」と張悦に聞く。

「はい」

「楊暁暁さんのアルバイト、することにしたの？」

「10日まではできません」

「夏休みになったらするの？」

「楊暁暁さんから電話が来たら、その時考えます」

「ＫＦＣ（ケンタッキーフライドチキン）でバイトするんじゃないの？」

「それもまだ決めたわけではありません。親は帰って来いと言います。——先生はいつ長春を離れますか」

「あ、まだ知らないですか、11日に離れます」

「上海へ行きますか」

張悦が自分のカバンを除けて座らせてくれる。張悦の隣に座る。

「まず天津。それから北京、南京、蘇州、紹興、それから上海です。上海から日帰りで周荘というところへいきます」

二人が中国語で何か話しているので「何を話してるの？」と聞く。

「先生の旅行は長い」と張悦。

飴を出す。王紅香は檸檬《れもん》の飴を受け取る。張悦はいらないと言っていたが、コーヒー味のを受け取る。

「今日、図書館に本を寄付した。その時、図書館で勉強していた人は誰だと思う？」

張悦が、「韓健くん、孔祥龍くん」。

王紅香は、「王彤くん」。

「今日、教室には誰がいたの？」

「朱春婷さん、周文儀さん」と張悦。

5階で勉強しているらしい。

「図書館に本を寄付した後、中医薬の先生の薬局へ行った。眠れないので見てもらって、薬をもらった。張悦さん具合はどう？」

「前よりはいい」

「どんな薬を飲んでるの？」

「『気』の薬。錠剤の薬です」

「二人はここで何を話していたの？」

「明日の試験のこと」と張悦。

「さっき陳英莉さんたちに会って聞かれた。『小テストをやっておけば90%できるんですか』と。間違えなければ出来る。張悦さんはできていても間違えるからなぁ……。私はこれで失礼します。二人はごゆっくりどうぞ。私が来て話の邪魔をしちゃったね」

「そんなことはありません」と張悦。

「『ごゆっくりどうぞ』は何ていうのかな」

張悦が書いてくれる。

「你們慢慢聊《ニィメンマンマンリョウ》」「『聊』とは『話をする』」とも書いてくれた。

「你們慢慢聊」と言って立ち去る。張悦は立ち上がって見送る。張悦は先生と生徒のけじめを崩さない。真面目。照れ屋。警戒心。17日の会へのお礼など、言いたかったけど、言っても「不謝《プーシェ》老師（いいえ、先生）」と言うだけだろう。

2012／07／06（金）
〈13：45～14：00、試験会場1521教室へ行く〉
質問者　呉紅華（3回もする。3回目に手を挙げた時はさすがに笑っている）、斉爽、朴洪洋（試験中だったが、彼女にあげた掛軸の使用説明書を渡す）、張麗、馬媛、張巍（一番最初に質問する）、楊菲菲（立ち上がって質問するので座らせる）、陳英莉、張悦（最初、気づかず通り過ぎる。近くの学生が指差すので見ると張悦だった。今日は今まで見たことのない服を着ている）、張双、周文儀（作文、原稿用紙をはみ出してもいいか？）、朱春婷、陳智利。

2012／07／08（日）
〈会話の作文を読む〉
張悦はしっかり書けている。就職で妥協できないものは「日本語に関係する仕事」である。だから、長春にいても、青島にいても、日本語に関する仕事にまず就く。そういう発想に立ったことがうれしかった。

２０１２／07／09（月）

〈文学史採点〉

張悦が最後に素晴らしいことを書いて来た。

「文学史で谷崎さんを勉強する。彼の名作『春琴抄』に関心を持っている。原作も読んだし、映画も何度も見たことがある。

春琴は９歳のころ失明し、音曲を学ぶ。佐助は召使として生活を助ける。作品の前半には二人の主従と師弟の関係が見られる。だんだん微妙な関係になる。もっとも印象的だったのは春琴が悪人に顔を焼かれた後、佐助が自分で針で目を突くこと。彼女が彼だけには傷ついた顔を見せたくなかったからだ。先生のいうとおり、二度惚れ、三度惚れを繰り返すのは愛ではなく、未来に共通の目的を置いて、見つめ合うのは大切だ。二人の愛はそういう愛だ。本当の愛だ。一番きれいな句は、佐助の『もう一生離れたしまへん』でしょう」

張悦の心に余裕があり、愛というものを理解している。「一緒に同じ方向を見ましょう」と私に言っているようにも聞こえる。私のメッセージを引用していることもうれしかった。最後の文章を書かせてよかった。

２０１２／07／10（火）

〈16：30、食堂で朱春婷、羅雪と会う〉

朱春婷が、「今日の中医薬の試験は難しかった。範囲が広い。勉強したことの30％しか出ない」

「この間、暗い表情をしていた」

「いつですか」

「私の部屋に来た時」

「あの時は身体の調子が悪かった」

「私はいつもにこにこしているらしいね」

「はい」

「羅雪さんもそうだね。でも、怒っている時もあるんでしょ？」

「一人の時」

「うん、よく分かる」

12日、火車《ホァチャー》（鉄道列車）で帰る予定者。朴洪洋、王艶麗、郭姗姗、朱春婷たちは吉林省内のそれぞれの故郷へ。羅雪、楊暁暁、陳智利、韓健たちは北京方面のそれぞれの故郷へ。

2012／07／11（水）
9：50、張巍がお粥（ワハハの木糖醇《ムータンチュン》《甘いお酒》と栄養八宝粥《パーバオツァイ》《漬物》の入ったもの）、棗《なつめ》（低糖で香酸蜜棗《シアンスエンミーザオ》《甘酸っぱく味を付けた棗》）、王老吉《ワンラオジ》（ハーブティー、中医薬だと王双は言った）を持って来てくれた。
「旅行中食べてください」
実は非常に助かった。おいしかった。

〈11：40～14：00、郵送〉

壊れ物を張立海が梱包してくれた。９００元。旺旺小吃《ワンワンシャオチー》（大学内の食堂）で台車を借りた。張立海が食堂に掛け合って借りてきた。彼は発想が豊か。文成育がまた来てくれた。張兵と三人。

〈16：40、給料などをようやく受け取る〉

国際部の送別会があったとかで、担当者は飲んでいた。４５００元受領。専門家証と電話代20元（見込み）を渡す。いろいろごちゃごちゃ言い訳していたが、印象は良くない。いろいろ言われたが、結局、受付のおばさんに見てもらった。

電子レンジ、プリンター（変圧器付き、説明書付き）、電気ストーブ、ポット、加湿器、使いかけの調味料、鍋や食器、不要の段ボールなどそのまま置いて来た。ブレーカーを落とし、窓を閉め、鍵をかけて出た。鍵はおばさんに渡した。

〈見送り〉

郭姗姗、羅雪、楊暁暁、朱春婷に見送られて、孫辰、范艷紅と一緒にタクシーで長春臨時駅へ向かった。40元。

第八章　帰国・中国からの便り

大学を学生たちに見送られて去った後、天津出身の孫辰、范艶紅と一緒に夜行寝台列車で天津に来た。その日は彼女たちと天津の町を見学し、天津で一泊。翌日彼女たちに見送られて北京に来た。北京では08生の楊智侠、王迎、常馨、王馳、07生の張磊らと会って会食。翌日は高速鉄道で南京へ。南京では08生劉佳恵と会った。南京から蘇州へ。蘇州では07生金暢がわざわざ無錫から来てくれて歓迎してくれた。蘇州から紹興へ、紹興から上海へ。上海では08生薛爽　柳爽と会い、彼女たちと一日がかりで、風光明媚な運河の町「周荘」へ行った。こうして2年半の大学での仕事を終えた後、大好きな旅行を、卒業生とともにして、ようやく7月23日に日本に戻った。

周荘

蘇州

２０１２／08／26（日）

〈大学では私のいない新学期が始まり、張双より時間割について09生ＱＱ群へ連絡がある〉

「09生（新４年生）の授業はとりあえず、月曜のみで1限・精読、２限・翻訳、３限・中医薬である」とのこと。４年生になると大幅に授業時間がなくなり、卒論と就職実習の準備に入る。

２０１２／12／12（水）

〈張双、張悦から「您《ニン》（あなた）を『認識人《レンシレン》』（知り合い）とすることが可能です」という知らせが来た〉

応じる。王紅香からも宋士毓からも。楊菲菲、張立海、劉倩老師からもあるが応答していない。張双、張悦の反応をみる。

２０１２／12／15（土）

〈張悦、張双より、再び「認識人可能」が来る。クリックする〉

ほかに、曹雪、馬媛、郭洋洋、金紅瑩、宋士毓、王紅香、王暁琳、張立海からも来る。

２０１２／12／16（日）

〈陳英莉からメールが来る〉

「先生、お留守ですか？」

「陳英莉さん　久しぶり」

「先生、お久しぶりです」

「待たせてごめん。どうしましたか?」

「今、時間はいかがですか?」

「どうぞ」

「ええ、論文のことで、先生と相談したいんです」

「はい、なんですか?」

「私は卒業論文で樋口一葉の『たけくらべ』について書きたいです」

「はい、何か困っていますか?」

「でも、インターネットで資料を探しました、樋口一葉についてのメッセージは少ないです」

そして、「先日、原作を読んでいました。原作は難しいです」。

「今、現代語訳を送ります。これはもう、見ましたか?」

「はい、見ました」

「あなたは yahoo.japan.co.jp が見られますか?」

「はい、やってみます」

「私が今送ったのは yahoo.japan.co.jp から取り寄せたものです」

「はい。私は後で探します。ありがとうごさいます」

「ところで、論文の内容の件ですが、指導の先生はどなたですか?」

「金額先生です。先日、金額先生と話しました」

「金額先生とどんな話をしましたか?」

「はい、まず、私は女性意識の点から一葉の人生観を見ようと考えています。それから作家の生涯、時代背景、『たけくらべ』の創作背景、物語のあらすじ、創作の特徴、作品から見る作家の観点などを書いていこうと思います」

「あなたらしい特徴がどこかで出せますか?」

「ええ、それは私も考えました」

「それがあれば、大丈夫だと思います。同じ資料を使っても、切り口、問題意識、観点、そういうものが違うわけですから」

「実は、このテーマを決めたのは偶然です。ある日、論文のことを悩んでいました、いきなり日本は恋という感情を重視することに気づきました」

「うん、うん　文学史の授業でもやりましたね」

「はい」

「万葉集の時代から、いやもっと以前から『恋という感情』の重視というのが、ありましたね」

「文学史を習った作家から一葉の『たけくらべ』を選びましたよ。何というか、以前、この作品のあらすじを読んでいました。すごくいい物語だと思いました。だから、論文はこのテーマにしようかなと思って」

「その読後感の中から、ポイントになる、論文のテーマは見つけられないかな?　先ほどの〝作家の生涯、時代背景、『たけくらべ』の創作背景、物語のあらすじ、創作の特徴、作品から見る作家の観点〟は誰かの研究書を引用すれば書けると思うので、それに付け加えて、あなたの〝いい物語〟だと思うそのキーポイントを掘り下げる……それはできないかな？　感想になってもいいと思う」

「そうですね」

「いろいろ調べたうえでの感想であれば――あなたがなぜ、樋口一葉の『たけくらべ』を取り上げるのか、その動機をしっかりと書き、論文答弁でもそれについて多く語る……」

「はい」

「恋する感情を述べることが日本文学の伝統である……などと結論付けてほかの日本文学から立証していくのもいいね」

「はい、そうですね。森鷗外の「舞姫」とか、川端康成の「雪国」とか、いろいろ恋する作品がいっぱいあります」

「幅が広がりすぎるのは大変かもしれませんが」

「だから、一部の作品に注目した方がいいですね」

「樋口一葉の恋については知っていますか？」

「はい」

「あれは悲恋に終わったんですよね。半井桃水との恋」

「ええ」

「小説書きの先生だった」

「朝日新聞の記者ですよね」

「そうそう」

「彼女の先生です」

「うん、樋口一葉はかわいそう、とまず思っちゃうね」

「そうですよ。以前、ちょっと調べました」

「何もかもうまく行かなくて　若い女の子なのに一家を支えて」

「彼女の一生は悲しい物語です」

「しかも、和裁とか料理とか女らしい仕事ではなくて、小説家になって、一家を支えた今の職業を持つ女性の先覚者です」

「生きていた時、貧乏人ですが、100年後、像は5000円札に印刷されていました。彼女にとって、なんか、風刺することではないですかと、私はそう思います」

「そうだね。一葉という女性の生き方にもあなたは感動しているね」

「とても感動しています」

「『たけくらべ』の恋もいいのかも知れないが……『たけくらべ』は悲しい物語だよね。ドラマのように幸せになるわけではない」

「そうですね」

「一葉の恋と同じように悲恋。どうして悲恋なのに、人は『いい』と思うのか?」

「主人公の周辺の事情で決まってしまうということですね、悲しい恋は美しいです。残念な気持ちがあるから」

「一緒に泣きたくなるんだよね。よく考えてみると、みんな悲恋だね。雪国、舞姫など」

「人はみんな、やすく（はかなく？）消えるものに思いを残しました」

「どうですか？　論文書けそうですか？　私と話してかえって難しくなりましたか？」

「先生と話をして、助かりましたよ」

「そうですか、それならいいですけど……先生は深く、深く考える癖があるからね。だから、あなたは混乱したかもしれない」

「それは私が望むことです。大丈夫です」

「あなたも深く考えるのが好きですか？」

「後は、ちゃんと整理しますから」

「うん、あまり深く掘り下げすぎると、まとまらなくなるので、上手に整理してください」

「はい、こうすると、いろいろ考えが発散するから」

「就職のことや留学のことも考えなきゃ、いけないいんでしょう？　そっちの方はその後どうなんですか？」

「まず、就職にします」

「そうですか。どこで就職するつもりですか？」

「春節の後、上海に行きたいです」

「いいですね。上海はいいと思います。今まで、今学期は、ずーっと長春にいたんですか？」

「ええ、私、がんばります」

「就職を探しに他の都市に行ったりしなかったんですか？」

「10月末、大連へ旅行に行きました」

「そうですか、大連では就職しないことにしたんですね？　大連はダメですか？」

「大連はいいところですけど、日本語を生かして就職したい人材はいっぱいいすぎます」

「あなたもAccentureを受けたんですか？」

「いいえ」

「大連の他の会社を受けたんですか？」

「いいえ。ただの旅行です」

「あなたはたくさん旅行しているよね。蘇州、杭州、北京、天津、大連……」

「日本語の人材、大連はもう飽和状態だと思います」

「うん、うん、郭姍姍さんもそんなことを言っていたよ」

「上海はいいです、大都市だし、私のふるさとに近いし」

「上海は一番、日本の企業が進出しているようです。小さな会社でも日本の大会社の子会社ですから、しっかりしています」

「そうです、日系会社は6000以上だそうです」

「仕事は厳しいかもしれませんが、今の中国は転換期にあると思います。いままでのようなわけにはいかないでしょう。今まではどんどん給料も上がったけど、これからは、そうはならないでしょう」

「はい、それは現実です。じつは、上海にある日系化粧品会社が私に電話して来ました」

「そうなんですか。やはり、1級を持っている人にはそういう話がありますか？　1級を持っていない人にもそういう話がありますか？　あなたは学習委員として頑張ったし、履歴書は申し分ないとおもいます」

「ええ、インターネットで私の履歴書を見ました。私の条件はあの会社にふさわしいと言われました。他の人にもそういう電話があるそうです」

「そうですか。まだ、みんなは卒業していないからね。春節の後ですね。みんなが就職先を探すのは。それまでに論文が仕上がるといいですね。いろいろ電話があっても、焦らずにゆったりと構えるのがいいでしょう」

「そうですね。学校にいる時間はどんどん少なくなりました。ゆっくり暮らしたいです」

「あなたと今日は話ができてとっても有意義でした」

「わたしもです」

「私は今でも中国語を勉強してるんですよ。あなたに教えてもらったことがようやく、分かってきました」

「えー、すごいですね、先生は。あー、そうですか。嬉しいですよ」

「テレビ講座を録画して繰り返し見ています。quの発音バッチリですよ。今度、6月にみんなと会ったら中国語でスピーチします。ウソー——それじゃね、まだ何か質問ある？　長くなったから。あなたも夕ご飯食べないといけないでしょう」

「今日はこれでいいです」

「あ、まだそっちは4時半か？　また何か質問があったら、遠慮なくQQしてください」

「先生のほうはもう5時半ですよね」

「そうそう、まだ夕ご飯早いよ、こっちも」

「はい、はい。ありがとうございました、先生」

「文学の話ができて楽しかったよ。一葉の話」

「私もです」


〈今日改めて陳英莉をいい女だと思って彼女を思い出した。華やかな表情。長身。表現力のある服装。豊かな胸。低い声。ひと際引き立つ笑顔。どこか憂いを秘めている内心〉

2012／12／24（月）
〈陳英莉よりクラス全員へのお知らせメール〉
「第一回卒論テーマ報告会に参加する人の名前を部屋ごとに私に知らせてください。今晩10時半が締め切りです。第一回に参加できない人は第二回に自動的に参加することになります」

2012／12／25（火）
昨日、柳金金、張兵からクリスマスメールが来た。以前には朴洪洋から来ている。

今朝、とうとう、張双にメールを送った。返事は来ない。

〈孫辰からクラス全員へのお知らせメール〉

「明日、午後1時、1315教室で卒論テーマ報告会があります。出席番号順に発表します。1時前には集合していてください」

第九章　卒論と就職の結末

２０１２／12／29（土）

〈張悦が「可能認識人」とアクセスしてきた〉

すぐにクリックした。これで09群に張悦が入る。

〈張悦にメールを送ることにした〉

「張悦さん　こんばんは。お元気ですか？　卒業論文や就職準備はうまく行っていますか？」

２０１２／12／30（日）

〈今朝、張悦の返事を発見した〉

張悦　23：38：27「先生、こんばんは。私は元気です。先生はお元気ですか。今、卒業論文を準備しています。就職についてはまだです」

〈張悦から返事がやっときた。彼女からのは着信音がしないので気がつかなかった。気がついてすぐ返事を出す。午後、張悦から返信メールが届く〉

張悦　14：31：46「テーマは『細雪からみる日本女性の美しさ』ですが、また第二回目のテーマ報告会に呼ばれています」

谷川　15：54：34「なかなか魅力的なテーマですね。長編小説なので読み通すのは大変ですが、たくさん映画にもなっています。三女を大体美しい女優が演じています。四女は小悪魔的。次女は世話好き、長女は現実的。そんな感じで描かれていると思いますよ。頑張って調べてみてください」

〈夜にまたメールが来る〉

張悦　22：44：59「はい、分かりました。先生、どうもありがとうございました。最近論文のことでちょっと迷っていましたので、助かりました。先生は帰国してから何かしていますか。全国各地を旅行しましたか」

谷川　22：55：20「うん、旅行はね、昔ほど行っていませんが、東北地方の岩手とか仙台、甲州地方、それから故郷の長野の方に旅行しましたよ。あなたは今、故郷にいますか？」

〈翌日、またメールが来る〉

2012／12／31（月）

張悦　18：57：41「先生、こんばんは。今、寮で論文のテーマ報告書を整えています」

谷川　18：58：57「はい、こんばんは。どうですか？　困っていますか？」

張悦　19：00：20「はい、ちょっとね」

谷川　19：00：13「いつ、テーマ報告の2回目があるんですか？」

張悦　19：02：25「時間はまだ決まっていません。大体三日後になると思います」

谷川　19：03：16「うん、分かった。時間はあるね」

張悦　19：04：04「はい、あります」

谷川　19：05：19「細雪という読み方はきれいだね。そう思わない？「ささめゆき」。「雪が細かい」などと普通言いません」
張悦　19：06：39「うん。雪子の名前のように」
谷川　19：07：31「あ、ほんとだ。雪子から取ったのか？　そうだね、きっと」
張悦　19：10：43「はい、また桜が落ちるときのようにと思う」
谷川　19：12：25「なるほど。細雪の場面で有名なのは四人姉妹が京都平安神宮の『しだれ桜』を見る場面だよ。調べた？」
張悦　19：16：09「いいえ、それはまだです」
張悦　19：19：22「先生、魅力と美しさはちがいますか」
谷川　19：25：21「そうですね。魅力というのは『こちらが引き付けられるようなもの……そういう美しさ』で外面よりも内面を強調している。単に『美しさ』という場合、それは、普通は外面の美しさをいう。内面にも美しさはあるから、そういう時は『内面の美しさ』というように『内面の』という形容を付けていう。……私はそう思う。ちょっと難しい言い方をしたけど……」
張悦　19：28：20「はい、ちょっとね。四姉妹は魅力的な女性ですか」
谷川　19：31：27「あなたのテーマは『細雪からみる日本女性の美しさ』ですね。これはこれでいいです。『日本女性の魅力』という言い方はよくないと思います。『美しさ』は目で見て『パッ』と分かるものです。細雪の『雪子』にはそれが表れていると思う」
張悦　19：33：21「はい、分かりました」

谷川　19：34：43「しかし『幸子』『鶴子』『妙子』は『パッ』と見て美しい女性とは限らない。平安神宮で着飾ってしだれ柳の下を歩いている姿は美しいけれど……」
張悦　19：36：41「問題は簡単になりましたよね。嬉しい」
谷川　19：38：19「世話好きな幸子、現実的な鶴子、小悪魔的な妙子と言った時、それは美しいとは言わない。小悪魔的な妙子は『魅力的である』こういう言い方がぴったりする」
谷川　19：40：34「幸子は雪子を結婚させようとして苦労している。こういう姿は『いたわしい』とか『けなげだ』という」
張悦　19：41：10「そうですね。でも、先のテーマ報告では四人の女性の『美しさ』と書いてしまいました」
谷川　19：42：12「『鶴子』は自分の夫のことを最優先してしまう。だから現実的という。たしかにそういう女性もいるからね」
張悦　19：44：02「はい、大勢です」
谷川　19：44：59「でも現実的な女性を美しいとはいわない」
谷川　19：46：05「しっかりもの、とかいう」
張悦　19：48：35「はい、分かりました」
谷川　19：48：39「現実から少し離れたところに『美しさ』はある。雪子は正にそういう人だ」
谷川　19：49：54「でも、なかなか、どういうわけか、人に気づかれない。それで、婚期が遅れている」

谷川　19：51：00「彼女の持っている『美しさ』が男を簡単に引きつけないのかもしれない」
張悦　19：51：34「でも、単純に雪子だけを書いただけでは、何か不足しているような気がする」
谷川　19：52：36「そうです。『美しさ』の背後にそれを感じさせる何かがある。それが日本女性の美しさだと思う」
張悦　19：56：02「もしかして、彼女の美しさは男にとって近寄りにくい神のような存在ですか」
谷川　19：56：41「うん、そういう要素もあると思う」
谷川　19：57：56「でも、彼女は最後平凡な男性のところへ行く？　えっと、忘れたけどそうじゃなかったたっけ？」
張悦　20：17：35「結局はそうなります。彼女が大好きな男ではない」
谷川　20：21：09「今、調べたけど、華族の男性と結婚するみたいですね。家柄は申し分ないけど……旧体制の崩壊というような評論が多い。雪子は『日本の戦前の美しい女性』『それは滅びゆく美』逆に妙子は問題児だが自立して生きていく強い女性」
張悦　20：43：27「うん、そうです。じつは私、妙子が好きです」
谷川　20：48：27「雪子が最後に下痢をするというのはきれいじゃないね」
谷川　20：49：35「全編に感じられる美しさとの落差が大きい」
谷川　20：51：26「『日本女性の美しさ』という題を訂正して単に『細雪に描かれた日本女性』としたらどうかな？」
谷川　20：52：42「そして四人の女性を比較する」

谷川　20：54：55「その四人は中国女性にも通ずるものがあるように思う。現代には妙子のような女性も大勢いるでしょう」
張悦　20：55：45「はい、そのテーマはもっとよいと思う」
谷川　20：56：36「下痢はするけど、雪子の美しさは印象的だ。幸子がいなければ雪子は何もできなかった」
谷川　20：57：42「鶴子のように振る舞わなければ現実的には生きていけない」
張悦　20：57：55「はい、そうです」
谷川　20：59：00「でも先生は雪子が好きです」
張悦　20：59：39「えーなぜですか」
谷川　20：59：46「『そういうひとはもういない』というのもいい。品がいいでしょう。心の美しさや優しさがあるでしょう」
張悦　21：01：40「はい、そうです」
谷川　21：01：56「でもね『かぐや姫』のように、そういう人はもういないんだ。下痢をするというのも現実的に思えて来るね。『かぐや姫』は現実の女ではないけど。雪子は結婚して『普通の人』になったんだ。普通の人は下痢をする」
張悦　21：05：28「はい、作者は最後には彼女を普通の人間にする」
谷川　21：05：57「一致したね。そう思う。『結婚は墓場』という言葉知ってる？」
張悦　21：07：31「はい、知っています」

谷川　21：09：28「『結婚は人生の墓場』雪子も結婚して墓場に入ったのかな？」
張悦　21：12：21「はい、現実にもどります」
谷川　21：13：21「雪子は幸子や鶴子のようになって行くんだろうね」
谷川　21：14：34「しかし、妙子はちょっと違うかもしれないな」
張悦　21：15：29「えー何で」
谷川　21：15：51「彼女は結婚しても自立して生きて行くように思う。仕事を持って」
張悦　21：17：57「はい、今の女性のように。幸せだと思う」
谷川　21：18：59「そうそう。君と話してたら、細雪がよく分かるようになった気がする。妙子の道は茨の道だと思うよ。なぜかって女性が自立して生きることは簡単ではない」
張悦　21：22：46「はい、そうです。社会や家庭からの圧力もあるし」
谷川　21：21：57「小説の中でも妙子の経験というのは大変なものでしょう？」
張悦　21：23：49「はい、とてもたいへんです」
谷川　21：26：02「あなたの好きな妙子にも大きな焦点を当てて書いてみるのもいいと思う」
張悦　21：27：10「はい、分かりました」
谷川　21：27：52「妙子は魅力的な女性である」
張悦　21：28：27「先生のおかげで、今、はっきりしてきました」
谷川　21：29：10「うん、私も話しながら、よく分かってきた。雪子は美しい女性である。美しさは滅びる。滅びの美を描くのが日本の伝統である。細雪は日本の美だけを描いた作品ではない」

張悦　21：32：34「はい、先生は文学のことよく知っていますよね」
谷川　21：33：53「あなたは以前『春琴抄』について書いたことがあったね。あれも谷崎潤一郎だね」
張悦　21：36：30「はい、日本女性に関心を持ったからです」
谷川　21：37：15「日本女性のどんなところに関心があるの？」
張悦　21：40：04「どのような生活をしているかとか……」
谷川　21：39：20「でも、もう今日はこれぐらいにしようか？　あなたも疲れたでしょう？　日本語で話すのも疲れるでしょう？」
張悦　21：42：02「携帯電話なので、メールをするのにちょっと時間がかかって。ちょっと不便ですから」
谷川　21：42：53「あ、携帯電話だったの？」
張悦　21：44：49「はい、寮のネットは期限にされているので」
谷川　21：46：23「でも携帯でQQできればいいよね。インターネットの資料も取り寄せられるの？　アイホーンなの？」
張悦　21：48：04「はい、取り寄せられます。サムスンです」
谷川　21：49：13「就職はどうするの？　山東省へ行くの？」
張悦　21：50：37「青島へ行こうと思いますが、具体的には、まだ決めていません」
谷川　21：52：48「張双さんも青島へ行くと言っていたよ。ルームシェアをするといいよね。経済的にいい。ほかにも青島に行きたい人はいるのかなぁ?」
張悦　21:56:10「私の高校の友だちも行きますよ」
谷川　21:58:01「給料は08の人の話ではそう期待してはいけないようだ。でも吉林省以外で経験を積むのはいいことだと思います。ルームシェアして生活費を安くする」
谷川　21:59:46「中国の経済も以前とは違って、どんどん給料は上がらなくなっているようだし」
張悦　22:00:50「仕方ないよね」
谷川　22:01:22「うん、みんながそうなんだから。経験を積んで人生を豊かにする。いろんな土地へ行く」
張悦　22:03:30「はい、見聞も広くなるし」
谷川　22:04:26「体をこわしてはいけないけど……あなた健康の方はもう、平気ですか?　以前おなかが痛いと言っていたけど、治りましたか?」
張悦　22:09:36「はい、もう大丈夫です」
谷川　22:10:15「それはよかったね。心配していました。あのころ元気がなさそうだったから」
張悦　22:12:45「先生、私、髪をカットして元気になりました」
谷川　22:13:43「え、ショートカットにしたの?」
張悦　22:14:36「はい、そうです」
谷川　22:15:28「エーッ、いつしたの?」
張悦　22:16:18「十月のころ」

谷川　22：17：44「私が長春へ行っても分からない？　あなたはいつも長い髪だったもんね」
張悦　22：25：30「はい、以前と違っています」
谷川　22：26：49「大分、長話になったね。今日はこれぐらいにしようか。なにか聞きたいことまだある？」
張悦　22：28：29「いいえ、先生、お休みなさい」
谷川　22：30：16「明日は元旦だね。よい新年を迎えてください。たくさん話せて楽しかったです。文学の話がたくさんできて」
張悦　22：31：35「はい、私もそうです」

〈なんと張悦と4時間も話をした。文学の話をしてしっとりとした会話ができた。彼女はしかし、現実的である。「張悦　20：59：39　えーなぜですか」「張悦　21：15：29　えー何で」と疑問を持つところに彼女の発想がうかがわれる〉

2013／01／02（水）
〈16：27：21、張悦より「笑顔マーク」がメールで届く〉
谷川　16：37：25「もう、書き終わりましたか？」
張悦　16：38：44「いいえ」
谷川　16：44：00「第二回開題報告会はいつになりましたか？」

張悦　16：52：56　「今は分かりません」
谷川　16：55：27　「張悦さんの論文指導の先生は誰ですか？」
張悦　16：56：18　「金頴先生です」
谷川　16：58：01　「第一回の報告会で金頴先生からどんな指摘を受けたんですか？」
張悦　17：28：53　「映画のことは書かない方がいい。もっと官能のことについて書きなさい」
谷川　17：39：38　「もっと官能のこと……初期の作品に少し触れるといいでしょう。『刺青』とか『痴人の愛』とかあなたの書いた『春琴抄』とか。谷崎は普通『耽美派』とか『悪魔主義』の作家と言われていますね。それと『細雪』は少しちがいます」
張悦　17：49：07　「はい」
谷川　17：56：06　「谷崎潤一郎はもともとは東京の人、関東大震災をきっかけに関西に住むようになった。これは知ってるよね」
張悦　17：56：23　「はい」
谷川　17：57：35　「東京大学だったかな。遊んでいて中退した。これも知ってるよね？」
張悦　17：58：05　「いいえ。知りませんでした」
谷川　17：58：57　「当時の青年たちは皆、反抗的だった。これも知ってるよね？　ほら、文学史でやったでしょう。高村光太郎とか北原白秋。パンの会」
張悦　17：59：52　「はい。知っています」
谷川　18：00：39　「永井荷風もリーダーだった。谷崎はパンの会には加わらなかったけど、気持ちは同じだったと思う」
張悦　18：01：58「そうですか。同じ時代の作者ですよね」
谷川　18：02：41「永井荷風と谷崎は同じ『耽美派』と言われる。『耽美』の意味分かるよね」
張悦　18：05：24「はい」
谷川　18：05：28「『美』が第一という意味だ。分かりやすく言うと。だから佐助は自分を『春琴』に捧げたんでしょう？　当時の青年芸術家たちはみんな『現実』の奥に本当の『理想』や『美』があると信じていたんだ。大正時代はそういう時代だった。一九二三年に関東大震災が起こり、時代も昭和になった。谷崎も現実的になったんじゃないかな？」
張悦　18：14：08「はい。分かりました」
谷川　18：15：18「谷崎は関西で『松子』さんと結婚した。知ってるよね？」
張悦　18：15：27「はい。知っています」
谷川　18：16：14「この人が幸子のモデル。知ってるよね？」
張悦　18：16：24「はい。知っています」
谷川　18：17：35「幸子の姉妹のことをほぼその通り書いたのが『細雪』という作品だ」
張悦　18：16：44「先生、今のコンピューターは、ちょっと具合が悪いので、修理してから、また、話します」
谷川　18：18：35「分かった。また後でね。バイバイ」
張悦　18：18：42「はい。ばいばい」

〈これで、もう、6月まで話をする機会はないだろうとその時は思った〉
2013/01/18（金）
〈張悦が一昨日、16日、私の空間（Qゾーン）を訪問していることを今日発見した〉
2013/01/24（木）
〈16：23確認。張悦パソコンでオン。張悦の標語が「我想」から「有圧力才有動力（プレッシャーがないとやる気が生まれない）」に変わる〉
2013/01/28（月）
〈思い切って張悦にQQを送った〉
日付：2013/01/28
谷川　10：59：18「張悦さんお早う。その後、いかがですか？　順調ですか？」
谷川　11：05：33「お留守のようですね。またあとでね。バイバイ」
〈11：16確認、張悦 Wechatonline、脱退。それからしばらくして〉
張悦　11：17：00「先生、おはよう。先生のおかげで順調です」
谷川　11：17：53「就職決まりましたか？」

張悦　11：21：19「はい、まず蛟河市の会社ではたらいて、卒業論文のあと青島へ行く」
谷川　11：22：39「蛟河市の会社は何をしている会社ですか？」
張悦　11：25：04「食物に関する会社です」
谷川　11：25：36「日本語を使いますか？」
張悦　11：32：56「いいえ、日本語を使いません。管理の仕事です。青島ではたらくとき、日本語を使える会社を探します」
谷川　11：35：22「第2回テーマ報告会ではどんな指摘を先生からされましたか？」
谷川　11：59：39「開題（テーマ）は合格したんでしょう？」
張悦　12：05：13「はい、もっと四人の細かいところを書きましょうということでした」
谷川　12：11：04「加油《チャーヨー》（がんばって）。私がいろいろ、話したことは参考になった？　かえって、あなたを混乱させなかった？　それを心配しています」
谷川　12：29：44「今日はこれから出かけるので、ごめんね。これでバイバイします。それから、あなたは去年の7月に英語4級を合格したんでしょう。おめでとう。李芳春さんから聞きました。じゃ、またね。何かあったら、遠慮なく聞いてください」
張悦　12：34：28「はい、気をつけてね。先生」
谷川　12：39：25「あなたは日本語も英語も、コンピューターも就職もみんな順調ですね。それが分かったのでとても喜んでいます。じゃぁね。再見《ツァイチェン》」
張悦　12：42：16「はい、ありがとうございます。先生、またね」

2013／02／11（月）
〈9：19　張悦が空間（Qゾーン）を訪問している〉
2013／03／05（火）
〈ラジオ中国語講座を聞いていたとき、張悦からQQがあった。気づかず、テレビの録画を見ていた。彼女のQQはオンラインの時、ピピピという着信音が鳴らない。だから気がつかない。張玲玲のは鳴る。それで気づいた。張悦、張玲玲二人と最初は話した〉
張悦　10：33：47「先生、いますか」
張悦　10：34：46「最近、元気ですか」
谷川　11：25：01「はい、こんにちは。（50分後に気づく）」
張悦　11：29：52「こんにちは」
谷川　11：31：27「今、仕事中？　私は元気。あなたは？」
張悦　11：32：05「はい、そうです（今仕事中です）。はい、元気です。でも、仕事のことね、ちょっと大変です」
谷川　11：33：34「そう、どうしたの？」
張悦　11：34：57「毎日残業をするし、夕ご飯が遅くなる場合も多い」
谷川　11：37：26「伯父さんの家にいるの？」

張悦　11：43：42「いいえ、伯父の家にはいません。会社の寮に住んでいます。設備が整っています。管理の仕事で、やりがいがあります」
谷川　11：57：55「あなたが指示を出すんですか？」
張悦　14：00：22「はい、指示を出すこともあります。監督もするし、各部門の仕事の工程表を作ったりしています」
谷川　14：02：05「あなたはてきぱきしているし、仕事も早いから、管理の仕事に向いている気がしますよ」
張悦　14：02：52「職員のオン　ザ　ジョブ　トレーニング（職業訓練）をします。あ、そんな風に私は見えますか？」
谷川　14：04：10「会社の従業員は何人ですか？」
張悦　14：06：51「千人ぐらい」
谷川　14：07：46「え、そんなに大きな会社なの？　何という名前の会社ですか？」
張悦　14：08：39「得利斯《ドアリス》。私の会社は支社です」
谷川　14：09：26「中国の会社ですか？」
張悦　14：09：29「はい」
谷川　14：10：15「食品を扱う会社と聞いていますが、主にどんな食品ですか？」
張悦　14：11：11「豚肉、油などいろいろあります。私の部門がとても忙しい」
谷川　14：15：05「今、蛟河市の地図を見ています。あなたの会社の位置はどこですか？　開発区？

それとも市街？　あなたの部門は人材管理の部門ということになるのかな？」

張悦　14：17：27「新区です。人材管理の部門です」

谷川　14：18：22「その仕事は何人でしているの？」

張悦　14：18：53「私を除いて三人」

谷川　14：20：13「仕事の同僚とはどうですか？　先輩はあなたに厳しいですか？」

張悦　14：20：53「はい、厳しいです。でも、いいひとです」

谷川　14：21：50「いつから働いているの？　もう何日になるの？」

張悦　14：22：19「もう、十日以上（2月18日から数えて14日目）」

谷川　14：23：21「給料はいつもらえるの？　いくらか決まっているの？　残業代も出るのかな？」

張悦　14：24：48「残業代がありません　給料は他人より高い」

谷川　14：30：56「長春にいるときアルバイトした？」

張悦　14：31：40「はい　携帯電話がそのときなくなって」

谷川　14：33：20「え、どうしたの？　盗まれた？」

張悦　14：35：07「気がついたらなくなっていた。多分そうです」

谷川　14：35：36「それでどうしたの？」

張悦　14：37：44「新しいの買いました」

谷川　14：39：05「あ、それがサムスンの携帯電話ですか？」

張悦　14：40：52「はい」

谷川　14：41：41　「今は会社のコンピューターを使っているんでしょう？」
張悦　14：44：48　「はい」
谷川　14：47：38　「会社から寮までは歩いて帰れるの？　同じ場所にあるの？」
張悦　14：49：12　「はい、近いです」
谷川　14：50：29　「それはいいね。食事はどうするの？　会社の食堂で食べるの？」
張悦　15：05：41　「食堂で食べます。朝御飯は寮でつくる。お粥、卵などたべます」
谷川　15：07：52　「そうですか。寮は一部屋何人で暮らしているんですか？」
張悦　15：09：25　「二人だけ」
谷川　15：10：36　「そう、その人も新入社員ですか？」
張悦　15：11：32　「はい、私たち同じ時に入社です」
谷川　15：12：13　「その人も管理の仕事ですか？」
張悦　15：13：15　「いいえ」
谷川　15：13：59　「あ、違うんですか？　でも、年齢が近いと話も合うでしょうね」
張悦　15：14：36　「食品の品質を守る職です」
谷川　15：15：14　「うん、分かります。品質管理ですね」
張悦　15：15：26　「はい、時々一緒に外でご飯を食べる」
谷川　15：15：29　「あなたは人材管理」
張悦　15：15：39　「はい、そんな感じの仕事です」

谷川　15：16：48　「良かったですね。話のできる人がいて」
張悦　15：18：02　「はい、姉も蛟河市にいます」
谷川　15：19：34　「今は仕事が忙しくて大変ですが、暇ができたら何をしたいですか？　あ、そうですか？　蛟河市ではさびしくありませんね」
張悦　15：21：19　「家にかえります。毎月4日の休みがあります」
谷川　15：54：34　「日曜だけ、4日の休みか？　厳しいね。健康、大事にしてね」
張悦　16：15：19　「はい、先生は最近、何をしていますか」
谷川　16：17：04　「トレーニングジムへ行き始めました」
張悦　16：17：40　「それはよかったね」
張悦　16：18：53　「先生の生活はとても充実ですね」
谷川　16：19：01　「昨日初めて行きました。中国語も勉強しているよ」
谷川　16：21：41　「あなたは楽しいことは何？」
張悦　16：25：54　「踊ること。でも、今時間がないので、していません」
谷川　16：55：13　「仕事が忙しくても、楽しければ、あるいは新鮮な充実感があればいいと思います。その点ではどうですか？」
張悦　17：12：19　「はい、仕事の方は楽で、毎日充実してすごしています」
谷川　17：17：06　「『毎日残業があって、休みが月に4日だけだけど、仕事自体は管理の仕事でやりがいがある』こういうことですね……挺好的《ティンハオドァ》（いいね！）」

張悦　17：38：38「はい　先生の中国語がとてもいいですね」
谷川　17：39：28「驚かないでね！」
谷川　18：45：26「吉林得利斯食品有限公司于2007年10月26日設立、注冊（登録）資本為人民幣4000万元。公司住所為蛟河市河北街世紀路111号、経営範囲為生猪屠宰（豚の屠殺）与肉製品加工、销售（販売）」
谷川　18：49：44「yahoo.co.jp に載っていましたよ。支店は各地にあるが資本金4000万元というのは大きな会社ですね。私の持っている地図にも載っていましたよ」

2013／03／06（水）
〈お昼のニュースを見ていたとき、張悦からQQがあった。今日ははピピピという音が鳴るので気づいた〉
張悦　12：03：00「そうですか。本社は人数が多いです」（昨日の返事、今来る）
谷川　12：05：52「この会社は自分で探しましたか？」
張悦　12：07：04「いいえ、友達から聞いて、面接を受けて、合格後入社しました」（張悦の場合、友達の紹介というのが多くなりそうな気がする。警戒心が強い）
谷川　12：08：44「大勢応募したんですか？」
張悦　12：11：04「数は分かりませんが多かったと思います」
谷川　12：14：22「張悦さん、ごめんね。今日は午後外出します。だから、すぐに返事ができませんが、何か質問があったら、メールしておいてください」

張悦　12：15：05「はい　またね、先生」（『またね』が中国人女子の特徴、可愛い。『先生』を付けるのも特徴、親しみが感じられる）

〈昨日はずーっと張悦と付き合った。彼女は私を何度も、予告せず、待たせた。返事はとても短い。でも少し分かった。勤務時間中に、彼女は暇な時がある。今度はこちらからメールを入れてもいい〉

〈張悦からはその後、何もない〉

2013／03／09（土）

〈10：05確認、いつのまにか張悦携帯でオン。標語が「唯止能止衆止あなたが止めればみんなも止める」→「想你（あなたがなつかしい）」へと変わった。昔は「我是就是我（私は私）」だった〉

2013／03／11（月）

〈張悦からQQがあった。9：39：06「先生、いますか」〉

谷川　10：08：40（30分後に気づいて返信する）「はい、こんにちは　どうしましたか？」

谷川　10：16：06（返事が返って来ないので話題を提供する）「東京では21日頃から、桜が咲くそうです。昨日は25度だったそうです。そちらも少し、暖かくなりましたか？」

谷川　10：18：04（気になっていることを書く）「卒業論文どうですか。なんとか、書けそうですか？」
張悦　10：18：08「はい、夜はちょっと寒いけど、昼は暖かい。まだ卒業論文には取り掛かっていません。最近、仕事がちょっと忙しいです」
谷川　10：19：46「昨日は家に帰りましたか？」
張悦　10：20：15「でも、今週には書き始めたいと思います。いいえ、家には帰っていません」
谷川　10：21：21「書けることから、書いていくといいでしょう」
張悦　10：21：43「はい、私もそういうつもりです」
谷川　10：22：52「表現に不安があったら、直してあげようか？」
張悦　10：24：03「はい、そうしていただければ助かります。どうもありがとうございます」
谷川　10：31：08「調べていて分からないことがあれば、いつでも聞いてください」
張悦　10：31：37「はい、どうもありがとうございます」
谷川　10：33：43「うん、張悦さん。これからラジオで中国語の勉強をして、それから外出します。また連絡してください。真面目なことでなくて。世間話でもいいですよ」
〈16：23帰宅確認。張悦パソコンでオン。張悦の標語が変わる。「我想（あなたがなつかしい）から有圧力才有動力（プレッシャーがないとやる気が生まれない）」へ〉

２０１３／03／18（月）
〈11：05確認。いつの間にか張悦パソコンでオン（「寵辱不惊、看庭前花開花落……去留無意……可愛がられても叱られても驚かず、庭の花の咲き落ちるを見て過ごす……」へと標語が変わった）〉

２０１３／03／22（金）
〈張悦へＱＱ〉
谷川　10：00：24「張悦さん、いますか（在啊《ザイア》）？」
張悦　10：01：40「はい、先生、こんにちは」
谷川　10：02：27「論文の方はどうですか？」
張悦　10：03：16「今始めます」
谷川　10：03：19「まだ進んでいないのでしょうね」
張悦　10：03：49「はい、先生の言うとおりです。最近ちょっと忙しくて。今日から始めます」
谷川　10：04：32「以前、開題の前に私が話したこと、少し修正したいんです。少しでも論文を書くヒントになればいい、と思って。私が妙子を評価した言葉覚えている？」
張悦　10：25：02「はい、覚えています」
谷川　10：25：50「あれは適当ではなかった、と今は思っています」
張悦　10：55：19「適当と思いますよ」
谷川　10：56：06「妙子は堅実な感じがする」

張悦　10：59：39「いろいろ困難があっても、自信を持って、生きてつづけています」
谷川　11：04：32「手先が器用で洋裁ができる。体を動かすことが上手で日本舞踊ができる……他人の口真似が上手で人を笑わせる。いろいろな技術や才能を持った人…それが妙子だと思う。他の姉妹と違って新しいことをどんどん実行する」
張悦　11：06：18「うん、先生は妙子のことよく知っていますね。わたし、妙子のこと好きで、羨ましい」
谷川　11：08：02「人形作りのような芸術的な才能ももつが、芸術を人生の第一とは考えていない。人形作りから脱却して、女性として独立できるように考える」
張悦　11：08：59「はい、現代の女性のように」
谷川　11：11：27「奥畑の啓坊と昔駆け落ちしたけれど、啓坊の「甘さ」＝親にたよりっきり……などもよく分かっていて、彼女は啓坊に頼らずに、自分で仕事を持って生きようとしている」
張悦　11：15：03「はい、そうです。自立的な女性」
谷川　11：15：53「雪子についても少し修正したい」
張悦　11：16：36「どこですか」
谷川　11：17：55「雪子が『細雪』の中の美しい女性の代表のように考えていた点」
張悦　11：18：40「これは事実ですよ。姿も言動も美しい」
谷川　11：19：55「彼女は不思議な人だ。分かりやすい人ではない」
張悦　11：20：12「えー」

谷川　11：20：32「いつも黙っている」
張悦　11：20：48「それはそうですね」
谷川　11：21：50「何か聞いても『はー』とか『えー』とかしか言わない。『あのー』とか」
張悦　11：30：59「はい、分かりました」
谷川　11：32：42「妙子は末っ子なので、自由に好きなことをしているが、雪子は本家へ行かされたり、損な役目をさせられているような気がする……誰が見ても」
張悦　11：38：19「雪子の生活はちょっと悲しいと思います」
谷川　11：40：32「そして、不思議なのは彼女は、『絶対に好き』とか『絶対に嫌』とかいう自分なりの感覚を持っていることだ」
張悦　11：46：22「はい、作者はこの女《ひと》、絶対に好きですね。昔の人は雪子のような女性が好きです」
谷川　11：48：51「それは分からない。作者は四人の姉妹のそれぞれの良さを知っている。妙子のことも良く書けている」
張悦　11：50：03「雪子は作者の好きなタイプと思います」
谷川　11：50：55「私もそう思っていたんだが、今は少し違う……」
張悦　11：52：19「なぜ今考えが変わっていますか」
谷川　11：53：23「うん、それを伝えたくて、今、話している。雪子は理想的な女性として描かれてはいない。最初から」

張悦　11：55：22「はい、先生、どうもありがとうございます」
谷川　11：56：29「細面で痩せていて、まるで結核の患者のように見えないことはない」
張悦　11：59：18「古代で典型的な美人ではないですか」
谷川　12：00：54「そうですね。薄倖の美女・西施というところでしょうか？　でも雪子はあまり泣いていることはないですね。泣きそうな状況に置かれていても黙って堪えている」
張悦　12：02：59「はい、それもそうですね。はい」
谷川　12：04：22「悦子のことが好き、芦屋の家が好き、それは絶対なのに、本家へ行けと言われれば行く」
張悦　12：04：45「はい、ただ黙って、受け入れます。中国の本では『林黛玉』という女性がいます。雪子とよく似ています」
谷川　12：05：44「周りの人は雪子の本心が分かるだけに『やきもき』させられるんですね」
張悦　12：06：16「はい、そうですね」
谷川　12：07：48「細雪のなかで一番パッとした美しさを持っているのは雪子だと私はテーマ報告会の前にあなたに言ったが、あれは間違いだった」
張悦　12：09：04「実は妙子ですか」
谷川　12：09：29「いいえ、妙子ではありません」
張悦　12：11：17「では、誰ですか」
谷川　12：11：47「幸子です。本文にも書いてあります」

張悦　12：12：48「作者の奥さんですね」
谷川　12：15：26「雪子の美しさは『よく分からない』しかし、その美しさの分かる人に嫁がせてやりたい……幸子はそう考えるんです。はい、幸子は雪子と同じようなこだわりを持っていますが、パッとしていて分かりやすい。好きな魚は『鯛』好きな花は『(京都の）桜』というふうに」
張悦　12：18：48「はい、分かりました」
張悦　12：19：51「でも、結末はあまり理想的ではないです」
谷川　12：22：02「幸子は交際する人も多い。一番華やかな女性だと思います。妙子も交際する人が多く、華やかそうに見えますが、男運が悪いので、ちょっと華やかとは言えませんね」
張悦　12：23：08「そうですね」
谷川　12：24：20「読者がつい期待してしまうような結末が理想の結婚で終わる……メデタシメデタシという小説にはなっていないんですね、『細雪』は」
張悦　12：24：57「はい、そうです。見合いのとき、幸子は行かない方がいいと書いていますね」
谷川　12：27：49「幸子、雪子、妙子の三人の女性が揃うとき、周りの人がみんな振り返ったと書いてありますね。京都の桜見物のときなど」
張悦　12：31：10「はい、キレイな場面です」
谷川　12：36：39「三人が揃った時、が一番美しい……これがポイントのような気がするんです。雪子にももちろん美しさはある。でも三人が揃って、幸子のいう日本で最も美しい、京都の桜を見る。……でもこの最高点は長く続かない。雪子は結婚するし、妙子は独立していく。そういうときの流れのはかなさ、一瞬の美しさを書いたのが『細雪』なのかな……最近そう思います」
張悦　12：37：50「はい、そうです。短い時の美しさは永遠の美しさです」
谷川　12：38：33「長女はちょっと影が薄い。ちょっとコミカルですね、長女は」
張悦　12：40：47「はい、ちょっとね」
谷川　12：41：28「でもかわいそうで同情してしまうところもあります」

〈このあと交信が途絶えた〉

2013／03／23（土）
〈張悦からQQがあった。9：30～12：00まで二時間半話す〉
張悦　9：24：57「先生、すみませんでした。昨日突然用事ができて、部長と一緒に外に出かけました」
谷川　9：29：09「いいえ、大丈夫。昨日は私も帰りが遅くなりました」
張悦　9：34：41「運動しましたか」
谷川　9：36：16「ええ、一週間ぶりに運動したので気持ちが良かったです。あなたは何をして気分転換していますか？」
張悦　9：37：52「音楽を聞くと、体も気持ちも楽になります」
谷川　9：40：52「どういう音楽が好きですか？　中国の若い歌手ですか？」

張悦　9：42：11　「外国の音楽が好きです。例えば、韓国やアメリカなど」
谷川　9：43：34　「どうやって聞くんですか。携帯電話で聞けるんですか？」
張悦　9：48：41　「主にコンピューターで聞く、時々携帯電話で聞きます」
谷川　9：54：40　「私はテレビ番組で放映する、クラシック音楽を聴くことが多いです。クラシック音楽にまつわるトークとか歴史とかを知るのが好きです。だから、本当の音楽好きとはいえないね」
張悦　10：00：49　「音楽を通じて、いろいろな知識を手にします。先生は私より豊かな人生をしていますね」
谷川　10：05：37　「あなたも早く、仕事をしながら、ほかにしたいこともできるようになるといいよね」
張悦　10：10：16　「はい、今はちょっとゆとりがあって、先生と話しています」
谷川　10：13：06　「仕事中に、暇があるんだね。日本企業ではこういうことがないと思います。残業制度や休暇制度がはっきりしています」
張悦　10：16：06　「今はインターンの身だからです。だんだん忙しくなります」
谷川　10：17：56　「あ、そうですか？　そういえば08生も、卒業してから厳しくなったと言っていました。給料は高くなるけど……」
張悦　10：21：08　「はい、そういうことです」
谷川　10：26：35　「今の仕事が充実しているようですが、卒業したら、やはり、青島で日本語を使う仕事をするつもりですか?」
張悦　10:29:00「はい、そのつもりです」
谷川　10:30:33「あなたは意志が強いですね。雪子や妙子のようです」
張悦　10:31:00「ちょっとね。両親は『この会社でずっと勤めていればいい』と言った、『いいえ、青島へ行く』と答えました」
谷川　10:34:09「うん、ますます、妙子のようですよ」
張悦　10:35:52「先生は以前『張悦さんは妙子のような人』と言いましたね」
谷川　10:37:30「あ、そんなことを言いましたか?　私にしては記憶がぼんやりしていますね。雪子は親のいうことなら聞くかな、やっぱり。でも彼女はなんのかんの言って自分の思うように周りを仕向ける。でもよく似ていると思いますね。あなたはてきぱきとしていて、行動が素早いと思う。判断が毅然としていると思う、そういう点が妙子と似ている」
張悦　10:42:02「いいえ、妙子は私より強い人間です。彼女のような人間になりたいです」
谷川　10:46:47「『細雪』に書いてあったけど。妙子は一九三八年の阪神大洪水のとき、濁流の中を生きて帰ってくるんだね。板倉という写真屋が助けてくれたせいもあるけど。彼女の生命力の強さのようなものを感じたよ」
張悦　10:55:02「はい、私もそう思います」
谷川　10:58:25「君が昨日言っていた『林黛玉』のことだけど、細くて、病気がちで弱弱しい人なんだよね?　自己主張もするの?」

張悦　11：00：10　「自己主張はあまりないのです」
谷川　11：02：53　「雪子は細面、痩身で弱弱しく見えるが、病気一つしたことがなく、体の芯が強いことでは長女の次に強いと書いてあるね」
張悦　11：08：15　「はい、そうです」
谷川　11：10：08　「幸子の子供の悦子や鶴子の子供の梅子が病気になったとき誰よりも看病を上手にできるのが雪子だった」
張悦　11：12：18　「はい、彼女たちは仲良いですね」
谷川　11：14：53　「それは雪子が病気をしないから、いろいろな病気に対して強いからだと思う。幸子はすぐにいろんな病気になる。気持ちは優しいが、体の芯が弱い……」
張悦　11：19：25　「はい、そうです」
張悦　11：20：26　「幸子は人間の欠点があります」
谷川　11：23：29　「二度めのお見合いのあと雪子は『断りたい』という自分の気持ちを妙子に伝え、妙子から幸子に言ってもらうように頼む場面がある。このように、雪子は周りの人に従っているようでいて、実は自分の意志を通しているんだね」
張悦　11：25：04　「はい、雪子は自分の考えがあって、周りのことを注意して、自分なりの生き方をつづけて行きます」
谷川　11：27：13　「幸子が妙子に言っているね『こいさん、見ててごらんなさい、雪子ちゃんは旦那さんも自分の思い通りにするから』と」

張悦　11：28：04「はい」
谷川　11：29：54「だからね。それが雪子の不思議なところなんだと思う。周囲の人に従っているように見えて、実は周囲の人を従わせている……」
張悦　11：31：31「はい、私もそう思います」
谷川　11：32：02「そういう女性っているでしょう？」
張悦　11：32：36「はい、います」
谷川　11：33：29「谷崎潤一郎は実に女性を上手に書いていると思うよ」
張悦　11：40：00「はい、いろいろな女性を描きます」
谷川　11：46：03「だからね、女性の魔力といったものを谷崎は書いて来たけど、魔力という言葉を魅力と置き換えてもいいとおもう。ようするに男性はその魔力に引き寄せられていくんだ。魔力＝魅力の根源に官能というものがあると思うけど……」
張悦　11：47：01「そうですね。分かりました」
谷川　11：48：09「はい、どうですか。論文を書くヒントになりましたか？　今日の私の授業」
張悦　11：51：29「はい、先生のお蔭で、今いろいろ考えています」
谷川　11：53：13「うん、よかった。時間を見つけて頑張ってね。今日は午後、映画を見るつもりです」

〈まだ硬いけど、今までで一番親密な、表面的ではない会話ができたかもしれない〉

２０１３／03／28（木）

〈6：41パソコンを起動する。09群では、馬媛だけがオンにしている。張悦はまだオフ。しかしＱＱ空間（Ｑゾーン）に珍しく誕生日の贈り物をくれた。「幸福のクッキーを贈ります」というメッセージの添えられた赤いリボンで結んであるクッキーのイラストである〉

２０１３／03／30（土）

〈21：19確認、張悦オン。標語がいつの間にか変わっている〉

「如果你看到面前的陰影、別怕、那是因為你的背后有陽光（もしあなたが目の前の暗い影を見つけたとしても、怖がらないで！　それはあなたの背後の太陽のせいなのだから）」

２０１３／04／07（日）

〈21：37張悦からメールが来た。しかし、私の難しい問いには答えて来ない。彼女は本当に論文を書けるのか、不安になってきた。手机在銭（「携帯はつながっています」）になっているから、ケータイからのメールだ〉

張悦　21：37：06「先生、すみません。最近、仕事がちょっと忙しくて」

谷川　21：38：37「こんばんは。清明節は家に帰りましたか？」

張悦　21：39：24「こんばんは。いいえ、帰れませんでした」

谷川　21：42：20「細雪でまたちょっと分かったことがあったので、あなたにメールしました」
張悦　21：42：20「仕事が忙しいので」
谷川　21：42：52「今は大丈夫？」
張悦　21：42：56「はい」
谷川　21：46：14「あの、指導の先生から、『もっと谷崎のいわゆる〝官能を描く〟についても触れなさい』と言われたんですよね」
張悦　21：51：13「はい、そうです」
谷川　21：53：50「私は細雪を読んで、彼の『官能』というものは、あまり感じなかった。あなたはどうですか？」

〈最後の質問への反応がない〉

2013／05／03（金）
〈張悦にQQを送る〉
谷川　20：58：24「張悦さん。仕事は相変わらず忙しいですか？　論文の提出は5月1日までだそうですが、無事にもう、提出しましたか？」
張悦　21：04：56「先生、こんばんは。今、仕事中です」

２０１３／05／08（水）

〈張悦からメールがあった〉

張悦　２０１３／05／08　14：32：42「先生、最近お元気ですか。すみません。最近、毎日、残業が多くて、先生と話すチャンスがないのです。論文はもう提出しました。でも、自分は自信がありません。就職した後、日本語を勉強していないので、今から再び、毎日、日本語を勉強することにします」

谷川　19：17：08「張悦さん、今、あなたのメール読みました。残業多くて大変ですね。体に気をつけて頑張ってください。論文はいつ、提出しましたか？　金顥先生からの返事はありましたか？　何か、私がお手伝いできることがありますか？　あなたは長編小説に果敢に挑んでいて、テーマも素晴らしく、私はとっても気に入っています。だから、いつでも助けてあげますよ。語法、文法的誤りの訂正など……。あなたの提出論文を送ってくれれば、喜んで直してあげます」

２０１３／05／24（金）

〈張双へＱＱ　張悦の消息を知る〉

谷川　22：22：18「張双さん」

張双　22：22：44「はい、先生」

谷川　22：23：06「こんばんは。忙しい？」

張双　22：23：45「こんばんは。忙しくないです」

谷川　22：24：06「今、どこにいるの？」
張双　22：24：36「長春にいます」
谷川　22：24：37「仕事はどこでしているの？」
張双　22：25：08「長春です。先生はどこにいますか？」
谷川　22：27：21「今、日本ですが、5月31日に長春へ行きます。論文はどう？　もう修改して提出しましたか？」
張双　22：27：29「本当ですか？　うれしい！　論文はもう2回修改して提出しました」
谷川　22：28：29「そう、もう2回目の修改論文を提出したのか」
張双　22：28：55「はい」
谷川　22：29：27「あなたは論文答弁のとき、何日休暇をもらえるの？」
張双　22：30：35「来月の月曜日と火曜日に学校に戻ります」
谷川　22：32：11「2日間しか休めないのか？」
張双　22：33：34「学校は私たちに5月29日から6月10日まで学校に戻れと言いますが、会社は13日間の連休はちょっと無理です」
張双　22：34：43「普通に会社で仕事をします。用事があれば、休みを申請すれば休めます」
張双　22：36：16「金顯先生からは、長春にいる学生は27日に学校に戻って論文について相談しなさいと指示が出されています」
谷川　22：36：43「うん、うん。5日水曜日の午後、論文発表会だよ」

張双　22：37：56「はい、その時になったら、休みを申請します」
谷川　22：38：37「金顥先生の班で長春にいる人は、あなたのほかに誰がいるの？」
張双　22：39：21「周文儀さん」
谷川　22：39：53「二人だけか？」
張双　22：42：05「他の人は連絡がないので分かりません。李芳春さんは大連にいます。張悦さんは今、長春にいます」
谷川　22：43：43「うん、李芳春さんのこと知ってるよ。え、張悦さんはどうして長春にいるの？会社辞めたの？」
張双　22：44：05「論文の修改のためです」
谷川　22：44：38「彼女は真面目だね……彼女のは長い小説なので、私も心配している」
張双　22：46：25「彼女の仕事は残業が多くて、論文修正の時間が全くないんです」
谷川　22：47：34「そうか、会社に長い休暇をもらったんだね」
張双　22：48：29「会社を辞めました」
谷川　22：49：27「そうか、残業がそんなに大変だったんだ。あなたはどう？　残業はない？　給料はいくら？　聞いてもいい」
張双　22：50：15「一か月で2回ぐらいの残業です。忙しくないです。朝、8時に出勤します。夕方5時半頃退社します。昼1時間休憩します。給料はテストで段階に分けられ、その段階によって給料が違う仕組みです。今日、第4段階のテストに参加して、合格しました。第4段階の給料は学生は900元（11700円）くらいです。社会人は1700元（22100円）。卒業すると給料は良くなります。すぐに社会人の給料になります」
谷川　23：00：34「そうですか。今は厳しいけど、希望がありますね。張双さんが元気そうなのでうれしいです」
張双　22：52：53「先生は長春に来たら、どこに泊まるつもりですか？　学校ですか？」
谷川　22：55：23「仁徳（学校の近くの商店街）に泊まるつもりです。張悦さん、李芳春さん、周文儀さん、それにあなたも一緒にどこかでご飯を食べましょう。疲れ休めにね。お疲れ様会」
張双　22：57：29「期待しています。先生と会うのが、私も楽しみです」
谷川　22：58：17「みんなと会うのが楽しみです」

〈5月31日に飛行機で長春に来た。朱春婷と郭姗姗が空港まで迎えに来てくれた。林宝玉にも心配してもらった。空港からは吉林市から来ている高速鉄道で長春駅まで来た。仁徳（学校の近くの商店街）には学生たちが泊まる安宿がたくさんある。到着した当日は郭姗姗の泊まっている宿で1泊した。

その日の夕食は楊暁暁たちと一緒だった。楊暁暁が「ここよりは自分たちの宿の方がいい」と言うので、次の日からそちらにする。柳の木が植えられている川沿いのホテルだ。ここを拠点にして、論文作業を手伝ったり、昼食や夕食を先生方や学生たちと一緒にして過ごした。

論文の発表会は6月5日だった。発表会を終えたその夜、卒業記念パーティーがあった。翌日6日の午後には卒業記念写真の撮影があった。次の7日、昔の契丹族の起こした国「遼」の首都だった

「農安」（長春から北方へバスで30分。第五章地図参照）を訪ねた。ここも是非行ってみたい町だった。昔、モンゴル民族の漁獲を伝えるお祭りを見に査干湖へ行ったことがある。査干湖のある松原市へ行く途中にこの農安がある。案内はつい先月の末、卒業を待たずに結婚した汪永嬌とその夫君《せのきみ》が車でしてくれた。汪永嬌は農安の出身である。

学生たちの多くは卒業記念パーティーの後、カラオケに行った。しかし、この夜は停電が起きて、カラオケができなかった。それでも学生たちは翌日6日の夜、再度カラオケへ出かけた。この夜は徹夜となり、多くの者はカラオケのソファーで寝た。張悦もこの夜ソファーで寝た。翌日は長安世紀城へ行き、軍人の恰好をして山野を遊んだ。張悦は行かず、論文の製本をした。8日夜、この長安世紀城へ行ったメンバー、陳英莉や楊菲非たちと私はお別れ夕食会を開いた。8日張悦は李芳春と一緒に故郷へ帰った。私は11日大連へ行き、大連で働いている林宝玉や07の卒業生と会う。13日大連から帰国〉

2013／06／08（土）

〈張悦、李芳春の宿泊ホテルは陳英莉たちと同じ（日興公寓）で、彼女たちの隣の部屋だった〉

陳英莉が、「彼女たちは私に聞いてきました。それで私は教えました。シャワーがないが窓がある。40元」。

宋士毓が、「彼女たちは今日帰りました」。

張悦、金香蘭たちは6日に写真撮影と論文の修正、7日は製本をしたと思われる。

2013／06／09（日）
教研室へ出かけて行って、張悦の論文を読んだ。今日は日曜日で教研室はカギがかかっていた。程《てい》寧老師《ねいろうし》に電話をすると、彼女は旅行先から事務所に電話を掛けてくれて、それで中に入ることができた。不思議なことだ。私はもう大学の外国人教師ではないのに全幅の信頼を得ている。
誰もいない教研室で張悦の論文を読んだ。よくできていると思った。というよりは、中国の研究がよくできているのだろう。ただ、『鍵』『瘋癲老人日記』など晩期の作品を読んでいないらしく、「古典主義への回帰」という関西転居までの谷崎論になってしまった。張悦はそれを「自然主義」と名付け、日本的なものへの目覚め、伝統文化の見直しという論調でまとめた。「自然主義」というと誤解を生じてしまう。ただし、四人姉妹の分析は良くできていた。それに、最後の謝辞で「アドバイスいただいた多くの人」への謝辞というのが書いてあり、その中には私も入っていると、勝手に了解して自己満足に浸った。
しかし評価は80点プラスいくつかで「良」、同じ「良」でも周文儀の方が得点が高かった。90点以上の「優」は張玲玲と崔麗花。金顥老師の採点である。

2013／06／19（水）
〈張悦にQQで写真送信。ついでに話をする〉
谷川　10：08：13「張悦さん今、写真送っています」

谷川　10：09：34　「21枚、いい写真ですね。最後に動画を送ります。ちょっと、時間がかかります」
谷川　10：11：08　「故郷へ帰ってのんびり、しましたか？　また、新しい仕事を始めましたか？」
張悦　10：11：13　「先生こんにちは」
谷川　10：11：46　「携帯からですね」
谷川　10：13：22　「動画は答弁のものです。送信にかなり時間がかかると思います」
張悦　10：13：35　「はい、写真を受けることができません」
谷川　10：14：02　「見ることはできますか？」
張悦　10：14：52　「はい、できます」
谷川　10：15：34　「どうですか？　よく撮れていますか？」
張悦　10：16：09　「（笑顔の顔文字）」
谷川　10：17：09　「よかった。写真屋さんの方がプロだから、もっと、きれいだと思うよ。今は、どこにいるの？」
張悦　10：19：08　「そうですか。期待していますね。今、家にいます」
谷川　10：20：32　「卒業典礼に参加するの？」
張悦　10：22：39　「卒業典礼の日にちは知らないけど」
谷川　10：24：23　「22日だと聞いているよ」
張悦　10：25：20　「本当ですか」
谷川　10：26：27　「うん、先生のノートにそう記録してある。でも、そのうちに、確かな連絡があるでしょう。卒業証明書がその時にもらえるらしい」
張悦　10：29：14「最近、卒業証明書は月末にもらえると聞きました」
谷川　10：30：12「あ、そう、典礼に行っても、卒業証明書がもらえなければつまらないね」
張悦　10：31：12「はい、そうです」
谷川　10：31：59「新しい仕事を決めるとき、卒業証明書はとっても、大事なんでしょう？」
張悦　10：32：32「はい、そのとおりです」
谷川　10：33：33「毎日、家で何をしているの？」
張悦　10：35：05「毎日、テレビを見たり、本を読んだり、家事をしたりします」
谷川　10：37：38「論文発表を振り返って何か、感想はありますか？」
張悦　10：42：22「はい、基本的なものをつかむだけでよかったと思います」
谷川　10：43：52「思ったより、実際には大変ではなかった、ということですか？」
張悦　10：47：38「はい、そのとおりです。難しいことばかり注意してしまいました」
谷川　10：49：47「うん、あなたは正攻法で取り組みましたね」
張悦　10：50：34「先生はそう思いますか。基本的なものがよく分かっていませんでした」
谷川　10：52：52「『細雪』に取り組んだけど、基本的なことは分かっていなかった、ということですか？　うん、仕事を辞めたり、金頴先生のところへ直接通ったりしたのは、正攻法だと思います。もっと、いいかげんにやった人をたくさん、知っていますから……」
張悦　10：55：05「態度だけはね」

谷川　10：56：51　「態度だけでなく、内容も四人の女性のこと、物語全体のことをよく読んでいると思いました」
張悦　10：56：53　「でも、あの時、私は緊張しすぎてしまった」
谷川　10：57：35　「それはしかたないね。初めての体験だから」
張悦　10：58：46　「金顕先生と谷川先生のおかげで、何とか終わりました」
谷川　10：59：04　「声を大きくはっきり言えるように練習すればもっとよかったけれど……」
張悦　11：01：12　「はい、確かにそうですね。もっと頑張りたいです。今、自分が充実することを第一にします」
谷川　11：16：19　「はい、先生もそれがいいと思います。仕事が大変すぎたから。そして論文も完成まで大変だったと思いますから」
谷川　11：18：10　「論文答弁の前後の毎日、修正、印刷、製本などものすごい忙しさだったね」
張悦　11：20：55　「はい、今の休み中に自分が勉強したいことをしています」
谷川　11：21：46　「英語を勉強したいんだね。今は」
張悦　11：22：57　「はい、また人生のこと」
谷川　11：26：46　「いいですね。実用的でないことを考えるのは楽しいです。哲学といいますね」
張悦　11：29：15　「はい、自分にはいろいろ欠点があるから」
谷川　11：30：19　「張悦さんが自分で意識している欠点って、何？」
張悦　11：33：18　「時には自信がなくて、時には自分を信じすぎる」

谷川　11：34：59「うーん、不安定ということか？　気持ちの振幅が激しい？」
張悦　11：34：59「他人の目から見た自分を重視しすぎる」
谷川　11：36：32「うーん、なるほど。でも、それが、あなたの真面目に見えるところでもある。上司から信用される点でもある」
張悦　11：39：55「でも、完璧とは、実際には不存在のものだと思います」
谷川　11：41：21「人生を考えるのは、自分を振り返ることでもありますね。結論は出ないかもしれませんが、そうやって、自分を振り返る時間が、今の時代にはとても、大切だと思います。はい、完璧なことはありません。今の時代は、自分を見失うほど、激しい時代ですから」
張悦　11：44：44「はい、その結果、自分が疲れ切ってしまった」
谷川　11：45：37「あなたは、時々、自分を無にして、他人が満足できるように行動できる人なんですね。それが、終わると疲れ切ってしまう。うん、あなたのことがやっと分かりました」
張悦　11：48：45「でも、物には二つの面があるよね」
谷川　11：49：00「飾りつけとか、あなたは好きでしょう。それは、他人を喜ばせ満足させることでしょう。そのとき、他人を喜ばせるだけでなく、自分も楽しめたらいいんですね」
張悦　11：50：54「はい」
谷川　11：52：21「二つの面があるが、それがバラバラだと自分を見失うのではないか？」
張悦　11：53：27「はい、そうです」
谷川　11：55：33「いずれにしても、今は貴重な休養の時期でしょう。今の哲学する時期を大切に過ごしてくださいね。もう、こんなにゆったり考える時間はないかもしれないから……」
張悦　11：56：10「はい。仕事をしたら、時間がなくなってしまった」
谷川　11：57：34「そうそう」
谷川　11：12：21「いま、動画の転送が3／4ぐらい進んでいます。あと少しです。もう少し、待ってくださいね。あなたの携帯でも転送の進行状況は見られるんですか？」
張悦　11：14：23「いいえ、見られません」
谷川　11：37：09「あ、今、転送が完了したみたいです」
張悦　11：37：50「はい、分かりました」
谷川　11：57：07「ところで今、パソコンはインターネットに接続できないの？」
張悦　11：57：57「はい、できない」
谷川　11：58：51「写真を接収するときはどうするの？」
張悦　12：00：29「二、三日ぐらい後で、接収することができる」
谷川　12：01：44「今はパソコンが壊れているっていうこと？　あるいは今、ネットの接続ができないとか？」
張悦　12：03：11「ネットの原因で」
谷川　12：06：24「うん、分かった。答弁の動画はほかにはないと思うので、接収してみてくださいね。もっと話したいけど、またね。何かあったら、遠慮せずに、ＱＱで言ってください。バイバイ」

張悦　12：07：01　「先生、ありがとうね」
谷川　12：07：49　「今日はあなたと人生的な哲学の話ができてとても有益だった」
張悦　12：08：41　「私もそうですよ」
谷川　12：09：21　「張悦の謎が一つ解けた」
張悦　12：09：47　「（絵文字二つ。「笑い」と「バイバイ」）」

〈張悦と二時間。やはり、張悦には深みがある。憂いがある。そして心根が美しい〉

情報を総合すると、5月17日（金）張悦は得利斯吉林公司の直接の上司の許可を得ず、経理《支店長》にだけ辞表の意思を伝えて、長春にやって来た。大学の女子寮には斉爽、王旭、趙宇、金紅瑩などの半年契約して、住んでいないベッドがある。そこに泊まったり、周文儀のアパートに寄宿したりして、論文の修改をし、金顥老師に直接会って指導を受けた。

「他人の目から見た自分を重視しすぎる」というのはこのように行動した「自身」を反省した言葉なのだろう。また、「難しいことばかり」に注意が行って「基本的なこと」を答える準備をしていなかった、とも言う。「耽美派とは何か」「一番美しいと思った場面は何か」「細雪の中を流れる文学概念は何か」という質問が三人の老師からあったが、それは張悦にとって基本的で普通のことだったのである。

6月3日（月）教研室にいて多くの学生が教員のチェックを受けているのを見学した。柳金金、崔麗花、陳英莉などと話をした。張悦はお昼頃、周文儀と一緒にきた。二人は軽く私に合図を送っただけだった。金顥老師に食い下がっていろいろ聞いていた。この日の夜、張悦は徹夜で論文を完成させた（5日周文儀談）。

6月4日（火）張悦はやはり、お昼頃現れた。張玲玲と彼女は第一グループの学生側責任者なので、答弁の使用教室を聞いたりしている。李芳春、張双、周文儀の4人で教研室から出て行く。この日も事務的な話を一言二言しただけ。

6月5日（水）論文答弁がひと段落したころ、張悦と廊下で話した。寡黙な彼女に代わって周文儀が大事な情報を私に伝えた。曰く、

「張悦は5月17日に長春へ来た。私のところや学生寮を転々と寝場所を替える生活をした。一昨日6月3日、彼女は徹夜した」

張悦曰く「残業が大変で、ひどいときは、夜中の3時まで残業し、朝6時半に出勤することもあった。辞職については（直接の）上司には言わず、経理（支店長）にだけ告げて長春へ来た。今でも私が勤めていると勘違いして、北京や山東省から電話がかかってくる」。

また今後について彼女は「11月頃、友だちと南の方へ行くかもしれない。先生が中国へ来たら連絡してください」と言った。「また、中国へ行きたい」そう、思った。

5日のパーティーで張悦は李芳春、周文儀、それに張双の四人で乾杯をしに来た。そしてこの晩はカラオケに行ったけど停電で、仁徳のホテル・日興公寓へ帰って寝た。翌日午後写真を撮った。教研室へ行き、最終チェックを受けたが、製本まではできなかった。この日の夜、また、カラオケに行き、崔麗花、陳佳佳、張双と一緒にカラオケのソファーで寝た。そして7日、最終、チェックを受け、製

本する。８日、李芳春と一緒に故郷へ帰った。故郷では家事、テレビ、英語の勉強のかたわら、「（人生について）考えること」をしている……。

２０１３／07／17（水）

〈思いがけず、張悦からメールが来た。今日、張悦は不動産会社を見学した。しかし、予想と違っていた。決心して入社の勧誘を断った。その興奮した心情を私に吐露したかったらしい。私はきっと彼女の両親以上に彼女の理解者なのだろう。彼女は話を聞いてもらって「元気になる」らしい〉

張悦　21：21：00「先生。いますか」
谷川　21：21：40「顔文字（笑顔）」
張悦　21：22：13「先生、最近お元気ですか」
谷川　21：22：42「はい。元気。あなたは？」
張悦　21：23：41「はい、私も元気です」
谷川　21：24：58「最近、どう？　就職活動、始めた？」
張悦　21：26：59「二つの会社が誘ってくれました。でも、行かなかった」
谷川　21：27：35「それは、どこの会社？」
張悦　21：28：13「長春の」
谷川　21：28：49「どんな仕事をする会社？」
張悦　21：30：11「部屋を売る」

谷川　21：30：43「うん、不動産会社だね」
張悦　21：30：49「はい」
谷川　21：31：12「給料は高いと聞いている……」
張悦　21：31：44「はい」
谷川　21：32：49「あなたが希望したのではなくて、会社の方から来てくれと、誘って来たの？」
張悦　21：33：27「行きたいと思っていました」
谷川　21：34：31「あなたが履歴書を送ったら、面接してくれたの？」
張悦　21：34：47「はい、そうです」
谷川　21：35：28「送ったときは、あなたも行きたい会社だったが、その後で、行きたくなくなった？」
谷川　21：36：57「面接で話を聞いたら、行きたくなくなった？」
張悦　21：37：05「いいえ」
谷川　21：37：18「違うの？」
張悦　21：38：00「今日は　仕事の現場へ行った」
谷川　21：38：16「断った理由は何？」
張悦　21：38：23「ちょっと不満があって、諦めました」
谷川　21：39：06「仕事の場所を実際に見たら、不満があったんだ」
張悦　21：39：10「私の思ったのと実際は違う」

谷川　21：39：32「どんな実態だったの？　え、ちょっと、待って……今、長春にいるの？」
張悦　21：40：38「はい」
谷川　21：40：59「周文儀のところ？」
張悦　21：42：18「いいえ　二人の友達と一緒に住んでいます」
谷川　21：43：25「高中の友達か？」
張悦　21：43：51「はい、そうです」
谷川　21：44：18「三人で仕事を探しているのか？」
張悦　21：46：55「はい、そうです」
谷川　21：47：30「もう一つの会社はどんな会社だったの？」
張悦　21：48：34「携帯電話を売る会社」
谷川　21：48：46「うんうん。そっちは何が不満だったの？　断った理由」
谷川　21：54：54「やっぱり『思っていたの』と違ったから？」
張悦　21：57：18「はい、はい」
谷川　21：59：35「あなたはどんな仕事をしたいの？　前の仕事は『管理の仕事でやりがいがある』
と言っていたね？」
張悦　22：01：50「はい。でも、今はいい時ではない」
谷川　22：03：55「辞めてから『仕事というものが、分かった』とも、言っていた。仕事とは何でしたか？　どのようなものだと分かったの？」

張悦　22：09：11　「はい、自分が追求するもの」
谷川　22：11：09　「うん　自分が追求するもの……」
谷川　22：12：33　「あなたは仕事に何を求めるの？『やりがい』『自分を生かす』……」
谷川　22：15：32　「そういう仕事は『きっとある？』それとも、今はいい時ではないから『ない？』」
張悦　22：17：41　「やりがいがあれば、その仕事はいいと思います」
谷川　22：18：29　「うん、分かった。長春にはいつから住んでいるの？　7月から？」
張悦　22：19：32　「はい、そうです」
谷川　22：19：56　「卒業典礼には参加したの？」
張悦　22：21：01　「いいえ、その時はちょっと事情があって、行かなかった」
谷川　22：21：58　「卒業証明書などはどうした？　後から学校へ行ってもらったの？」
張悦　22：22：17　「はい、もうもらいました」
谷川　22：23：40　「陳英莉さんは友達から郵送してもらったと言っていた。遠くの人はそうやってもらうんだということが分かった」
谷川　22：25：40　「今度は、どんな会社を探すつもり？」
張悦　22：26：01　「まだ　分かりません」
谷川　22：26：27　「うんうん」
谷川　22：27：13　「卒業してから仕事を決めた人はまだ、少ないようだね」
谷川　22：28：34　「でも1級を持っている人の方が決まる確率が高い気がする……。あなたも二つの会社から面接の勧誘があったようにね」
張悦　22：30：11「いいえ」
谷川　22：30：24「違うの？」
張悦　22：33：04「二つの会社で仕事をすることができます」
谷川　22：36：41「うん、二つの会社から面接したいと言われた……んだよね。でもあなたは断った。二つの会社があなたに興味を持ったということでしょう？　それはどうして？　なかなか、今はそういう人はいないんでしょう？」
張悦　22：37：34「そうですか」
谷川　22：38：02「就職したくてもできないんじゃないの？」
張悦　22：38：12「知り合いはいい仕事を紹介したいと言われて、断りました」
谷川　22：39：35「うんうん、それで……『うまい話には裏がある』と日本でも言うよ。『いい仕事』の中身が何だったの？」
張悦　22：40：10「それはどういう意味ですか？」
谷川　22：41：00「『うまい話』というのは、そんなにあるもんじゃない……」
張悦　22：41：30「給料が高くて、会社が大きい」
谷川　22：42：11「そういう具体的なものが分かればいい。口先だけで『うまい話』をする人を信じてはいけない……という教訓です」
張悦　22：44：06「そうですね」

谷川　22：45：15「あなたの以前の会社、辞めたことを後悔してる？　大きな会社で給料も良かったんでしょう？」
張悦　22：46：00「いいえ、それは自分で決めたことでしょう。だから、後悔することはないんです」
谷川　22：47：16「そうか、それなら良かった。自分で決めたことは後悔しない」
張悦　22：49：29「はい、自分を信じています」
谷川　22：49：56「このまま長春で仕事を探すの？　南の方へは行かないの？　11月に南の方へ行くかもしれないと言っていたでしょう？」
張悦　22：52：15「はい、今はまだ分かりません」
谷川　22：54：02「あなたの就職活動の成功をいつも祈っています」
張悦　22：55：25「ありがとうございます」
谷川　22：56：22「今、孫迪さんが日本に来ています」
張悦　22：56：37「そうですか。いいですね」
谷川　22：57：13「うん、日本語の学校に通っている」
張悦　22：57：49「いいチャンスだね」
谷川　22：58：49「お母さんが彼女を支援している。1万元（13万円）彼女に与えたそうだ。いま、そのお金で彼女は生活し、日本語の学校に通っている」
張悦　23：00：38「羨ましい」

谷川　23：00：47「あなたも早く日本に来てください」
谷川　23：02：36「大きな夢を持ってね。一度限りの人生だから」
張悦　23：03：52「はい、その夢を実現するためにがんばります」
谷川　23：05：09「私が生きているうちに実現してね」
谷川　23：06：14「これはプレッシャー＝圧力ではなくて希望」
張悦　23：06：42「はい」
谷川　23：07：56「張悦さん、今日は何か質問があった？　こんなおしゃべりだけでよかったの？」
張悦　23：11：14「今の生活はとても簡単だよ」
谷川　23：11：48「どういう意味？」
張悦　23：12：30「悩んだりすることはないです」
谷川　23：13：43「うん、悩みがない。元気な生活をしている……ということだね」
張悦　23：14：01「はい、そうですよ」
谷川　23：14：41「私のことを思い出してくれてありがとう。これからも悩みが無くてもメールください ね」
張悦　23：15：50「はい」
谷川　23：16：09「私は、それで、とても元気になるから」
張悦　23：16：25「先生もこれから元気でね」
谷川　23：16：44「あなたと話すと元気になる」

張悦　23：17：02「私もそうです」
谷川　23：17：42「論文の時は悩みが多かったが、今日は違う」
張悦　23：18：16「はい、そうですよ」
谷川　23：18：46「やっぱり、あなたは実際の行動の方が生き生きしている」
谷川　23：20：00「今日は二つの求人を断ったというカッコイイ日なんだね」
張悦　23：21：35「ええ」
谷川　23：22：56「よかったね『今天是好日的！』、この中国文、間違ってる？」
張悦　23：24：35「『今天是个好日子』です」
谷川　23：25：11「張悦　我睡覚啦（眠たくなったよ）」
張悦　23：25：28「うん、お休みなさい（月のマーク）」
谷川　23：26：28「もう寝ることにするね。良い夢を見ながら。お休み（月のマーク）」

〈張悦と初めて心の通う会話ができた感じがする。「あなたと話すと元気になる」「私もそうです」「今日は二つの求人を断ったというカッコイイ日なんだね」「ええ」〉

2013／07／27（土）
張悦　19：59：01「先生、こんばんは」
谷川　20：00：02「こんばんは」

谷川　20：01：22「何か、いいことありましたか？」
谷川　20：02：44「それとも、困ったこと？」
張悦　20：06：00「来週、就職します」
谷川　20：06：46「本当？　長春で？」
谷川　20：07：11「どんな会社？」
谷川　20：07：58「あなたの仕事の内容は？」
張悦　20：12：53「人事です」
谷川　20：13：41「蛟河の仕事と同じ？」
張悦　20：17：58「はい、そうです」
谷川　20：19：21「会社は長春のどこにあるの？　何区？」
張悦　20：21：03「伊通河」
谷川　20：23：16「軽便鉄道『伊通河』駅（第二章地図参照）の近くにあるの？」
谷川　20：24：19「中国の会社？　名前は何というの？」
谷川　20：51：01「あまり大きな会社ではない？　その会社のどんなところが気に入ったの？」
谷川　20：57：37「ネットの具合が悪いのかな？」

2013／07／29（月）
張悦　20：39：03「先生、すみません。先日はネットの具合が悪かったので」

谷川　22：49：31「うん、ちょっと、不安になりました。でも、今、安心しました。あなたのメール、気づくのが遅くて、ごめんね。今日の初仕事どうでしたか？」

2013／07／30（火）

張悦　21：37：46「先生、すみません。最近ネットの具合はとても悪いのです。先生、すみません」

張悦　21：38：52「最近ネットの具合はとても悪いのです。今の仕事は気に入っていますよ」

谷川　21：47：09「先日、あなたのメールにこんな注意がついていました。それで心配したんです。『安全提示：対方当前不在常用地区登録、請注意警惕、勿軽信匯款、中奨等信息』（安全のために注意を喚起いたします。相手方はいつも使う地域の人ではありません。十分注意、警戒してください。軽く信じて送金などしないでください。同じ地域での便りの交換がお勧めです）。でもこれは、盗まれた（別人にメールが行った）わけではないらしいですね。だから、安心しました。おしゃべりできなくても、少しずつ、様子を聞かせてください。仕事が気に入っているようで、よかったです」

張悦　21：48：45「はい、ご心配をかけて、すみませんでした」

谷川　21：55：40「大丈夫です。今日は就職して二日目ですね。長春は今、天気はどうですか？日本はとても暑いです。関西地方は大雨です」

2013／10／13（日）

〈張悦にQQした　最後のQQに返事はなかった〉

谷川　2013／10／13　14：46：58「張悦さん、こんにちは。お元気ですか？　今度、18日から中国の南の方、揚州・無錫・烏鎮などへ旅行します。あなたは長春にいるのでしょう？　今、長春には誰がいるのでしょう。張双さん、王紅香さん。周文儀さんは故郷へ帰ったのかな。仕事はどうですか？　やりがいがありますか？　仕事で日本語を使うことがありますか？」

終章

「お父さん」

近くに息子がいた。夢を見ていたようである。

「何の夢だった?」

「中国へ行っていたときの夢。大きな湖。広大な草原。大学構内を授業に向かうたくさんの女子学生」

「さっきコンピューターに着信音があったよ」

「ああそう」

開いてみると北京にいる楊暁暁からである。２０１８年12月、彼女は「嵐」のコンサートを見に日本に来た。北海道なども旅行し、私にも会いに来た。李芳春や陳英莉は今度結婚するという。周文儀や呉立圓は今日本にいるという。そうか、今度彼女たちに、会いに行こう。李芳春が２０１４年によこしたメールをまた読んだ。


〈李芳春からのメール〉

谷川先生、お久しぶりです。お元気ですか。

卒業してから、もうすぐ1年ですよね。いきなりメールなんてちょっと驚きましたか。

これまでの間、いろいろなことがあったし、先生のことも思い出して、こういうふうにメールを届けています。

仕事してから、いろいろ感じがありますが、何よりも大学の時が一番だなーとため息をついています。そして、昨日、大学時代の写真を見て、先生と一緒に撮った写真もあって、それを見て先生のことを思い出し、先生の授業をもう一度受けられればいいなーと妄想したりしています。

本当に懐かしいですよね。大学の生活。苦しみも楽しみもあったんですけど、今、頭の中には楽しいことばかりです。

先生にはいろいろありがたいと思うことがありますが、特に動画を撮影してくれたことは、その感謝の気持ちは口では伝えられないほどです。

日本のドラマをみんなで見て、授業で私たちがその一部分を演技したこと、ありましたね。演技したときは恥ずかしくて、逃げてばかりだったんですが、その時、どうしてもっと積極的に楽しもうとしなかったか、今はちょっと残念に思っています。

私の演技はほんとにだめなんですよね。周文儀さんや張悦さんや張双さんは、見ていても、楽しさが伝わり、本当にすばらしいです。

そして、お別れ会での韓健さんのギター演奏と歌、孔翔龍さんの二胡の演奏、それらを動画で見ると、もしこの動画がなかったら、大学の4年間で自分に何が残っているでしょうか。無駄に終えたと思って泣くしかないでしょう。今は、懐かしく記憶に残っています。

寮で同室だった周さんも二人の張さんも、それぞれ迷いながら、頑張って仕事をしています。卒業する前に、自分に言い聞かせました。今を楽しんで、後悔なんかは残さないように。私は前向きなはずなのに、時々、大学生活を豊かにしなかったことに未練が多く残っています。

だから、これからは、5年後、10年後の自分がいつも満足できるようにできるだけ、旅行にも出て、華やかな世界と接しようと思っています。

そして、できれば日本にも行きたいです。その日が来るのをを心待ちにしています。

先生

2014年2月26日　李芳春

登場人物

09生（2009年入学生）
張悦（同室は　張双　李芳春　周文儀）
崔麗花（同室は　殷月　高宇辰）
朱春婷（同室は　楊暁暁　陳智利　孫迪）
陳英莉（同室は　楊菲非　王弘揚　張巍）
張麗（同室は　朴洪洋　王艶麗　馬媛）
斉爽（同室は　呉紅華　于名月　曹雪）
張玲玲（同室は　郭姍姍　呉立圓　羅雪）
柳金金（同室は　林宝玉　王紅香　梁洪麗）
呉姣（同室は　汪永嬌　姜洪丹　王旭）
金琳香（同室は　陳佳佳　宋士毓　金紅瑩）
孫辰（同室は　張爽　范艶紅　趙宇）
元08生　郭洋洋　王暁琳
元07生　李娜
男子学生　王彤　韓健　張立海　張兵　孔祥龍　文成育　王玉雷

08生と就職実習先
劉佳恵（南京）　薛爽　柳爽（上海）　郭魏　魏智微（大連）　楊智侠　王迎　王馳（北京）
尹詩浛　丁紅　李婷（不明）

07生と就職地
楊璐璐（瀋陽）　金暢（無錫）　胡蝶　王静　張紅艷（大連）　張磊（北京）

吉林中医薬大学　日本語科教師
程寧　金頴　関秀梅　劉倩　谷川（日本人教師）

引用・参考文献

『北京の子』（加藤幸子　雑誌『図書』1993年7月号）
『伊豆の踊り子』川端康成　新潮文庫
『江』ＮＨＫ大河ドラマ　田淵久美子原作・脚本
『龍馬が行く』ＮＨＫ大河ドラマ　司馬遼太郎原作　水木洋子脚本
『万葉集』日本古典文学大系　岩波書店
『古事記』口語訳古事記〈完全版〉三浦佑之　文藝春秋
『源氏物語』紫式部　新編日本古典文学全集　小学館
『伊勢物語』伊勢物語（上）（下）阿部俊子　講談社学術文庫
『百人一首』評論小倉百人一首　三木幸信・中川浩文　京都書房
『絶望名人　カフカの人生論』頭木弘樹編・訳　飛鳥新社
『くじけな』枡野光一　文藝春秋
『金色夜叉』尾崎紅葉　新潮文庫
『舞姫』森鷗外　日本文学全集　新潮社
『こころ』夏目漱石　新潮文庫
『ファイティングガール』フジテレビドラマ　神山由美子脚本
『たけくらべ』樋口一葉　旺文社文庫

『羅生門』芥川龍之介　現代日本文学大系　筑摩書房
『細雪』谷崎潤一郎　現代日本文学大系　筑摩書房
『春琴抄』谷崎潤一郎　現代日本文学大系　筑摩書房

あとがき

小説というものを書いてみたかった。若いころからの願望である。

しかし、どうしても書けなかった。今回書いたものも、小説といえるのか自分には自信がない。しかし、ある時、この形式で行こうと決めて、これは小説ではないと言われてもよいと思うようになった。臨場感を持って伝えるにはこの方法しかない。日記形式でここに書かれているのは事実だと伝えること、しかし、フィクションであるという矛盾の産物。可能にしたのは異国の体験を基にしているから。そして、時が過ぎているからだと思う。

中国で教師をしているとき、私は毎日、日記を付けていた。学生たちは日本語を自由に使いこなせるわけではない、日本語指導という意味もあって、私は彼らの発する日本語をそのまま書き留めることになった。今回、それらを構成してみて、会話文だけでも、私の思いも中国の若者たちの気風も、言語のやりとりから伝えられるような気がした。また、日本にいる一番身近な人たちに対しても、自分がどんな人間だったか、どんな教師だったかを語ったことがない。谷川という教師を通して、自分の教師像や文学観も伝えられたような気がしている。

これはある女性に対する私の愛情が骨格になっている小説である。結局は翻弄されたような結末となる。それでもいいと思える。そういうものなのではないかと思う。教育をすることは愛を出発点とするということ。こんな当たり前のことに、日本で教師をしていた最後になるまで気がつかなかった。気がついてからは、その子たちがどんなに悪いことをしても許せるようになった。そしていつかは、その子たちは自分から独立して行く。中国に行った私はすでにそういう教育観を持っていた。すべてに優先して学生たちに接することにしようと考えていた。

愛は世の道徳を破壊する怖ろしい側面を持っている。だから、人はそれを口にすることも軽々しくしないし、愛に促されて行動をすることもはばかって生きて行く。結婚をして安心するが、それは妻となった女性への愛情のみが許され、他へは許されなくなるということでもある。

人間関係を作るということは愛に発した行動であるはずだが、異性との関係ということになると、興味本位で語られ、犯罪に及んだりすれば、厳しい指弾に遭う。それを恐れて人との交際は淡いものになり、恋人に出会うときのような生気を失っていく。

ここには小説の素材となるものは何もない。淡交という言葉は味わい深いが、若い者には無理だろう。年を取っても死ぬまで行動的に生きたいと思う者にも無理だろう。また淡交という考えで若い者に教育しようとしたら、結局それは押しつける結果となり、虚《むな》しさしか残らないだろう。

教師と学生との関係が、古きよき形で中国には残っていた。あるいはそれは儒教道徳だったのかもしれない。私は遠慮なく学生たちに電話をかけ、自分の部屋にも呼んだ。これは絶対的な教師への信頼、外国人教師の世話をするのが義務という中国の学び舎の風習がなければできなかったことである。

女子学生が初めて一人で私の部屋に来たとき、私はびっくりしたけれど、一人で対してみると、集団では決して聞けないプライベートなことをたくさん聞くことができた。日本でもどこでも集団が大きくなればなるほど、テレビで話題にされ、常識だとされることを会話で繰り返すことしかできなくなるのではないか。

私は中国へ行く前は、よくヨーロッパへ個人旅行していた。一年間、その国の言葉を学び、一年後その国へ行く。異国の人びととコミュニケーションを取るには、自己紹介とか相手のこととかを知る質問をするのが一番いい。それは体験的に持っていた自分の結論だった。だから、私は授業でもいわゆる「授業」ではなく彼らに自分を語らせた。会うときも彼らが正直な自分を語れるように、一人ないしは仲のいい者と一緒に会うことにしていた。

私は関心のあることを直接に聞き、彼らに答えさせた。彼らも私一人であれば、自分の家族のこと、病気やコンプレックスについて話しやすかったにちがいない。私はそれを克明にノートして行った。それは私の興味あることを聞いているからである。こうして自然と小説の素材は得られて行った。

帰国後、七年を経て、ようやく、小説として構成してみようという気持ちになった。振り返ると翻弄されたような結果だけが残っているような気がしないでもない。「子どもに振り回されて生きる」という言葉が、時には、いい意味で使われる時もあるだろう。私の場合、みずから振り回されに行ったという気がしないでもない。しかし、相互監視の目のない異国で色濃い経験をしたこと、これは文章として残しておいてよいだろうと思うようになった。

今回、全国出版として、刊行することができるのは、一生に一度は小説というものを書いてみたいという、若いころからの願いの叶うことであるが、その骨格となる素材を与えてくれたのは、若く美しく可愛らしい、中国の若者であった。

ここで中心的に登場してくる09生の実績はどうだったかを書いておこう。09生の国際能力試験日本語一級合格者は二十名を超える結果となった。これは、それまで最高だった08生の十三名をも上回る格段に優れた成果である。

中国の大学の日本語教育が一級合格を第一の目標にしているわけではない。しかし、この結果は誇ってもいいのではないだろうか。私は何もしたわけではない。受験勉強は彼らがしたわけである。私がしたことは、ただただ、学生たちへの愛と中国東北地方への独特の関心から、日本語による会話の機会を多く求めただけである。しかし、そのように言割《ことわ》っているそばから、「それがよかったんだよ」と自負する影の自分の声が聞こえてしまうのは、なんとも人間ができていない証拠である。

最後にこの小説の舞台となっている時期、二〇一〇年から二〇一二年というのは日本と中国との間で「尖閣列島」の問題が起き、日中間は最も緊迫していた時期であったことを注記しておきたい。さらに二〇一一年三月十一日には東日本大震災という大きな悲劇が日本を襲ったこと、それを遠く中国から見ていたことも忘れられない。

また本文に書かれている、テレビドラマをパソコンソフトなどに録画することは、個人的な、あるいは家庭内での視聴以外は、本来は禁止されている行為であることも合わせて注記しておきたい。

峯村　純夫

著者プロフィール

峯村 純夫（みねむら すみお）

1945年　長野県飯山市に生まれる。
1968年　東京教育大学文学部文学科国語国文学専攻卒業。
同年　都立高校に勤務、国語科教員となる。
2005年　定年退職。以後５年間、嘱託員として、教員を継続。
2010年　外国人教師として中国で日本語日本文学を教える。
2012年　帰国。

2010.4.3
万里の長城にて

小説 張悦《ちょうえつ》 中国の女子学生

2020年７月15日　初版第１刷発行

著　者　峯村 純夫
発行者　瓜谷 綱延
発行所　株式会社文芸社
〒160-0022 東京都新宿区新宿1－10－1
電話 03-5369-3060（代表）
03-5369-2299（販売）

印刷所　株式会社フクイン

ISBN978-4-286-21692-8　JASRAC 出2004123－001